# 玲珑骰

宋说昔语◎著

中国出版集团 现代出版社

图书在版编目（CIP）数据

玲珑符 / 宋说昔语著. -- 北京 : 现代出版社, 2024. 9. -- ISBN 978-7-5231-1095-9

Ⅰ. I247.5

中国国家版本馆CIP数据核字第2024A624Z2号

玲珑符
LINGLONGFU

著　者　宋说昔语

责任编辑　杨学庆
责任印制　贾子珍
出版发行　现代出版社
地　址　北京市安定门外安华里504号
邮政编码　100011
电　话　(010) 64267325
传　真　(010) 64245264
网　址　www.1980xd.com
印　刷　三河市金泰源印务有限公司
开　本　889mm×1194mm　1/16
印　张　15
字　数　237千字
版　次　2024年11月第1版　2024年11月第1次印刷
书　号　ISBN 978-7-5231-1095-9
定　价　38.00元

# 目录

# 楔子

有《青门引》词云：

骁骥齐嘶吼，刀戟哪分敌友。
十国络绎踞山河，五更王纛，雨骤恰屋漏。
阿瞒枉赋《龟虽寿》，蜀魏连营斗。
令公勿论出处，青梅味尽酌残酒。

隋启唐，宋续周。

与再往上三百多年前的魏晋南北朝时期一样，五代十国之波诡云谲，一点不比我们熟悉的三国时期逊色，也是中国社会大撕裂、大融合，社会阶层大洗牌的时代。王旗变幻，枭雄辈出，从而孕育出大宋那个辉煌的朝代。

大周显德七年（960）正月初三，在皇太后符氏居住的坤宁宫里，婴儿降生发出一阵响亮啼哭的同时，在开封东北五十里的陈桥驿，殿前都点检赵匡胤在以义社成员为主的禁军将领“胁迫”下黄袍加身。作为最年轻的开国皇帝，巧的是，与他的导师郭荣一样，赵匡胤也是虚龄三十四岁登基践祚。从后汉天福十二年（947）赵匡胤第一次来到东京开始，只用了短短十三年时间，就一步步走上人生巅峰。他越接近王朝的权力中心，就越是身不由己。他人生经历的一切因缘际会，如同奇幻的梦境一样，令人叹为观止……

# 01 救难

让我们回到十三年前。

公元947年的夏天，在太原西边不远的天龙山山路上，正走着一位身高八尺开外、步法矫捷的后生。那后生浓眉阔目，鼻直口方，仆仆风尘掩不住他炯炯的目光。山路曲折回转，偶尔还能瞥见山脚下氤氲[①]中的晋阳古城。

这一年年初还是后晋出帝石重贵的开运四年，而“开运”这个年号，无疑是希冀开始新的运气，已经在二月中被刚刚称帝的原北平王、北面行营都统、守太尉、河东节度使、中书令刘知远改回了后晋高祖石敬瑭的天福十二年。刘知远称帝的起因是，同年二月初一，进占开封府一个多月的契丹天皇可汗耶律德光身着汉家传统皇帝的法服，在大内御崇元殿接受契丹贵族和后晋遗臣的集体朝贺，同时改国号“晋”为“辽”，正式以北方游牧部落联盟的首领登基为中原王朝的皇帝。这是再一次汉民族亡国于外族，虽然时间非常短暂。某种意义上，五代时期应该称作“六代”才更符合史实。这是耶律德光的人生巅峰，也是大辽国皇帝离成为中华共主最近的时刻。此刻志得意满的耶律德光并没有想到，仅仅在一个多月以后，他就被盘踞在太原府的刘知远挥军南下赶出了汴梁，其仓皇狼狈，以他在逃归漠北途中突然病逝而告终。

山路上时年二十一岁的赵匡胤，此刻绝不可能预想到自己未来的人生轨迹。“仁者乐山，智者乐水”，远望千峰竞秀，苍鹰翱翔，万壑争流，近观瀑布斜飞，藤萝倒挂，松柏葱郁，都让常年生活在平原的他心情大畅。

他是在过了端午，得信后匆匆由洛阳的夹马营家中出发，赶来天龙山

---

① 氤氲（yīn yūn）

清油观探望重病的授业恩师兼义父赵景清。父亲赵弘殷一直担任禁军的重要武职，经常随扈或出征，很少在家中居留。不过弘殷还是延请了自己的一个远房同宗兼老战友，因腿伤在夹马营休养的赵景清来正式教授匡胤武艺和各种军规。赵景清一直因残未成亲，匡胤按辈分应该叫为叔父，当时就拜为义父兼老师。赵景清精通各类军械，尤精棍法，号称“棒里乾坤”。他无家无室，对赵匡胤倾囊相授，二人情同父子。上个月赵匡胤的发小、几年前投效刘知远的师兄韩令坤来信说赵景清旧疾复发，希望能见义子一面。同时，已升任都头的韩令坤在信中称赞节府的蕃汉兵马都孔目官[①]郭威知人善用，力劝赵匡胤前去投效。

赵匡胤出生在洛阳夹马营，十二岁迁至开封府的护圣军驻地杏花营，年初才随父亲回到夹马营旧居。在本次离家之前，他一直生活在禁军的眷营里。夹马营就是后梁太祖朱温称帝前麾下精锐夹马军的驻地，后梁六军中的英武军就是由原宣武镇[②]的坚锐、夹马、突将三支部队整合而成。护圣军是后晋隶属侍卫亲军的骑兵部队[③]，赵弘殷屡积军功，此时正担任该军左厢的首长都指挥使。据母亲杜氏回忆说，赵匡胤出生时满室红光，体有金色，三日不变[④]。

也许是受祖父、母亲等家人说法的影响，赵匡胤最近总是重复做同样一个梦——在一片耀眼的红光中，他不知身在何处，从一个不可思议的角度凝视着平静池水中自己的面容。突然间池水一荡，一位云鬓盛装、瑰姿玮态

① 唐朝后期各藩镇的节度使和都护的衙门中，都设有孔目官，其办事机构为孔目司，总理军府大小事务。“都孔目官”加“蕃汉兵马”前缀，再结合郭威之后的职务，这明显是在藩镇主转变为国家君主之前，为统领藩镇本部兵马的军政、军令而临时设立的，相当于中央政府枢密使的重要职位，类似当代的“参谋总长”。既然是“蕃汉兵马”，无疑当时刘知远（本身是沙陀人）的部下除了汉族部队，还有相当规模、成编制的少数民族武装。

② 宣武军节度使，唐朝在今河南省东部设立的节度使。中和三年（883）朱温为节度使，以此为根据地，兼并中原，建立后梁。治所在汴州，为北宋东京开封府的雏形。

③ 疑与史料中出现的“捧圣军”“奉圣军”是同一支部队。后周更名为“龙捷军”。

④ 其实应该就是小儿黄疸。

的神女从天而降，拉着他分别骑上两条鳞光波转、虬须怒张的青龙[①]，在无数夭矫的闪电中穿过重重云雾，直上九霄。剧烈变化的光线中，赵匡胤心荡神摇，只能紧紧贴在青龙的躯体上，在飘忽不定的龙鬣和云雾的间隙中，无论如何也看不清楚那神女的容貌，只记得她一双眼眸中透出让他无比信任的目光。

这时他就会猛然醒来，情独惆怅，而手中余温尚在。赵匡胤确信那目光一定在哪位亲人眼中见过，不过仔细比照，既不似母亲杜氏那么慈祥，又不像妻子贺氏那般温顺，而是充满了坚定和执着。

接近正午，赵匡胤手搭凉棚查看了周遭的山势，决心当天必须按计划赶到清油观。他仰头饮尽了水囊中剩下的最后几滴水，只有靠胡乱回忆继续消解路上的疲乏。

父亲赵弘殷经常领营出征，很少能在禁军眷营的家中居留。自父亲和义父主持完自己的大婚后匆匆离家，赵匡胤已经有三年零六个月没有见到义父了。双亲经常教诲“读万卷书，行万里路”，所以赵匡胤决心独自出发历险，计划在探望义父后，如果届时没有加入郭威麾下，索性就投父亲营里谋个出身。

记忆中每次父亲回家都是待不了几天，就穿上母亲新做的征袍、战靴匆匆地出发了。父亲不在家中时，母亲杜氏经常给自己和弟弟妹妹讲父亲年轻时的故事。因为连年战乱，父亲自小不爱读书，反而喜爱骑射。后来投晋王李克用麾下的王镕从军，曾率五百骑救驾有功。后唐庄宗爱其骁勇，留在身边统领禁军的精锐。不过入晋以来，因为不会钻营，加之是前朝官家的亲信，所以一直未得升迁，仍在禁军中充个军厢级的都指挥使，管着三五千兵马。在契丹军进逼汴梁时，赵弘殷按燕国公、中书令冯道的授意，率本部保护部分中枢官员及其家眷及时由东京汴梁撤离至西京洛阳，完成了冯道保存

---

① 根据五德相生相克的说法，隋朝属火德，唐朝属土德，后梁是金德，后唐是土德，后晋是金德，后汉是水德，后周是木德，而宋朝是火德，后周孕育赵宋符合“木生火”的原理。而木德尚青色，火德尚红色。另据《续资治通鉴·宋纪三》，“乾德元年，太常博士聂崇义言：‘皇帝以火德上承正统，请奉赤帝为感生帝。每岁正月，别坛而祭，以符火德。’”

官僚精英和仅剩的禁军精锐的任务，于是赵匡胤一家就在年初随赵弘殷回驻洛阳夹马营。

赵匡胤自幼秉性酷似其父，崇拜隋末的“风尘三侠”和唐末以来的“战神”李存孝、王彦章、高思继等名将。他一读书就犯困，整日只喜欢领着一群孩子在街上演习枪棒，甚至分作两队对阵。后来赵弘殷回家时打了几顿不见效，就委托赵景清来管束教授。前些年因为兵源紧缺，像赵景清这样年近半百的残疾人竟然也在征召之列。为躲兵役，更多是厌倦了征杀，赵景清三年前在匡胤完婚后，已到太原府西南天龙山的“清油观”出家做了道士。不过赵景清独守残观，旧疾复发，无人照应。师恩如父，赵匡胤得信后心下焦急，请示了父亲、母亲，别了妻子贺氏，便星夜兼程赴太原探视。

午后日头正烈，赵匡胤一想到妻子贺氏，感觉更口渴了。父亲赵弘殷与岳父贺景思都当过庄宗李存勖的亲随，后来同在后晋军中供职，二人结为知己，并给儿女定了娃娃亲。开运初年（944）赵匡胤虚岁十八岁时，如约迎娶了小自己三岁、青梅竹马的贺景思之女。贺氏性情温柔、贤淑、恭顺，二人婚后感情甚笃，去年已得一女。婚后的赵匡胤日趋成熟稳重，父亲不在时，俨然已是家中，甚至整个眷营的顶梁柱。

军队家属主要集中住在眷营，不随营出征。各地方藩镇慑于中央禁军的战斗力，怕日后被报复，一般不敢侵扰禁军的眷营。但是在驻军离营征战时，眷营日常也需要防范乱兵游勇、土匪贼盗的滋扰，所以禁军眷营的男性自小练习武艺，十二岁开始加入“亲营”编制，严格按照禁军条例训练，巡逻站岗，保卫眷营。而女眷们自小随胡人风俗从不裹足，大多也能骑善射。赵匡胤出发前已被推举为护圣军“亲营”的“指挥使”，手下有五个“都头”，各领着几十个“士兵”。所谓“亲营”的“官、兵”不用开饷，自备武器、马匹，值勤、训练之余各回各家。在赵匡胤的训练指挥下，护圣军“亲营”军容俨然，进退有方，而这些娃娃兵将成为未来禁军各级军官的重要来源之一。

日头西斜，随着往山里走，暑意一丝丝消散。只见山色重重，堆青叠绿，由深及淡，直到渺渺暝朦，渐渐与天同色。赵匡胤越走越畅快，加之没有走山路的经验，已然不知自己身在何处。山里天黑得早，很快山路就隐没在群峰的阴影中。大山的深处偶尔传来一阵阵低沉的嗥叫，不知是龙吟，还是虎啸。饶是赵匡胤初生牛犊，也不免心里着慌，想起了离家前父亲依依不舍的叮嘱。

“胤儿，外面兵荒马乱，旅途中务必铭记三则。其一，莫逞英雄，遇军伍，尤其是乱兵散勇，宜远避之。其二，常言‘穷家富路’，带足盘缠、水囊、干粮，莫错过打尖和宿头；务必择那客流不断、干净稳便的店家、酒家，慎防被黑店下蒙汗药。其三，财不露白，交友务慎，‘逢人只说三分话’，切莫泄露自家底细。”赵弘殷就像给部下下军令，提纲挈领、简明扼要。他特地给儿子准备了哨棒、匕首作为防身武器，危急时刻拼接在一起，可以作为朴刀使用。

赵匡胤掂了掂手中的哨棒，摸了摸怀中暗藏的短刃，心里有了底气。他紧了紧衣衫、行囊，准备爬上前面一处山头，趁彻底天黑前重新找准路径。

等到了高处，突然听见下面山坳里传出一阵年轻女子绝望的呼救声。他低头透过枝叶的间隙，看见了七八个明晃晃的火把，十几个恶狠狠的响马强人，把一位身着青布襦裙、外罩素布披肩、发髻凌乱的妙龄少女堵在一处崖根前。那少女踉踉跄跄地左突右冲，都被手持凶器的歹人挡了回去，哪里走得脱。

两个贼首狞笑着持刀逼上去，黥面的纹饰更加狰狞，眼见就要用强，不想少女从内里掣出一把三寸长的短刃，抵住了自己的胸口，其神情之果决，显然已准备鱼死网破。

赵匡胤见迟疑不得，知道此时出手必须先声夺人，绝不能在气势上落了下风，对方十几个悍匪，一旦缠斗起来，不要说救人，自己能否全身而退尚在未知。他看准了方位，扯出朴刀，利用树身作为掩护悄悄接近群匪，冷不防大喝一声猛地从一棵大树背后的暗处跳将出来，趁乱先照准后心一刀搠[①]倒了身材最胖大的一个匪首。

赵匡胤一击得手，不待停顿，掣出利刃，欺身直入。只见他身形如风，左右开弓，喽啰们猝不及防，惨叫声中，一下子被伤了七八个。这些响马都不过是些欺软怕硬的泼皮无赖，见赵匡胤来得凶猛，发一声喊，连滚带爬携

① 搠（shuò）

着抢来的物品作鸟兽散。

另一个小个子匪首却是个亡命徒，使单刀摆了个旗鼓，准备与赵匡胤放对，看架势竟是个会家子。赵匡胤并不答话，一条朴刀融合了棍、枪、刀法精髓，一招紧似一招。他余光里看见那少女从地上掇了一杆红缨枪，把躺在地上不及逃脱的匪徒一一戳死，心里疑惑她为何与这伙强人有如此深仇大恨。

小个子匪首虽然凶悍，但见自己落了单，对手不论是武艺还是身量、气力都占上风，不免心怯，想寻机抽身，刀法就露了破绽。赵匡胤哪里容他走脱，一个箭步挺身而入，霹雷般大喝一声，挺刀刺中了对手的大腿根部。

那匪首滚在地上哀求着："好汉饶命！好汉饶命！在下'着地滚'周进，死的胖大兄弟浑号唤作'满天飞'张广儿，本都是行伍出身，活不下去才在左近拉了一伙泼皮，做些剪径的勾当，并不曾伤天害理。请好汉爷爷看在我还有八十岁老娘要赡养，放小的一条生路，小的再不敢——"

"狗贼！不合你害了我爹爹性命！还要来奈何于我！"少女怒极喝骂。赵匡胤这才知道这伙山匪手段凶残，已犯下十恶不赦之罪。

"某家是西京洛阳夹马营的赵匡胤，教你死个明白！"赵匡胤知道不能留这种祸害活命，于是一刀结果了这厮，那少女在一旁用枪在周进身上戳了十几下才肯住手。

此时掉在地上的火把尽熄。被救的少女高鼻宽额，长身玉立，在黑暗中星眸如电，而这似曾相识的目光让赵匡胤一怔。她"扑通"给他下跪拜谢道："小女子拜谢英雄救命之恩！今生难以为报，如不嫌弃，愿做奴做婢，侍奉终生！"

赵匡胤手足无措，想伸手搀扶，怕唐突佳人，慌忙缩回了手，躬身叉手回礼道："姑娘言重了！在下路见不平，略尽绵薄之力，勿以为念。适才姑娘言及令尊已遇害，此话怎讲？"

"小女子姓赵，名唤京娘，父亲名讳上景下深。父亲携我南北游商，今日路过天龙山，特地上山到清油观看望出家的叔父'出尘道长'，不争遭了歹人伏击。我父女虽略通武艺，奈何强人势众——"名叫"京娘"的少女哽咽着说不下去了。

"如此说起来不是外人。在下赵匡胤，出尘道长正是在下的义父兼授业恩师，今日在下也是来拜望道长，天黑前迷了路径，不意撞见妹妹蒙难，怕是天意教我救了妹妹！现下咱们当先寻了令尊下落，在下一并送往清油观。”赵匡胤隐约记得义父曾经提到过自己有个长兄景深。见京娘虽遽遭大变，神色却没有一点崩溃和仓皇，悲痛中透着坚毅，谈吐有条有理，心里既怜惜又敬佩。他看准余烬的亮光，从地上摸到一个将将熄灭的火把，用火石重新点着，举在手里查看四周的动静。

“天可怜见遇到哥哥！”京娘再次下拜行礼，赵匡胤注意到她动作迟钝，显是腿脚带伤，于是关切地问：“妹妹腿上伤重吗？在下愿背妹妹行路。”

“不妨事，是刚才逃得慌乱，不慎把脚崴了，还挨得住。”京娘紧咬嘴唇吃力地站起身，就拄着红缨枪当拐杖，随赵匡胤到前面山寨里寻赵景深的遗体。

赵匡胤看见京娘走路时嘴角抽动，竟是忍着疼痛，再次想伸手搀扶，想想还是作罢。看到满地强人的尸首，知道刚才不过逞匹夫之勇，想起来不禁后怕。

赵匡胤背着赵景深的遗体，跟随一手持火把、一手拄长枪的京娘，向着清油观的方位进发。因为京娘崴了脚，而且要留意有无歹人尾随，两个人走了约莫一个时辰的山路，才到了道观门前。在火把忽明忽暗的照耀下，赵匡胤抬头看见门匾上写着“清宥观”三个字，心里暗暗释然：“我道是什么‘清油观’，好个腌臜的名字，原怪叔父好没品位，原来是恁个‘清宥观’！正该是清修赎罪的所在[1]。”

此时已经是二更天了，院内黑漆漆、静悄悄地没有人息。赵匡胤上前拍门，不多时，一个憨头憨脑、体格壮实的总角童儿手持油灯来开了门。他显然是认得京娘，但是看赵匡胤只是面生，他一边把二人让进院子，一边扭头对里面喊道：“师父，是京娘姐姐，还有……”下面却不知道怎么称呼。

清宥观正房是“三清堂”，供着玉清元始天尊、上清灵宝天尊和太清道德天尊。西厢房已经垮塌了一半儿，还残留着焚烧的痕迹，只东厢房基本完

① “宥”（yòu）本义是原谅、宽恕。

好。此时一位体态硬朗、清隽高瘦、头顶挽着道髻的道长，正披了一袭洗得发白、缀着几块补丁的灰色道袍从东厢房出来察看。

“叔父！”“义父！”

赵景清看见两个小辈在一起，还有哥哥景深浑身伤口的躯体，知道出了变故。等京娘、赵匡胤分别讲述了前后遭遇，不禁老泪纵横，咳嗽了好一阵才止住。他让赵匡胤把赵景深的遗体背进三清堂，叫小徒弟到西厢房遗址中翻出一块废弃的门板铺在地上，重新点了香烛，几个人把遗体安放在门板上。

山西一带近几年一直比较平安，同时离赵景清住持的清宥观越来越近，一心赶路的赵景深父女，仗着一身行走江湖的本领，没加提防，所以才着了道。不光赵景深送了性命，货物、行李也被歹人们洗劫一空。

赵景清一脸严肃，先仔细检查了兄长身上的致命伤，是背后中的两处暗箭。然后他为哥哥整理衣服，直到从怀里深处摸出一个晶莹剔透、精巧绝伦的玉佩，这才吁了一口气，擦净了血迹，交由京娘保管。赵匡胤注意到师父释然的神情，似乎这块玉佩比死去的亲人还重要。

“此乃祖传之物，唤作‘玲珑符’。”赵景清一边对满脸好奇的赵匡胤和张琼解释道，一边认认真真给赵景深的遗体盖上一块白布。然后老道长给京娘正了骨，修复了她的扭伤。京娘疼得直皱眉，但紧咬着嘴唇，竟然未吭一声。

忙完上面这些事，赵景清领着赵匡胤、京娘对三清像行了礼。随后几个人来到赵景清师徒生活的东厢房。堂屋实际就是厨房，屋子里堆着柴木和几样兵器，两个灶台分别连着南北屋的火炕。平时赵景清是与徒弟分睡南北屋。南屋正中挂着一幅风尘三侠的画像，并无上下款和钤①印，笔法质朴粗犷，不过人物颇为传神。炕桌上摆着碗箸，炕上整整齐齐叠着粗布被褥，保持着军营的简朴作风。

“这是贫道收留的孤儿张琼，算是你们的小师弟。”赵景清让京娘同他一起坐在炕沿，向赵匡胤介绍了关门徒弟的来历。话说年前张琼饿极了来观里偷吃供品，被赵景清抓个正着。他怕这半大孩子误入歧途，显了手段收服

① 钤（qián）

为徒，每日教他强身护体的技艺，又经常带他去后山的密林里打些野味单独补充营养。

“这位是你的师兄赵匡胤，表字元朗，也是为师的义子。”赵景清回头向张琼介绍赵匡胤。“元朗”是父亲赵弘殷亲自给他起的名字，出自东汉王逸的楚辞《九思》“随真人兮翱翔，食元气兮长存”和“哀岁旻天兮清凉，玄气兮高朗”二句，期以志向高远，胸有正气。

“元朗，京娘小你五岁，可怜将笄之年[①]，却殁了父母双亲。她今日得你相救，实乃不幸中之大幸！京娘，你就拜匡胤为兄，成全了他一番义气。”于是二人在赵景清的见证下结为义兄妹，由此定了手足名分。

这厢赵景清在京娘搭手下热了些剩饭作为两个来客的宵夜，那厢张琼按师父的吩咐腾出床铺给京娘就寝。

好在是深山里的夏夜，赵景清、赵匡胤、张琼爷仨挤在南屋的炕上并不烦热。赵匡胤闭上眼，然而脑海里满是京娘英气勃勃、杀伐果断的身影，久久难以入睡。

等第二天赵匡胤醒来，发现其他三个人早已起床，各自忙里忙外好一阵了。赵景清把他单独叫到三清堂，郑重地说：“元朗，京娘父亲不幸遇害，此事须要速告诸亲。京娘母亲早亡，最近的一位长亲就是太原城里节度使牙的蕃汉兵马都孔目官郭文仲，单字讳威，是京娘的嫡亲姨丈，现在已升任侍卫亲军马步军都虞候，都尊称‘郭仲帅’。京娘母亲张氏之三妹，嫁与郭仲帅为续弦。京娘的二姨娘有独子曹彬，目前亦在郭仲帅麾下。京娘亲兄赵彦徽则远在徐州符令公军中任职。你今早饭后替我送信至太原节府，请示郭仲帅对吾兄后事之安排。”随后把一封家书，连同“玲珑符”交到赵匡胤手里，“这‘玲珑符’是信物，郭仲帅一见就知究竟。‘玲珑符’十分要紧，切莫遗失或损坏！”见师父反复叮嘱，赵匡胤不敢等闲视之，把玲珑符和家书仔细收到怀里妥帖处。

原来郭威年轻时曾加入后唐庄宗李存勖亲军“从马直”。后晋天福二年（937），刘知远任侍卫马步军都虞候，后迁侍卫亲军马步军都指挥使，郭威在都指挥使司任主管公事，开始成为刘知远的左右手。今年（947）二月刘知

---

① “及笄之年”指女子年满十五周岁，“将笄之年”则指女子虚岁十五。

远在太原称帝后，改单名“暠”①，升太原府为“北京”②。而郭威新任权枢密使、检校司徒、侍卫亲军都虞候，仍兼节度使牙的蕃汉兵马都孔目官。

“义父请一百个放心。前者德顺师兄来信中同时提及了郭孔目，邀我去晋阳投在他手下同为袍泽，此番正好去找德顺师兄。”

“不知仲宝去真定府投杜重威，现在是凶是吉？！”赵景清叹道。“德顺”是韩令坤的字，“仲宝”是赵匡胤另一位师兄王审琦的字。

午时不到，赵匡胤就进了太原城。

中唐时期古文运动倡导者之一、四门博士③欧阳詹在《和太原郑中丞登龙兴寺阁》一诗中咏道：

晋国颓墉生草树，皇家瑞气在楼台。
千条水入黄河去，万点山从紫塞来。

春秋末期，晋国公卿赵简子的家臣董安于在西依悬瓮山、东临汾河地带据险筑城，因在晋水之阳，取名晋阳，为晋阳建城之始。此后晋阳依次成为“战国七雄”之一的赵国、汉初韩王信④的封国韩国、刘邦的第四子刘恒即后来的汉文帝的封国代国之都城，晋阳从此成为北方边防重镇之一。南北朝时

---

① 暠（hào），同“皓”，意为光明、明亮。

② 现在的中国首都北京一带即当时的幽州，是辽国的“南京”。

③ 四门博士，学官名，全称“四门小学博士”。北魏太和二十年（496）始设，二十三年定为九品上。隋代隶属于国子监，唐代归于太学，元代以后不设。管教七品以上侯伯子男的子弟以及有才干的庶人子弟。以教授四门小学学生五经文字为主，参与礼仪的议定和秘书省所藏书籍的整理。四门小学，古代学校名。北魏孝文帝太和二十年始置东、西、南、北四门小学，属太常寺，训教皇宗子弟，以取代迁洛前之皇室宗学；由设于四郊改设于太学坊之四门，与太学共处。北齐亦置，改称四门学，领属于国子寺，设四门学博士二十人，助教二十人，学生三百人。

④ 韩王信并不是秦末汉初的名将韩信，虽然二人同名同姓。他是战国末韩襄王庶孙，从入汉中，拜为韩太尉。汉高祖二年，将兵略定韩地，立为韩王。汉高祖六年，以太原郡为韩国，徙韩王信都晋阳，以备匈奴。同年韩王信降匈奴。汉高祖十一年，韩王信被汉将柴武所杀。另外要注意：刘邦的庙号并不是“高祖”，而是“太祖”，加上谥号应该全称“汉太祖高皇帝”。此外年号的制度始于汉武帝，汉太祖刘邦并无年号。

期晋阳实际成为北魏与北齐的政治中心。

晋阳有“太原”“并州”“龙城”等别称。秦庄襄王始置太原郡，治所在晋阳，所以得名“太原”。并州为上古九州之一；汉武帝置并州刺史部，为十三部州之一，领太原、上党、西河、云中、定襄、雁门、朔方、五原、上郡等九郡；东汉时，并州始设治所于晋阳。晋阳是北魏、北齐、大唐、后唐、后晋、后汉的龙兴之地，“得山西者得天下”，所以又被誉为“龙城”①。

当时的晋阳有“里三城、外三城”，易守难攻。所谓“外三城”，是指晋阳从西向东依次有相接的三座城池。“中城”最小，又称“连城”，横跨汾水。“西城”最大，开元十一年（723），唐玄宗升并州为太原府，所以“西城”别称“州城”或“府城”，包含了“大明城”“新城”“仓城”——也就是所谓的“里三城”。而东城始建于北齐河清四年（565）。尤其是西城中的“仓城”，往往可以凭借充足的储备物资坚持顽抗数月甚至一年以上的围困。

李渊父子起兵太原，高宗李治被封晋王，武则天祖籍并州，唐王朝封太原为“北京”“北都”，规格与长安、洛阳一致。终唐一代，朝廷投入了大量资源修葺太原城。至唐末太原城成了东西十二里、南北八里多，周长四十二里，有二十四座城门的超大城市，就是与同时期的长安和洛阳相比也毫不逊色。单单“府城”就周长二十七里，城高四丈，气势恢宏。刘知远的河东节度使府牙就设在与“仓城”相通的“新城”内，而郭威是在仓城一处不起眼的院子里办公。

虽然郭威的办公处不比晋阳宫和节度使牙那般堂皇，但也是门禁森严，守卫的牙军如狼似虎，赵匡胤一时不知如何才能见到郭威。突然间院门内外一下子安静下来，原来从大门里迈出三位威风凛凛的武官，正与赵匡胤打个照面。中间的军官约莫二十六七岁，青白面皮，面容沉静，中等身材，身着营指挥使的服饰；左边的都头与居中者年龄仿佛，一副机警干练的劲头；右边一位看面貌刚刚成年，眉眼之间与京娘神似。

---

① 北宋开国后，历时19年，历经赵匡胤、赵光义兄弟三下河东，才把北汉征服。赵光义十分痛恨晋阳军民的顽强抵抗，同时，汲取五代晋阳三称帝的教训，惧怕晋阳再出“真龙天子”，降诏烧毁晋阳古城，这座经营千年的古城遂化为白地。太平兴国五年（980）四月，赵光义又令引汾水、晋水灌晋阳城废墟，“九朝古都”晋阳城从此彻底消失。

居中的青年军官虽说文文静静，但是带着无比强大的气场，他一边大踏步前进，一边扫视全场，而此时他犀利的目光就落在赵匡胤脸上。

“元朗，你来得正巧，再晚一步，咱们兄弟就错过了。”左边的都头开口说，他正是赵匡胤的发小兼同门师兄韩令坤。

“德顺兄，你们要出发公干吗？”赵匡胤注意到除了最年轻的军官，韩令坤和居中的青年都是一身骑装，门外等候的军卒给他们牵来了坐骑。

“我和这位郭军使正有紧急要务，你只能暂在署内羁縻些许日子。”韩令坤对右边的两位军官介绍说：“这就是我跟你们提过的师弟赵匡胤，表字元朗，是京营护圣军赵都帅的长公子，今番特地来投军。”他扭头对赵匡胤说：“这位是少帅郭荣，我的直管上司；那一位是郭仲帅的妻甥曹彬，表字国华。”

于是四人互相叉手致礼。郭荣严峻的面庞露出了难得的笑意，扭头对韩令坤说：“端的是条好汉子，今日一见，不枉你平日里夸耀！”他转头对赵匡胤抱拳道：“元朗贤弟，今日军务在身，不容盘桓，十分抱歉，咱们改日再多亲近。”他又吩咐曹彬道：“国华，你来安排元朗的下处，把他当自己的亲兄接待。”说完他与韩令坤扳鞍上马，与赵匡胤、曹彬匆匆拱手告别而去。

“郭牙内真个是出类拔萃！”赵匡胤对第一次见面的郭荣赞不绝口。

“那是自然，署里一多半的事务都要靠我表哥操办，他是我姨丈的得力助手，姨丈时常叮嘱我多跟着表哥行走。”曹彬一边不无骄傲地说，一边领着赵匡胤穿过重重守卫，进到院子里。

赵匡胤一把拉住了曹彬：“国华兄弟，咱们借一步说话。我此番进城并非为投军而来。你是不是另有一位姨丈姓赵，讳景深，女儿名唤京娘？”“不错，他二人按说本该这两日来送……来访亲，怎么……”

赵匡胤对曹彬简要讲述了赵景深父女的遭遇，并从怀里掏出玲珑符和家书。曹彬看到玲珑符，脸色一变，请赵匡胤在前院内稍候，自己握住玲珑符和家书火急火燎冲进内院。

过了一盏茶的工夫，曹彬在后院门口重新出现，招手叫赵匡胤随他入内。在内堂的书案后，他终于见到了久仰大名的郭威。

即使是坐在圈椅上，也不难看出郭威伟岸的身材。他身穿灰麻便装，头戴一顶软纱唐巾，身前的书案上放着文房四宝、成堆的公事、几本《阃外春秋》[①]，身后的墙上同样有一幅《风尘三侠图》。在郭威的注视下，赵匡胤有一种被看透内心的奇怪感觉，他不禁希望有一天也能具备郭威这样的能力。

郭威手里拿着赵景清的家书和那枚玲珑符，第一个问题却让赵匡胤吃了一惊："元朗贤侄不必多礼。令尊近来可好？"他抬手示意跪拜的赵匡胤起身回话。

赵匡胤马上沉下心绪，朗声回答："承蒙大帅垂问，家严身子健旺。"

"令尊广厚兄多年前与我同在庄宗身边供职。此去经年，不想故人已有虎子如斯。"郭威的目光好像穿透了赵匡胤和他背后的墙壁，看向遥远的过去。

赵匡胤的父亲小字"广厚"，字义正与其名"弘殷"相若。不过因行伍中人大多没有字、号，甚至大名都是入伍时由官长所起，而且日常不需要称彼此的字来表示客套，所以赵弘殷的表字不为常人所晓，只有家里人和少数几个旧好才知道。赵匡胤虽然听父亲提及过郭威，但是并不知道二人是很深的故交，一时不知如何接话。

郭威一抖家书凄然道："敝亲景深兄和京娘之事我已尽悉。官家已经光复汴京，本帅马上要启程护送皇后和一众宫眷去东京，实无暇兼顾景深兄之后事，一切都听凭你景清叔做主。"郭威口中的"官家"，即已经称帝的刘知远，而"皇后"就是刘知远的原配夫人、新册封皇后的李三娘。

郭威略一沉吟，转头吩咐曹彬说："国华，你陪元朗回清宥观，协助料理丧事，并将我的意思转告你景清叔及京娘。启程前率一队得力牙军随行，确保殡葬物品一应俱全。你景清叔素来简朴，你从我的俸银积蓄中再支五十两作香火之资，另五十两与京娘作投亲路上的盘缠。"最后郭威把玲珑符交给曹彬，让他仍交还给京娘保存。

曹彬领命，给赵匡胤使了个眼色，二人单腿跪地行礼后退出堂屋。等回到前院，赵匡胤才如释重负，好像彻底脱离了郭威锐利目光的笼罩。他没有意识到，由于刚才应对得体，不该问的不问，其表现给郭威留下了深刻印象。

---

① 《阃外春秋》十卷，唐李筌撰。约取史文，记叙西周武王克殷至唐武德四年（621）擒窦建德，共一千七百余年间军事战争史迹概略。

曹彬虽然外表像个大姑娘，说话做事却非常爽快利索。他点了一队二十名精干牙军，去街上的寿材店买了一口上好的红漆柏木棺材，另外派几个牙军分别买好陪葬的衣饰明器、纸钱祭品、几身孝衣孝帽、纸人纸马等物，征了一辆牛车装上棺材等物，二十二个人都骑了马进山向清宥观而来。

约莫申时四刻，赵匡胤和曹彬一行人回到清宥观。京娘见到表哥，当然是忍不住失声痛哭。曹彬只能温言劝慰，随后与京娘、赵景清三人进屋商量后事。因为是夏天，遗体不能久放，现成有一队牙军弟兄出力，“拣日不如撞日”，傍晚就把死者葬在观后的树林里。赵景清在坟前立了一块木牌，上书“大唐奉圣军副指挥使、陪戎校尉赵君景深之墓”。赵匡胤这才知道赵景深与弟弟赵景清一样，都曾经是禁军的军官，赵景深还带着从九品上的散阶，入晋后才弃武经商。赵景深入殓时穿着曹彬准备的从九品青色官服，佩鍮石带，头戴一道梁的进贤冠。赵景清念经超度，一身孝服的曹彬陪着京娘伏在坟前哭了许久。

刚过戌时，曹彬领着一队牙军下山回城。暮色中，赵匡胤看着京娘抽搐的肩头，真想把自己的臂膀借给她倚靠。“京娘妹妹此后该托付何人呢？总不能留在清宥观里当道姑吧。”

等料理完丧事，趁张琼和京娘准备晚饭的当口，赵景清单独对赵匡胤说：“我与郭仲帅的意思是……送京娘往徐州投奔我的侄儿赵彦徽。只是郭仲帅父子军务繁忙，而我有病在身……”

“义父，此事就交给我吧，纵有千难万险，我也一定会把京娘妹妹平安送达徐州！”赵匡胤斩钉截铁地表示。

第二天，赵景清让匡胤复习诸般武艺，点拨了若干精要，特别让赵匡胤演练了“少林小擒拿”，京娘也学了以短刃防身的几个招式。临别时赵景清教诲赵匡胤：“‘一个好汉三个帮’，如无十足把握，切莫强出头。要成就一番事业，不能仅靠个人的武力，还须得有一帮好兄弟做援手。”他还特意提醒兄妹俩注意凶悍的大股乱兵，有时候官军的斥候部队遇到了也不免吃亏。

第三天一早，赵匡胤和京娘见赵景清病情无碍，且有小师弟张琼相伴服侍，这才依依惜别，安心离去。

见兄妹俩去得远了，赵景清捂住嘴，剧烈地咳嗽起来。

# 02 夜袭

赵匡胤兄妹从清宥观出发后，一直由京娘精心策划行程，二人每天及时打尖，也不曾错过宿头。他们按照郭威的建议，避开了史弘肇出晋作战的南线，即没有由潞州、泽州到洛阳，再顺又称通济渠的汴河而下至开封、宋州，最后抵达徐州；而是改走东线，在井陉出固关，就到了真定府地界，古称常山郡，出过三国时期的名将赵云赵子龙。

虽然在行旅中，赵匡胤和京娘都保持着自幼受家庭环境影响养成的良好作息习惯——每天按时就寝、起床、洗漱、习武；如果能赶上住店，京娘必然想法子躲在自己屋里洗澡或擦身，出发前都会整理好床铺卧具，一丝不苟地擦上头油，扫个淡妆。赵匡胤特别注意到她随时保持警觉，依然随身暗藏一把匕首。

赵匡胤意识到自己的心思一阵阵都放在京娘身上，无暇旁思。这让他暗自责备自己的轻浮。

“妹妹这套行藏作风，活脱脱一位‘风尘三侠’中的红拂女在世！”赵匡胤找了个话题掩饰自己的窘迫。听赵匡胤说到“风尘三侠”，京娘眉梢一挑，若有所思瞟了他一眼。话匣子一打开，两个人就轮流说起故事来解闷。

京娘自情窦初开，就爱读唐代元稹的《莺莺传》[①]《无双传》[②]《离魂

① 又名《会真记》，讲述贫寒书生张生对没落贵族女子崔莺莺始乱终弃的爱情悲剧。

② 《无双传》是唐代传奇小说，为河中宝鼎（今山西省万荣县西南）人薛调所著。本篇写唐德宗建中年间刘震的女儿无双，与刘的外甥王仙客恋爱的故事。

记》[①]等才子佳人故事，更爱把自己代入侠义类的传奇如《虬髯客传》[②]《聂隐娘》[③]《谢小娥传》[④]中的女主人公，幻想自己能像荆十三娘、红拂女等侠女一样闯荡江湖、行侠仗义。

听着京娘讲她读过的传奇故事，赵匡胤不由得回顾自己在不同时期的偶像：少年时期是偶尔从军中回家探亲的父亲，高头大马，浑身戎装，盔明甲亮，就像一尊庙里的天神韦驮，彼时他憧憬长大后成为像父亲和义父一样的猛将，所以天天带着一群孩子演练战斗的游戏；现在则是崇拜风尘三侠中的李靖，期待自己年轻时在江湖上快意恩仇，中年以后建功立业，封侯拜将，图像烟阁。

二人一路上谈得越来越投机，赵匡胤暗叹京娘与贤淑的贺氏完全不同，是自己难得的风尘知己，只是现在两人之间已经有一道不能逾越的兄妹名分。

这一日来到真定辖下的藁[⑤]城县乡间，终于出山见到华北大平原。虽然是夏季，但是当地久旱无雨。村民们聚集在土地庙烧香磕头、献祭祈雨。赵匡胤和京娘看见天边果然出现了黑压压的一片“乌云”，隆隆作响。二人正赞叹神祇灵验，转眼间，飞蝗就遮天蔽日而来。拇指大的蝗虫压得树枝、秸秆吱吱作响，随便踏上一脚，蝗虫尸体的汁液溅得满腿满脚。蝗虫一边吃一边拉，除了咔咔的咀嚼声、嗡嗡的振翅声、簌簌的啸叫声，还有哗啦哗啦的落屎声，交响在一起，震耳欲聋。密密麻麻的蝗虫穷凶极恶，根本无视村民地

---

① 《离魂记》是唐代作家陈玄祐创作的传奇。此篇讲述了清河女子张倩娘与太原王宙私奔的故事。

② 《虬髯客传》是唐末杜光庭创作的唐代传奇小说，以歌伎红拂大胆私奔李靖的爱情故事为线索，描写隋末有志图王的虬髯客在“真命天子”李世民面前折服并出海自立的故事。该小说成功刻画了李靖、红拂、虬髯客这三个人的形象，后世因此称他们三人为“风尘三侠”。

③ 聂隐娘是唐代裴铏所著《传奇》中魏博大将聂锋之女。幼时被一尼姑掳走，过了五年被送回，已是一名技艺高超的女刺客。一次她奉命刺杀刘昌裔，却为对方气度折服，转而投靠。后又化解精精儿、空空儿两次行刺，成为名噪一时的传奇女侠。

④ 《谢小娥传》是唐代文学家李公佐创作的传奇，塑造了一位替父亲和丈夫报仇的英勇机智的女子形象。

⑤ 藁（gǎo）

轰赶，甚至疯狂地扑咬人类和牲畜。

村民们只好纷纷躲入房中，家家闭户。赵匡胤和京娘奋力扑打，且战且退，最后躲入村外的一处废砖窑。而数百只蝗虫如影随形，没头没脑地跟了进来。京娘情急之下，一头扎入赵匡胤怀中躲避，赵匡胤则迅速把外衣脱下，罩住两个人的头面。他感觉到京娘身体的抖动，闻着少女发间头油的茉莉清香，只好把胳膊撑住了衣服，连眼都不敢睁开来看近在呼吸间的京娘。

赵匡胤只听见外面轰隆隆的巨响渐渐随风而去，正庆幸自己能做到坐怀不乱，蓦的感觉京娘没来由地把自己一推，睁眼一看，她已经坐在三尺开外。赵匡胤刚伸手想帮京娘揪掉头上、身上残余的几只蚱蜢，不料京娘往旁边欠了欠身，敛容说道："无须劳动哥哥，京娘自能点检干净。"

赵匡胤一头雾水，哪里猜得透女孩子忽晴忽雨的小心思。不过他天生胸襟豁达，顾不上这些儿女情长，索性一抖外衣重新披在身上，自己钻出砖窑查看外面的动静。多情总被无情恼，京娘看着逆光中赵匡胤宽阔的背影，不知该钦敬还是该心焦。

田野里飞蝗扫荡一空，颗粒不留，甚至作物的秸秆也啃食精光。村民也陆续出门查看，都是目瞪口呆，无能为力，只有几个老妪瘫在地上干号。有一些机灵的村民开始忙着捕捉遗留的蝗虫作为仅剩的"口粮"。

赵匡胤回头看见京娘惊魂未定，想纾解此时的尴尬，便打趣她道："妹妹刚才慌不择路，倒像是怕被这些虫儿吃掉一般。"

京娘正容说道："哥哥是没见过真正的食人禽兽。我随爹爹走南闯北——"说到这里，心里一阵凄楚，就止住了话头。

傍晚，二人到了一处集镇——黄茅店。这里以前是好大的一处草市①，近年屡遭兵祸，已不复当初的繁华。只是地处要津，刚刚聚拢了几十个小买卖，恢复了些许生气。

---

① 草市原来是乡村定期集市，各地又有俗称，两广、福建等地称墟，川黔等地称场，江西等地称扲，北方称集。草市起源很早，东晋时建康（南京）城外就有草市，大都位于水陆交通要道或津渡及驿站所在地。其命名用意，或说因市场房舍用草盖成，或说因初系买卖草料市集。经过长时期的发展，到宋代，其中一部分发展成为居民点，个别的上升为县、镇，而紧临州县城郭的草市，则发展成为新的商业市区。

赵匡胤领着京娘，急着找一处干净的食摊就餐，没留神与对面一个身高相若的壮汉肩头相撞，两人俱是一震。赵匡胤目测对方肩膀似乎比自己还宽上寸许，旁边还立着一位身高九尺的后生，一样的细腰乍背，斜眼抱臂瞥着兄妹二人，看样子与那壮汉是一伙。依赵匡胤本来的脾气，必然要分个高下，此时有京娘要回护，他不想生是非，就抱拳拱手道："这位兄台，敢请借过一下。"

"走路不长眼啊，敢冲撞你家祖宗爷爷！"那壮汉并不是本地人，横眉立目，操着一口东京口音，一副浮浪纨绔子弟的派头。

"你二人孤男寡女，来路蹊跷，必是偷情私奔。识相的，随我们兄弟去见官！"那高个子在一旁瓮声瓮气地助阵。这两个闲汉看赵匡胤身边的女子风姿出众、顾盼有神，哪里肯依。

"两位请行个方便，我兄妹在此告谢！"赵匡胤一再容让。

两个壮汉欺赵匡胤言谈斯文、态度谦和，愈加得寸进尺，索性撸胳膊挽袖子，联袂拦住兄妹二人的去路。

周围的摊贩、食客看势头不对，都起身让出一个圈子。

赵匡胤知道今天一顿架是躲不过了，冷笑一声，把手中的哨棒交给京娘，随后立了个"懒扎衣"的门户把她护在身后。

那两个莽汉也撇了身上背的兵器，脱下上衣甩在一旁，露出一身文胸花臂，无非是腾云的蛟龙、下山的猛虎。高个壮汉耐不住性子，率先下场厮扑。赵匡胤看他身大力沉，一蹲一抓，显然都是相扑的路数，但是底盘不稳。赵匡胤爱惜他是条好汉，没有使出"折"字必杀技，只用了小擒拿中"缠""拿"二诀，让他吃了几跤。宽肩膀的后生见伙伴堪堪不敌，没奈何出手相帮，但是只会使蛮力。赵匡胤感觉到背后一双热辣辣的目光，于是有意卖弄，步法愈加行云流水，虽然是以一敌二，却丝毫不落下风。围在一边看热闹的众人纷纷叫好，生怕三人不用命。

赵匡胤的两个对手狼狈不堪，早挫了锐气。其中宽肩膀的识得个中厉害，知道赵匡胤未尽全力，暗生钦佩。只有那高个子恼将起来，众目睽睽之下哪肯干休，眼见要暴起拼命。

"元朗兄弟且歇手！"

突然有三个精壮汉子分开众人抢出来，其中一个玉面短髯、老成持重、手数佛珠的挡在赵匡胤身前，另外一黄面、一红面两个后生一左一右从背后抱住了高个子，那高个子挣了几下竟不能得脱，明显架住他的两个人都是摔角的好手。

“仲宝！不意在此邂逅。”赵匡胤认出黄脸后生正是自己的同门师兄王审琦，其他两人却是面生。

“三位都是顶天立地的好汉，切莫自家人火并！”听了年长壮士的一力劝解，打架的三个人渐渐平息下来。围观的闲人们见没有了热闹可看，没趣地散了个干净，只剩下几个食摊继续营业。

“几位都是好朋友，大伙想是饿得肚子里发火，咱们寻个地方边吃边谈。”王审琦拉着一高一壮两个汉子，年长的壮士则挽了赵匡胤，京娘和红脸后生跟在后面，七个人找了个宽敞利索的面摊坐下。当时面条之所以如此受欢迎，就是因为方便易熟，再加以预先做好的各样“浇头”，有荤有素，适合不同口味，当然是较为理想的“快餐”了。

“在下王审琦，本辽西人，后迁居洛阳，与这位赵元朗是同门师兄弟。这位大哥，是我的长官李继勋，字昭齐，大名府元城（今河北省大名县东）人氏，人称‘八目天王’。还有这位刘光义[①]兄弟，本是河北涿州人士。”听了王审琦的介绍，那一高一壮两个汉子连忙起身拱手称“久仰”，自我介绍分别是磁州武安县的韩重赟和开封府的石守信。赵匡胤与刘光义祖上是同乡，叙了乡谊，彼此格外亲近。

“赵哥哥奢遮[②]了，端的好手段！”韩重赟对赵匡胤由衷赞道。

“石某恁的有眼无珠，险些造次！”石守信在旁也是一脸惭愧。

“两位兄台承让了！”赵匡胤谦逊道。

石、韩二人初时见赵匡胤与王审琦相识，怕他四人联手，自己两个人不免要吃亏，不得已才住了手，现在发现彼此都是敞亮人。六人年纪相当，武艺各有千秋，不免义气相投。

“三位真是棋逢对手、将遇良才，不打不相识啊。”李继勋不忘招呼摊

① 赵匡胤称帝后，其弟赵匡义为避讳改名“赵光义”；而刘光义为再避其讳则改名“刘廷让”。

② “奢遮”一词源于契丹语，意思是了不起、出色、能干、出众等。

主下了七八斤面到锅里。这处面摊的浇头够齐全，荤的有猪羊阉生面、大片铺羊面、丝鸡面、三鲜面、盐煎面、笋泼肉面、子料浇虾燥面、耍鱼面、臊子面的卤子，素的有笋辣面、笋菜淘面、七宝棋子面、百花棋子面、素骨头面的浇头。等面出了锅，六个年轻汉子各用大海碗盛满，添了各人对口的浇头，开始豪吃阔谈，只京娘坐在赵匡胤身旁，文文静静用一个小碗吃面。

李继勋已过而立之年，入伍从军日久，已在杜重威手下升任营指挥使，当杜重威、李守贞在恒州[①]城下缴械投降契丹后，他对“软骨头”的杜、李二人极度失望，并没有随降军南下，而是带着部下王审琦、刘光义弃职，决定投奔仍然举着抗辽大旗的刘知远部。石守信家境阔绰，请得禁军里的教头学艺，善使一对铜锤；韩重赟是屠户出身，有个诨号唤作“泼命太岁”，善使一柄开山巨斧。石、韩这两位“祖宗”都是因在家乡斗殴惹了官司，被迫出来闯荡。

“各位朋友不知，我这光义兄弟乃真正名将之后……”李继勋两大碗笋辣面吃得尽兴，拍拍肚皮扯开了话头——

刘光义的曾祖刘仁恭号称“刘窟头”，曾任唐朝的卢龙军节度使。其祖父刘守文曾被唐昭宗授为义昌节度使。后梁开平三年（909）其叔祖刘守光囚禁父亲刘仁恭后篡位，刘守文举兵讨伐，结果兵败为刘守光所杀，上演了父子成仇、兄弟相煎的惨剧。此后刘光义之父刘延进只能隐名埋姓四处避祸。

自秦汉以来，北人尚武，有所谓“穷文富武”的说法。习武之人必须家资优渥，不事生产，供得起高营养的伙食，有钱置办兵器、铠甲、马匹，还要有习武的场地。所以几乎所有武将都来自职业军人家庭或武术世家，还有少数是富家子弟不爱读书，花钱延请教师传授武艺。今天在座的六位好汉都不外以上几种出身。

赵匡胤又问起石守信、韩重赟的打算。石、韩二人是路上结伴，慕名来投守澶州的两大令公符彦卿、高行周，结果发现符、高二将也投降了契丹，十分地扫兴。李继勋听闻刘知远兵强马壮，帐下猛将如云，有所谓“四大金刚”：“郭雀儿”郭威、“张大虫”张元徽、“赛张飞”史弘肇以及赵匡胤和刘光义的同乡——“常胜将”曹胤。现在他们听说刘知远命郭威扩充牙

---

① 即真定府，今河北省省会石家庄一带。

军，广招天下勇士，五个年轻人正没个去处，所以开始商议是不是一起去太原投军。

不过饭桌上的七个人并不尽悉晋朝“四大令公”陆续投降辽主的端由。

开运三年（946）十一月，盲目效仿“卧薪尝胆”故事、妄自尊大的后晋少主石重贵力图摆脱向契丹主称孙的屈辱地位，尽遣禁军主力北伐，不想主帅杜重威、李守贞逡巡畏战，兵败于瀛州（今河北省河间市）滹沱河之中渡桥。杜、李粮尽被围，在重利引诱下胁迫全军十万人投降契丹。

“中渡桥之战”后，石重贵急诏符彦卿与高行周率兵屯驻在澶州（今河南省濮阳市）御敌。开运三年十二月（947年1月），投降契丹的彰国军节度使张彦泽引契丹军绕开澶州攻陷汴州，石重贵献表投降，耶律德光称帝，改国号为“大辽”。符彦卿与高行周奉石重贵劝谕自澶州南下，归顺辽朝。辽军灭晋后，纵兵劫掠、残害百姓。中原地区义军纷起，耶律德光无奈之中只能让符彦卿、高行周各自返回武宁军和归德军镇压“徐、宋寇盗”。自此晋朝的“四大令公”尽归辽主麾下，只有割据河东的刘知远虚与委蛇。

“我兄妹恰好从晋阳至此，原来河东的刘节帅已经称帝，改国号‘大汉’，史弘肇和郭仲帅已经分别升任侍卫亲军马步军都指挥使和都虞候。其中史弘肇已奉刘节帅之命南征攻占了大梁城，刘节帅……官家本人和郭仲帅业已在赴东京的路上，几位兄弟不必走这趟冤枉路去晋阳，可以直接转奔汴梁。”

“如此元朗兄弟和这位……妹妹，也和我们同路去东京吗？”王审琦当然知道赵匡胤并没有“京娘”这么个妹妹，一脸好奇地追问。

赵匡胤知道李继勋、刘光义等都是精细人，已经看出来自己和京娘不是亲兄妹，不敢继续相瞒，索性就把在天龙山救了京娘，奉师命送京娘去徐州找兄长投亲等经过约略说了一遍，李、王、韩、石、刘五人听后都赞叹不已。因为除了王审琦，其他人都是初次见面，赵匡胤留了个心眼儿，并没有提及自己得到郭威接见，以及京娘与郭威沾亲等细节。

李继勋久历江湖、军伍，颇知风鉴之术，早就注意到赵匡胤和京娘眉眼、口音都不相同，此时吊着书袋说：“吾观京娘妹妹头圆额平，面起重城，印堂光明如镜，山根饱满，直透命宫；左眉有痣主长寿，而右脸有痣，至少有邑封之贵也。”一番话说得京娘扭捏不安，只当是饭桌上的玩笑话。其实李继勋暗观赵匡胤和京娘都有过人之相，有心交结，但此时并不说破。

王审琦乘机起哄说：“既然京娘妹妹将来必定大富大贵，今日我们几个也都趁早攀个亲戚。”七个人就按年纪，改以兄弟、兄妹相称，李继勋自然是大哥，京娘最幼，当了“七妹”。这一场算是七兄妹的“小聚义”。

然后大家商定赵匡胤兄妹二人先去徐州投亲，其余五人改奔东京汴梁，而赵匡胤随后赶到东京，大家在大相国寺东侧杀猪巷石守信家的“石记老店”接头重聚。

最后面摊主人来算账，一共是三百二十文。石守信豪爽，坚持替大伙结账。其他几个人不耐争执，就由着他会账。黄茅店镇上并无正经的客栈，七个人饭后只能分头就近寻了几处民居投宿。赵匡胤兄妹住的这家只有一位孤老婆子，里外还算干净，京娘提前付了五十文宿钱。

此时已快过了头更，京娘略一洗漱，与婆子将就睡在里屋炕上。赵匡胤就一个人胡乱躺在堂屋灶台旁的柴草堆上。他实在是太困乏了，一闭眼就起了鼾声。

在赵匡胤的梦中，父亲再一次回家探亲，母亲杜氏特地补了妆容，眼中堆满了笑意。自己还是只到父亲肩头的少年，父亲一手一个抓起自己和弟弟匡义，举过头顶，自己抱着父亲铁箍般的臂膀，感到无比的安全……

不知是几更天，黑暗中赵匡胤被老婆子拍醒。“起狼兵了。”老婆子轻声说，但是她并没有掌灯。原来这婆子是经历多次屠镇的幸存者，家人都被乱军屠戮殆尽，一直心有余悸，警惕性极强，加上老年人本身睡觉轻，现在听见外面动静不对，所以出言示警。

此时赵匡胤和京娘也清楚地听到大街上迅速逼近的马蹄声、脚步声、破门声和呼救声，二人不禁相顾失色。借着窗外月光，赵匡胤见京娘已经穿好外衣，老婆子久历兵祸，从灶膛里抓了一把炭灰，三两下把京娘抹了个大黑脸。他一翻身抄起哨棒，再把躲在灶台后的老少二人用柴草盖好，自己掏出短刃装在哨棒一端，匆匆组成一杆朴刀，冲出去应敌。

偷袭由军队驻守的城寨是战争行为，而夜间偷袭村镇，纯粹就是为了洗劫。“狼兵”就是老百姓对专事烧杀劫掠的乱军的称呼，特别是在粮荒的年景，“狼兵”不仅会杀人放火，还会把活人宰了当“口粮”，真与虎狼无异。

残唐至五代，纵兵食人的藩镇有秦宗权、苌[①]从简，逼令部下生吃活人肉的有桀燕刘守光、刘知远的堂弟刘信。甚至横海军节度判官吕兖[②]开设过专司屠宰羸弱平民以给军食的机构“宰杀务”。民间在饥馑无粮时期也出现过买卖人肉的交易市场。更有赵思绾辈喜食人胆，以酒吞之，曾放言：“吞此至一千，即胆气无敌矣。”这些故事都被老百姓用来吓唬夜啼的小儿。

京娘和老婆子躲在柴草后面，只听见院外人喊马嘶，夹杂着各种兵器格斗的声音，特别是韩重赟粗哑的大嗓门忽东忽西，显然战斗十分激烈。

赵匡胤如蛟龙出海，挺朴刀加入战团。赵匡胤、李继勋等六人都有以一敌十的本领，几位英雄使出浑身的解数，杀退了第一股狼兵。狼兵本意是抢掠，没想到碰到这一伙生力军，一时措手不及。赵匡胤杀得兴起，认得狼兵头目座下的战马是西域的名驹“汗血宝马”，唤作“赤麒麟”，哪里肯放过，跳起来一刀戳向那头目的侧颈。

京娘突然听见外面许多人大喊“走水了”，不多时闻到呛鼻的烟气，看见屋顶烈焰腾腾，知道在屋内藏不住了，急忙拉起婆子冲到院外。只见四处房舍都被狼兵引燃，面目狰狞的狼兵狼奔豕突，一对对招子在黑暗中闪着绿荧荧的凶光，就像黑夜中的野兽。饶是她胆气过人，也不由得花容失色。正彷徨无措间，蹄声脆响，不及回头，就被一个有力的臂膀从背后一把抄起。

周围的一切仿佛凝固在这一刻，狼兵手中挥舞的刀枪，四处张皇奔逃的男女老幼，甚至飞腾的熊熊烈焰，都戛然而止。京娘感觉自己的身体缓缓地升起，又被温柔地安放在一个宽阔肩背后面的马鞍上。她只看见一双关切和坚定的眸子，比夜空里最耀眼的星星还要明亮。

京娘几乎疑心自己身处梦境。然后耳边重新是一片哭爹喊娘，杀声四起。

原来是赵匡胤杀了狼兵头目，夺了宝马赤麒麟，及时赶回来救起了京

---

① 苌（cháng）

② 吕兖是宋朝初年名臣吕余庆的祖父，在刘守文被刘守光擒获后，以沧州（横海军）节度判官身份随义昌军节度使、刘守文的儿子刘延祚坚守沧州。

娘。这时他让京娘侧骑在自己身后，双臂抱紧自己的腰部，回马去救仍在苦战的王审琦等弟兄。

为了替头目报仇，夺回宝马，狼兵聚齐后又杀了回来，眼看要把七人卷在当中。急切间王审琦用铁枪杆一敲赤麒麟的臀部，大喝道："元朗快走！不要叫我们分心！"赤麒麟吃痛，咆哮着直蹿出了包围圈。赵匡胤深知此刻不能逞一时之勇，回首喊道："五位兄弟，东京后会有期！"

也就是一眨眼的工夫，赤麒麟已经跑出百步以外。他再回首看去，整个黄茅店已经陷于一片火海之中，远远看见火光中五条健壮的身影撤出了缠斗，隐入镇外的黑暗中。赵匡胤确信几个好朋友平安无事，终于舒了口气，信马由缰，让赤麒麟撒开了欢儿跑个痛快。

京娘闭着眼，感到耳边的风呼呼而过，如同腾云驾雾一般。不知是因为与青年男子贴得如此近，还是因为被乱兵的残虐所惊，一颗心怦怦跳个不停。木材燃烧的噼啪声、百姓的惨叫声、狼兵的狞笑声，终于都远远甩在身后。血腥味、烟火味，终于变成野外的泥土清香和赵匡胤衣衫上的汗水味。

她舍不得睁开双眼，宁愿这"梦"永远不会醒，纵然千般艰险，一辈子就这样跑下去，直到天涯海角。

# 03 入府

远远离了黄茅店，赵匡胤勒住马缰，跳下赤麒麟，留京娘侧骑在鞍上，自己则挽了缰绳，使出轻足的功夫，与赤麒麟一起小步疾行。此后二人途经恒州真定府和邢州（今河北省邢台市），分别在魏州和濮州渡过永济渠和黄河，再从宋州沿通济渠走了一段，辗转近两千里路，最后终于抵达千年古城——徐州。京娘以前常年随父兄往来南北，她感叹如果有运河从徐州直通河北腹地的大名、真定二府，甚至直通涿郡就好了。赵匡胤深以为然，不过他想的是，这样一来天朝大军就可以沿运河由南向北长驱直入，从辽寇手中收复幽燕。

兄妹二人不嫌路长，只恨日短。赵匡胤发现京娘十分享受驾驭的乐趣，就挑方便的机会由易到难教她练习骑马。京娘天资伶俐，对骑术上手极快，俯骑、左右侧骑互换、跨越障碍等自不必说，甚至像“镫里藏身”这类的高难度动作也一点就会。有时京娘肆意疾驰，赵匡胤哪里追得上，在迎面一片耀眼的阳光下，那轻盈飒爽的身影瞬间飘远。他不禁担心她就此消失在视线尽头，而这经历的一切只不过是一场幻觉。直到戚色稍缓的京娘圈马回转，他这才把空悬着的心放下。

沿途二人看到山河破败，满目疮痍，赤地千里，饿殍遍地。有些村镇因为饿死的人无人掩埋，任凭野狗、乌鸦、老鼠、兀鹫啃咬、撕扯、啄食，二人路过时干呕不止，只能掩鼻目而过。

“也不知黄茅店留宿的婆子和面摊主人这些可怜的百姓能否脱险？这兵祸何时是个尽头？！”赵匡胤一腔青年的热血，却在现实中体会了深深的无力感。他不禁感慨，每一个史书背景中默默逝去的生命，每一处由苟活乱世的家庭聚成的村镇、城市，都沦为外酋“打草谷”的目标，或是官军冒功的耗材罢了。“我一定要学李卫公，执掌牛耳，平定战乱，结束这非人间的一切！”赵匡胤暗自在内心埋下了这个使命的种子。

身旁的京娘则迫切需要一个坚实的肩膀来依靠。不过随着离徐州越来越近，她却感到在心理上离身边的人越来越远。

“彭城自古列九州，龙争虎斗几千秋。”①

徐州古称“彭城”，为夏商时期九州之一，这时有人口二十万，扼漕运咽喉，为京东屏障。自秦汉至今，有“千古龙飞地”之称的徐州一带就出了多位开国皇帝，如汉高祖刘邦、楚霸王项羽、南朝宋武帝刘裕，当然还有后梁太祖朱温。

徐州城并非常见的方形，而是呈半圆形，只有南面为直城墙。徐州周围被泗水、汴水三面包围，有四座带瓮城的城门，分别是南面的奎光门、北面的武宁门、东面的河清门和西面的武安门。符彦卿驻节的武宁军节度使衙署就在城北，正门隔着鼓楼与奎光门相望，北面出了后花园就是武宁门。

节度使衙署前面东西向的府前街与鼓楼大街呈丁字相接。赵匡胤和京娘傍晚从武安门入城，在火神庙边上挑了一家客栈，寄存了行李、兵器、马匹，要了两间干净的上房住宿。第二天一早，二人洗漱、打火②，在客栈柜台问清了方向，把贵重物品揣进背囊，由赵匡胤斜挎在肩上，出门后向东而去。城内商肆兴旺，秩序井然，沿街不断遇到巡逻的牙军。二人三拐两拐，就到了武宁军节度使衙署正门。

徐州虽然是军事和交通重镇，武宁军节度使衙署的规格当然比不得沿袭晋阳宫的河东节度使衙署。正门两侧有上马石、下马石，按国公的规格左右各插着五根门戟③，戟顶还绑有幡旗。正门的门楼坐落在青石台基上，高两

---

① 节选自佚名《徐州八景诗》。

② 指旅客在旅途中除了住宿，还用店家提供的食材、炊具自己做饭用餐，需要另外付费。

③ 《唐六典》卷四记：“凡太庙太社及诸宫殿门、东宫及一品以下，诸州门，施戟有差。凡太庙太社及诸宫殿门，各二十四戟；东宫诸门施十八戟；正一品门十六戟；开府仪同三司、嗣王、郡王，若上柱国、柱国、带职事二品以上，及京兆、河南、太原府、大都督、大都护门十四戟；上柱国、柱国、带职事三品以上中都督府、上州、上都护门十二戟，国公及上护军、护军、带职事三品若下都督中下州门各一十戟……”

层，三间五架，悬山屋顶上覆盖着黑色陶瓦，两侧是高大的青瓦粉墙，居中两扇对开的朱漆大门上则是铜头乳钉和兽嘴衔环的门把手。门额上的牌匾榜书“武宁军节度使牙”，门后设了一面八尺高的门屏，从门口看不到门里的情形。门前禁卫森严，分左右站列雄赳赳、手杵长刀的牙军，打头的是一位横跨腰刀的都头，踱着四方步来回逡巡。不时有军官、僚佐出入牙门，警卫们表情肃穆，都警觉地盯着门前来往行人的一举一动。从斜侧里能看见大门里的阍[①]室坐着一位负责通报的虞候，正露着半个身子向外张望，连那都头带众牙军也都不撒眼盯着门口这一双出众的男女青年。

赵匡胤有了上次进郭威牙署的经验，得个人少的空子，昂首大踏步登上门前七级台阶，京娘则低着头紧跟在他身后。赵匡胤向领头的都头不卑不亢地拱手道：“敢问这位军使，有一位在牙内供职的军官赵彦徽，我们是来投亲的家眷，费心请他出来说话。”军营里长大的子弟，自然带有一种军伍气质，那都头看得眼顺，而且听见是长官的亲眷，马上回礼，把赵匡胤二人让到大门里。

“原来是彦徽兄弟的亲人！”值班的虞候忙不迭从阍室里迈出来，显得十分亲热，“请两位稍待，我这就进去通报。”

不多时，一位眉眼酷似京娘、身着从七品服饰的英俊军官从二门里匆匆赶出来，比赵匡胤年长三四岁。他见门外二人一熟一生，不免一脸疑惑。

“京娘，爹爹呢？”这军官已有了不好的预感，他虽是在问京娘，却在上下打量着赵匡胤。

“爹爹……不幸遇害了！”京娘一头扎进哥哥怀里，抽噎着把在天龙山的遭遇告诉哥哥。

“这位……是救命的恩人……赵大哥，也是二叔的徒弟。”

“敝人赵匡胤，奉师父之命护送京娘妹妹来徐州投靠兄长。”

赵彦徽抹了一把眼泪，左右看看，觉得大庭广众之下哭哭啼啼有失体面，就引着赵匡胤、京娘来到阍室背后的传舍，找了一间空房让二人坐下说话。

“这是爹爹的遗物，要当面交给符大帅！”京娘不等细说，转过身从贴身怀里掏出一个白绫包着的物件，揭开一角，赵匡胤瞥见赫然是那块神秘的玉佩。

---

① 阍（hūn）

赵彦徽面色一凛，不敢怠慢，马上握着玉佩趋进二门。过了不到一盏茶的工夫，他急急忙忙转回来，对赵匡胤拱手道：“元朗兄弟仗义救了舍妹的性命，又不辞劳顿，远涉千里把她护送到徐州，大恩不言谢，在下铭记在心。此时符大帅正有要紧的话问舍妹，请在此稍待片刻。”言罢，拉起京娘的手，兄妹二人的身影很快消失在二门里。

赵匡胤孤孤零零待在冷冷清清的房间里，坐也不是，站也不是。不知过了多久，眼看日头西斜，天色渐暗，大门的门卫已换了三茬，出入的文武官员越来越少，最后大门“咣当”一声被牙军关闭。然而并没有人来理会他，连一杯茶水都没有人端进来。赵匡胤既是口渴，又是腹饥，更是心焦。到了这个光景，他反而从内心生出一股定力来，索性反客为主，从腰包里掏出火石，点亮了桌上的油灯，从背囊里翻出一本魏武编著的《兵书解要》，踏踏实实坐在灯下细读起来，不知不觉看得入了迷，竟连饥渴劳累都不觉得了。

又不知过了多久，寂静中听得身边一声轻咳，赵匡胤抬头发现赵彦徽不知什么时候已经站在面前。“元朗兄弟，抱歉怠慢了，千万担待则个！”赵彦徽一脸歉疚，“大帅请你进内牙说话。”

赵匡胤随赵彦徽进了二门，穿过节堂旁边的小门，迎面是一座近两丈高的乌头门，门的枋梁上悬着黑漆的匾额，上书“岐国公府”。

乌头大门俗称“棂星门”，是在两立柱之中架一枋，柱间装门扇，设双开门，门扇上部安直棂窗，可透视门扇内外。其上部有成偶数的棂条，下部有涨水板。由于大门的主体都是朱红色，只有柱头漆成黑色，所以叫“乌头门”，乌头门后就是牙署主官的内宅。在唐宋之季，节度使之居所称“衙”，执政大臣及王公的住所称“府”，其他中低级官员的住所称“宅”“邸”，而庶民的居住之所只能称“家”。

进了乌头门，穿过前院、二门，绕过两丈宽的影壁，是一处长、宽各五十步的庭院，正面就是岐国公府主人接待私客的中堂，以回廊与东、西侧厅相接。朦胧的天光里，只能隐隐约约看见四铺飞檐的建筑剪影上缀着悬鱼、对凤、瓦兽等装饰①，朱门素壁、环廊曲阁、中堂高会，更显得巍峨雄

① 悬鱼安装在悬山式、歇山式建筑的山面搏风板交会处，是一种木质的装饰，类似玄武信仰，有乞求免除火灾的意思。对凤、瓦兽主要为陶制飞禽、神兽类装饰物，一般位于屋顶的脊线上。

阔。中堂内灯火辉煌，赵匡胤一时不能适应由暗到亮的转换，进了大厅深吸了一口气后才看清室内的布置。

中堂居中是一对宽大的黑檀木太师椅，背后立着丈五宽、八尺高的描金檀木屏风，绣着气势磅礴的《江山万里图》。两侧待客的桌椅背后陈列着名匠打造的各式精美绝伦的刀戟弓弩、兜鍪甲胄，寒光逼人眼目，既显豪门气派，又不失武人风范。

居中的太师椅西侧正等着一位身材挺拔的军官，身着正六品的武官服饰。赵彦徽向赵匡胤介绍说："这是节府的符牙内，下讳昭信。"赵匡胤这才知道这就是符彦卿的长子、武宁军牙内都指挥使符昭信，而赵彦徽是他的副手。

赵匡胤赶忙向符昭信躬身行礼。符昭信也回礼说："赵兄果然少年英雄！父帅少顷出来厮见。"说罢自绕过屏风入内通禀。

赵彦徽示意赵匡胤坐在东首第一把椅子上，自己则在太师椅的东侧站好。这回转眼就有婢女来上茶，不过赵匡胤忍住口渴，鼻观口，口观心，正襟危坐，没有去碰桌上的茶盅。此时他听见屏风后环佩叮当，莺声燕语，余光瞥见屏风后面影影绰绰，显是有几位女子在偷觑。正疑惑间，屏风后一静，变成结结实实的脚步声，从后面转出一位年届花甲的老军人，虎目虬髯，走路带风，后面跟着符昭信。

来者居中坐定，如渊渟岳峙，符昭信仍然侍立在右首。赵匡胤知道这位就是自己久仰的偶像——当世的名将符彦卿符冠侯，马上恭恭敬敬跪拜行礼，口称："在下布衣赵匡胤，拜见符令公。"

赵匡胤常常听父亲谈及当代"四大令公"——符彦卿、高行周、李守贞、杜重威，对符彦卿的家世履历如数家珍。比如符彦卿的字"冠侯"，显然是为了致敬汉代"封狼居胥"的名将、冠军侯霍去病。再如他从十三岁起就开始随父兄作战，因忠勇善战被历代君主赏赐钜万，但是他分文不取，都分给帐下将士，故士卒甘心为之效死，赢得了"符第四"的威名。他在同光四年（926）兴教门之变中拼死护主，天福八年（943）在铁丘（位于河南省濮阳市高新区王助镇）率数百骑救高行周于契丹五万大军重围之中，开运二年（945）在阳城白沟（今河北省保定市西南）大败辽主耶律德光，都是符彦卿脍炙人口的高光时刻。

阳城大捷后，晋后主石重贵升符彦卿为武宁军节度使、同中书门下平章事①，获得职业军人都梦寐以求的最高荣誉——“使相”的职衔。“使相”在唐、五代时期特指以亲王、枢密使、留守、节度使之尊加兼侍中、中书令、同平章事的职衔，享受宰相礼遇而无宰相实职。不过此后符彦卿被朝廷猜忌，只让他率领数千老弱残卒戍卫荆州口。

近一年符彦卿的遭遇，赵匡胤就不得其详了。滹沱河之战后，晋军主帅杜重威、李守贞率十万部众投降契丹，石重贵只好急诏符彦卿与高行周领禁兵余部屯驻在澶渊（今河南省濮阳市）抵御契丹南进汴梁。后晋灭亡后，耶律德光改国号为辽。此时符彦卿与高行周只能自澶州南下，假意归顺了辽政权。他进京后与首辅冯道密议，曾派京娘父亲赵景深送信给郭威，告诉其辽军在汴梁的虚实，教郭威劝刘知远及时率兵南下占领汴梁。郭威依计向刘知远慷慨陈词：“河东山川险固，风俗尚武，士多战马，静则勤稼穑，动则习军旅，此实王霸之资也。主公宜乘势取晋而代之。”这番话彻底说服了举棋不定的刘知远。

赵匡胤自幼一直希望能成为符彦卿一样的“万人敌”，建功立业，威服四方，名列烟阁，此刻能与偶像面对面交谈，不禁心潮澎湃。

这时赵匡胤注意到赵彦徽附在符彦卿的耳边低语了几句，符彦卿听罢点了点头，嘴角带出一丝满意的微笑。

“元朗贤侄请起，你是广厚兄的佳公子，不必见外。此番你立了大功！千里送京娘，义举堪比当年关壮缪千里送嫂。令尊、令堂可安好？”赵匡胤想不通为什么自己只救了京娘并护送她到徐州，就被符彦卿认为是“立了大功”，只能规规矩矩回道：“谢令公垂问。家严、家慈安好。他们时常说到

① 同中书门下平章事简称“同平章事”，初用于唐太宗时。中书、门下二省本为政务中枢，同中书门下平章事即与中书、门下协商处理政务之意。自高宗永淳元年（682）始，实际担任宰相者，或加以同中书门下平章事的名义。唐代后期及五代，“同中书门下平章事”才是真宰相。此外，以节度使等而兼中书令、侍中或同平章事的也是虚衔，被称为“使相”。“同平章事”虽通常自五品以上官员中选拔，但拔充此职时，多转为中书侍郎或门下侍郎，这是因为中书、门下两者始终是政府枢要机构。

令公的事迹，令晚辈高山仰止。”赵匡胤起身后，不敢再入座，就侧身站在赵彦徽身旁。

符彦卿瞟了一眼左首的赵彦徽，体谅他有丧父之痛，把脸上得意之色压了下去。

“贤侄贵庚？是否成家？”冷不丁符彦卿问道。

“小侄已虚度二十有一载，业已成婚，荆妻贺氏，岳父是右千牛卫贺率府率①，名讳景思。”赵匡胤老老实实回答。

“令岳我还记得，也是庄宗朝禁军的老兄弟。”符彦卿似乎略显失望。

符昭信插话道：“赵兄救的京娘妹妹，是我家五叔彦能的嫡亲姨外甥女。如今父母双故，适才已被家父收为女儿，改名‘琬琰’，堪慰景深叔在天英灵。”

“也是苍天有眼，你把京娘平安送来，让老夫多了一个女儿。”符彦卿回头拍手道：“闺女们别藏着了，都出来看大英雄吧。”

只见符彦卿的几位女儿，拥出一位柳眉桃唇、粉黛素颜的千金小姐从屏风后款款而来。赵匡胤不敢直视，余光中只见这位娇娥头戴孝巾，梳着双螺髻，头插梨花簪，身穿十二破的素色襦裙，肩上搭着纱罗披子，脚踩云头履。虽是一身孝装，又低着头，依然难掩不可方物的丽色，活脱脱一位富贵逼人的大家闺秀。赵匡胤心下忐忑，不敢相认。

“二闺女，来叩谢恩人吧！”符彦卿提醒说。

“奴家符琬琰，拜谢赵大哥救命及护送投亲之大恩！”变身后的京娘屈膝下拜。

“妹妹……符小姐恁的多礼。”赵匡胤自惭形秽，正准备下拜回礼，被一旁的赵彦徽一把扯起，“功高不过救命，匡胤兄弟且受了京娘这一拜。”

“真真折杀了。匡胤一介布衣，有幸忝献绵薄之力而已。”赵匡胤手足无措。

“既然琬琰与赵元朗已经结为兄妹，你们姐妹几个也是他的妹妹，都过来见个礼吧。”符彦卿借机吩咐道。

---

① 唐代设有十率府，皆太子属官，掌东宫兵仗、仪卫及门禁、徼巡、斥候等事。率府的长官叫率府率，五代时应为四品寄禄官。

于是符府的其他五位千金一起过来，都大大方方与赵匡胤认了兄妹，赵匡胤涨红着脸一一回礼。

符彦卿原有“五朵金花”，闺名依次是璎珞、瑜瑶、珂瑄、珈琪、玲珑。此番他见京娘楚楚可怜，寥寥数语就把这些天发生的事情交代得明明白白，故此十分怜爱，决定按年纪收京娘为次女，赐名“琬琰”。而他今年十九岁的长女符璎珞，已许配李守贞之子李承训，都说是门当户对，天作之合，正在置办嫁妆。符璎珞今日多了一个妹妹琬琰，而且两人脾气相投，相见恨晚，处得比亲姐妹还要亲。京娘就像做梦一样，转身一变，成了符家的二小姐，重新有了一个包容自己的大家庭。姐妹几个对救美的青年英雄十分好奇，方才借着父亲要京娘出面拜谢赵匡胤的机会，隆隆重重把京娘打扮了一番。

此时莺莺燕燕、琳琳琅琅，赵匡胤也记不清这许多姊姊妹妹。礼毕后，姐妹们重新闪身退回屏风后面，不过依然探头探脑，继续对“大英雄”赵匡胤指指点点。只有六岁的符玲珑最为顽皮活泼，瞪着一双天真的大眼睛，围着赵匡胤上下打量，闹得他无以自处，最后被符彦卿一把抄在怀里，显是极为宠爱。

赵彦徽、京娘兄妹和曹彬都是符彦卿五弟符彦能的外甥、外甥女，说起来与符彦卿也算是拐弯儿的亲戚。赵彦徽、京娘的母亲居长，曹彬的母亲是二姨，郭威的续妻张氏行三，老姨则嫁给了符彦能。虽说“男女大防”“内外有别”，但符家是世代军人，并没有那么多礼教约束。符彦卿和赵彦徽通过暗中观察，确信赵匡胤为人光明磊落，绝不是猥琐轻薄之辈，京娘的名节可保无虞。符彦卿原想借机把符琬琰许配赵匡胤，现在只好变通。本次京娘由赵匡胤护送来投亲，同时带来了郭威一封新的密信，通知符彦卿即将改授泰宁军节度使，让他有所准备，放心入朝觐见刘知远——这才是符彦卿口中“大功”的深层原因。

唐末至五代，战乱频仍，生死无常，收留照顾同袍的遗孤遗属是职业军人间的默契。就算京娘与符彦卿、郭威并无亲戚关系，符彦卿或郭威同样有义务收留赵景深的遗孤。

符彦卿随后问起郭威的近况，以及赵匡胤一路上的见闻经历。赵匡胤娓娓道来，符彦卿父子二人和赵彦徽边听边连连称奇。然后符彦卿问起赵匡胤今后的打算，看起来有意留他在武宁军中供职。赵匡胤未改初衷，就推说与父母约好要回洛阳夹马营，打算第二天一早就出发。符彦卿和赵彦徽相视一脸遗憾。符彦卿提醒他说："匡胤贤侄，本帅已获悉，令尊已奉今上诏令护送在西京避难的官员人等返汴，你不妨就到汴梁，应能与家人团聚。"赵匡胤听闻后躬身拜谢。

不知不觉中，屏风后早已没了动静。听鼓声已经是二更天了。突然赵匡胤的肚子忍不住咕噜噜叫起来。

符彦卿一拍脑袋说："老夫真是糊涂，从午前到现在已经大半天过去了！彦徽，快安排元朗去用餐休息。明日就由你送别匡胤。"

于是赵匡胤拜别了符彦卿，随着赵彦徽离开中堂。二人先到了西跨院的小厨房，发现已经熄灯闭门，各屋的仆佣们早已睡了。"牙军的大厨房应该还有伙食。"原来牙军夜间要轮流值守，大厨房要随时开伙，所以赵彦徽带着赵匡胤从一个角门进入牙军的营地。等赵匡胤囫囵填饱了肚子，赵彦徽领着他穿过一排排的营房，从营门出来到了府前街上。此时已经宵禁，街上除了巡兵、更夫，再无闲人。赵彦徽截住路过的一队巡兵，吩咐他们顺路送赵匡胤回客栈休息。

赵匡胤这一天像做了一场梦。他这些天习惯了与京娘朝夕相处，想到"一入侯门深似海"，不知何时能再相见，不免怅然若失，一夜翻来覆去，鸡鸣时分才昏昏睡去。

梦中，京娘随着自己私奔，二人骑着赤麒麟，好似腾云驾雾，四处行侠仗义，快意恩仇，成了人人传颂的神仙眷侣……

"嘭嘭嘭"，赵匡胤被一阵叩门声叫醒。他起床穿好衣服，开门一看，是前来送行的赵彦徽，后面还跟了一个头戴斗笠、面罩黑纱、身形高挑的神秘人物。

赵匡胤懵懵懂懂中，满腹狐疑，等黑衣人掀开面纱，正是梦中人符琬琰，仔细看，斯人黛蛾长敛，也是一夜未眠的状态。赵匡胤又惊又喜，开始胡思乱想："莫不是美梦成真，京娘妹妹执意要随我回家？"

只听京娘一字一句说道："元朗哥哥大恩，奴家无以为报，只能连夜纳了两双布鞋作为程仪。祝元朗哥哥此去前途似锦，出将入相，满门公侯。"原来是京娘细心，早就私下量好了赵匡胤鞋子的尺寸。

赵匡胤好不失落，接过递过来的两双布鞋，却不知怎么祝福京娘——现在的符琬琰。

恍惚中听见京娘说："如两位哥哥日后能执掌戎机，请务必照顾彼此。"说完京娘又冲赵匡胤福了两福。赵匡胤豪气顿生，挺胸对京娘保证："妹妹放心，你的兄长就是我的兄长。"

京娘兄妹离开后，赵匡胤把京娘亲手做的两双新鞋捧在脸庞嗅了又嗅，那鞋面散发着米浆的清香，鞋底的针脚细细绵绵，看得出纳鞋人倾注的心机和极高的女红手艺。好一阵儿，他终于释然一笑，知道自己不能一直如此失魂落魄，应该为京娘有了着落而高兴，身为大丈夫，必须迈过心里这道坎。他洗漱、打火后，从柜台领回马匹、兵器，重新打包了行李，把两双新鞋包在衣服当中，收拾停当，然后退了两间客房。

赵匡胤抖擞精神，轻装简行，背负着京娘的祝福，独自一人出了徐州城，向着当时人人向往的天朝首都——东京汴梁扬鞭驰去。

正是：

骏马骄行踏落花，垂鞭直拂五云车[①]。

① 引自李白的《陌上赠美人》。

# 04　忘年交

赵匡胤决定离开徐州后直奔开封府，因为汴梁是去洛阳的必经之处。他单人乘着赤麒麟，轻衫快马，途经宋州归德府（今河南省商丘市），六百多里的路程用了不到五天，一大早就进了城东侧偏南的宋门。沿着相国寺街一路向西，他边走边打听，很快就找到了杀猪巷巷口的“石记老店”。

“石记老店”前院是旅店，后院才是石守信的家。等店伙计领赵匡胤敲开宅门，石守信正准备带着李继勋、王审琦、韩重赟、刘光义一起去逛御街和大相国寺。他们五人来东京是步行，脚程比不得骑马，加上几个年轻人边走边玩，所以头天午后才到东京，饭后一直睡到日上三竿才解了乏。六个好朋友一见面自是欢天喜地，只是赵匡胤不爱热闹，所以相约中午到东京最有名的樊楼聚餐，先由赵匡胤一个人去占座订菜，免得中午去了没有稳便阁儿的位置。于是赵匡胤把兵器、行李、盘缠、马匹都先寄存在石守信家，匆匆洗漱换了干净的衣服，与石守信几个一起出门。

出了杀猪巷巷口，六人各分左右，石、李、王、韩、刘五人右拐去那最繁华喧杂的所在，赵匡胤一人则按照石守信的指引，左拐沿相国寺街向东，然后在相国寺桥再次左拐，顺着医者街一路向北。他抬头看日头还早，于是闲情信步，边走边看东京的街景。

已经是初秋，生命力顽强的汴梁城，开始从契丹入侵的兵祸中恢复勃勃生机。从开平元年（907）后梁太祖朱温定都开封，至今恰好四十年光景，中间只有后唐的十三年把首都迁回了洛阳。你方唱罢我登场，汴梁城成为政权轮替的大舞台。东京汴梁虽然没有赵匡胤熟悉的西京洛阳规模浩大，但是未经唐末的数轮彻底洗劫，没有洛阳城内那么多残垣断壁，工商业明显更为发达，一切看上去欣欣向荣。

虽然开封城“华夷辐辏，水陆会通，时向隆平，日增繁盛”[1]，但城内面积有限，街巷狭窄，已不堪激增的人口和行政衙署之重负，与其都城地位极不相称。看到居民侵街为舍，街道上臭水横溢，蚊蝇聚散，炊烟弥漫，与洛阳城上千年修建的市政设施尚有较大差距。赵匡胤不得不一边掩着鼻子，一边想：“这般屋宇交连，万一走了水可怎么救啊？！”面对零零散散沿街乞讨的饥苦流民，他不时从袖袋里摸出几个铜钱相助。

医者街一直通到城北的元化门，樊楼就在宫城东华门外的景明坊，最早叫“矾楼”。矾是重要的手工业原料，当时制革、造纸、布料染色、丹药制备都要用到各种矾料。从唐代开始，官府一直对矾实行专卖。“矾楼”最初就是官府指定进行矾料交易的场所，后来因为位置优越，被富商许唐盘下来开了酒楼。

赵匡胤远远看见曹门大街与医者街交叉口东北角，挑着一面长方形的酒旗，上书“樊楼正店”，高高的酒幌子上绣着“眉寿”和“和旨”两种酒名。此刻街两边卖快餐、零食的小店、摊位开始密集起来，让赵匡胤目不暇接。他一路看过去，鱼有鲜鱼脍、燥子沙鱼丝儿，鸡有脯小鸡、五味炙小鸡，鹌有笋焙鹌子、蜜炙鹌子，蟹有枨酿蟹、酒泼蟹，此外假河鲀、白渫荠、货鳜鱼、假元鱼、紫苏鱼等不一而足，使得满街都飘着美食的香气，倒生生把路边排水沟里的恶臭压了下去。

到了樊楼入口处，只见大门上方扎着彩楼欢门，檐下围着一圈遮阳的红色幔布，一侧挂着栀子灯，门前两侧立着红杈子，红杈子前是几个挑着担子卖水果和炒货的小摊贩。进门处整整齐齐排着八个大酒桶，酒博士连几个小二正兜揽生意。叫卖声此起彼伏，好不热闹。

大门正上方是一面黑漆金字的匾额，“丰乐楼”三个亦行亦楷的大字，用笔奔放奇逸，清癯高洁。原来“丰乐楼”才是酒楼的正名。赵匡胤定睛细看，匾额的落款“希维居士”，只不过他不知道这是当代书法宗师杨凝式的墨迹。大门两侧一副对联，写着“琼引三川浚仪绝冠足可道，味通五岳陈留

---

① 引自周世宗显德二年四月诏令。辐辏（còu），形容人或物聚集在一起，像车辐集中于车毂一样，也作“辐凑”。

第一非虚白”，左右都没有题款，虽然形态风雅华腴，然而有肉无骨，笔力上与杨凝式的榜书高下立判。“浚仪”“陈留”都是开封的别称；“可道”是名相、燕国公冯道的小字，“虚白”是以太子少保衔闲居的杨凝式的雅号，两个词在对联里都是双关语，明显是酒楼主人在攀附名人。至于“丰乐楼”这个名称是不是源自杨凝式、冯道之外号“杨风子”“长乐老”，恐怕只有杨、冯二人和酒楼主人说得准了。

樊楼的底层是所谓“门床马道”，就是散座，后面院子是厨房和伙计们的住处，二层才是“稳便阁儿”，也就是包间。当值的掌柜听到赵匡胤要订一间六七个人的小阁子，就努了一下嘴，让一个店小二领他上楼，进了二层把角正对楼梯的一间稳便阁儿。

赵匡胤看着菜单，点了几道主菜，交了一两银子的定金，叫小二吩咐后厨先备好料，听他的指令再下锅。主菜无非是酿鹅①、烧鸭、熟肉、鲜鲊②、簇簨穿鹌鹑、二色腰子之类；汤羹类选了鱼辣汤、浑炮羹、三软羹、群鲜羹四种；主食等石守信几个都到了再点；先要茶博士沏了一壶福仁泡茶端上来。

赵匡胤这才从容地倒了一杯茶解渴，开始环顾阁子里的布局。房间窗外看不见街景，正对着近在咫尺的邻家外墙；房间靠里的墙上挂着一幅荆浩的山水画，两边对联写着“山水钟灵秀，天地会精神”，倒颇为雅致。他转眼看见靠门口一侧粉墙上题了几首诗词，都是以往的食客所为，其中一首佚名的《朝中措》写道：

晓来新霁上帘栊。
顷刻透春风。
竹叶欣欣浮白，梅花漠漠燃红。
乾坤收拾，尘埃扫荡，谈笑雍容。
还我金瓯无缺，今年拭目群雄。③

---

① 即糟鹅，一般用鹅肉、大曲酒、香糟（用花椒、葱、姜、蒜、盐、黄酒调配）腌制而成。

② 音zhǎ，一种用盐和红曲腌的鱼。

③ 此词实为五代时期袁思古所作《朝中措·壬午立春日》。

“金瓯缺”一般指代山河破碎，这首词由春景入手，最后直抒胸臆，与当下婉约柔弱的词风大相径庭，让赵匡胤耳目一新。他看看时间尚早，瞥见角桌上有为文人骚客预备的文房四宝，闲来无事，就一边研墨，一边酝酿，仿着该词的格律编出一首《朝中措》来，然后誊写在这面墙的空白处——

烽烟万里裂长空。
楼阙透镝锋。
多少斯文扫地，几番国祚迭更。
周郎曲顾，机谋百变，浪遏千篷。
平虏终须年少，班师踏尽春风。

写罢，赵匡胤自己颇为得意，不禁大声朗诵起来。

“好个踏春风的平虏少年！”

赵匡胤听到有人拍手喝彩，扭头一看，只见一个身形瘦小、花白长髯、清隽出尘的陌生老者从楼梯转上来，竟老实不客气地一脚迈进了这间阁子里。

老者仔细打量赵匡胤的面貌，然后开口问道：“听足下口音应该是洛阳人氏，请教台甫？”

赵匡胤看老者头戴高筒纱帽，身穿下开衩的交领宽身大袖衣，腰系丝绦，阔口裤，浅底履，年逾花甲，气度不凡。他虽一时认不出是哪位前辈，但是不敢隐瞒自己的身份，躬身拱手道：“不敢劳老先生垂问。敝姓赵，名匡胤，草字元朗，本是涿郡人氏，确是随父母客居洛阳。”

那老者眼睛一亮，追问道：“有一位在侍卫护圣军供职的赵都校，宝字‘广厚’，阖家住在洛阳夹马营，不知足下可识得？”

“正是家严。”赵匡胤睁大眼睛回答道。

“与当年的广厚真是一个模子里倒出来的两父子，不枉老朽的眼力。”老者一脸得意地说。

赵匡胤推测对方必然是熟识父亲的一位长辈，连忙伏身叩头道：“请恕在下眼拙。敢问老先生尊讳？”

老者一把扶起赵匡胤，拈须笑答：“老朽杨凝式，人称‘杨风子’，曾与令尊同僚多年。”

“原来是天下闻名的杨少师！”赵匡胤慌忙再拜下去。

赵弘殷早年随后唐庄宗李存勖征战四方，庄宗爱他勇猛善战，把他留在洛阳掌管最精锐的禁军夹马军。杨凝式曾在庄宗身边任比部郎中、知制诰，主管诏书起草。赵弘殷和杨凝式都是庄宗的亲信，故此相熟。

“贤侄勿须多礼。老朽看这《朝中措》墨迹未尽干，难道是贤侄的大作？”赵匡胤知道对方是大行家，不免惴惴不安，低声承认道：“是在下胡乱仿写的，让少师见笑了。”

“词句不失武人风范！不过恕老朽冒昧，贤侄这词韵脚、平仄都是对的，然则需改这两处字，或许更有朝气。”杨凝式提起笔，在砚台里舔了舔墨，把最后一句“平虏终须年少，班师踏尽春风”改为“平虏直须年少，班师尽踏春风”。

改罢，杨凝式摇头晃脑、抑扬顿挫地把这首《朝中措》再吟诵了一遍。

“度兄在哪里交的小友？”二人正专注修改词作，没留意另有一位长者已悄无声息来到身后。杨凝式字景度，熟人可称为“景公”，少数地位相当的平辈则称其别号“癸巳人”“杨虚白”“希维居士”“关西老农”等，或直呼“度兄”。

赵匡胤回头一看，来者年过半百，头戴软脚幞头，身穿盘领窄袖的加襕袍衫，足蹬软靴，外表矮胖黝黑，笑眯眯的十分和蔼可亲，倒似田间不起眼的农人，但是目光炯炯，似能穿透眼前每个人的灵魂。

杨凝式抚掌大笑道：“长乐翁来得正好！这位小友是故人赵广厚的公子，表字元朗，我们正研究他的词作。”他扭头向赵匡胤介绍：“元朗贤侄，快来拜见冯燕公，他与令尊也是故交。”来者正是当今的燕国公、中书令冯道，早年在庄宗李存勖身边先后担任掌书记、翰林学士、中书舍人、户部侍郎等职，赵匡胤经常听父亲提及。

赵匡胤家族的祖籍是英雄辈出的涿郡，历史上著名的人物有汉昭烈帝刘备和猛将桓侯张飞。虽然他的父亲赵弘殷因乱世弃文从武，现在已经纯粹是个职业军人，但追溯他们家祖其实都是在历朝担任文职。赵匡胤从小就听上辈人说起祖父赵敬，在后梁历任营、蓟、涿三州刺史。而弘殷的祖父赵珽，在唐末卢龙节度使牙署任从事，累官加衔至御史中丞。赵匡胤的高祖赵朓，即赵珽的父亲，在大唐曾担任不同地方的县令。赵氏一族虽然不能跟“五姓七望”那些名门望族相提并论，但在当时无疑算是官宦世家了。由累世文官而家教严格，赵匡胤自小耳濡目染，立志长大后能够出将入相，名列烟阁，所以冯、杨几位资望绝伦的经朝元老亦是他素来景仰的前辈。

而因为赵弘殷出身文官世家，是少数能自觉尊重文人的禁军将领之一，历朝动乱和迁都时，由李存勖而下的几位皇帝都会特意安排由他负责保护文臣，所以二十多年以来，朝廷中的许多高级文官都十分亲近赵弘殷。

赵匡胤此时确信二老与父亲交情莫逆，对着冯道深拜下去。

“果然神形皆肖乃父。”冯道端详赵匡胤后也如是说。“这首《朝中措》确是粗砺豪放，更难得有这番重整山河的志向。”听到当代大儒冯道的夸奖，赵匡胤更是不好意思，连称：“老相公谬赞了，晚辈无地自容！”

“元朗贤侄，你是随令尊来汴的吗？”冯道询问。

“禀告老相公得知，晚辈年后离家游历河东，听闻家父奉令率部入汴，故此来东京相会，今日刚刚进城，尚未与父母相聚。中午与几位好友相约聚餐，顺便打听父母落脚之处。”赵匡胤据实相告。

冯道笑道：“老朽碰巧得知，护圣军等部已进驻开封西南的杏花营，贤侄可稍后寻过去。”

赵匡胤再次深躬施礼：“承蒙老相公指点，晚辈不胜感激！”

冯、杨皆精于相术，见故人之子赵匡胤英姿勃勃、谦恭有礼、谈吐得体，对了一下眼神，深许赵匡胤将来堪担大任。二人本就爱提携后进，此时更是心情大畅。

冯、杨二人本来订了樊楼一个阁子相约煮酒啖肉、谈论时事。此时就由杨凝式开口相邀：“元朗贤侄，既然你的几个朋友还未莅临，就请移尊到老朽订的阁子里一叙。”他们订的隔间与赵匡胤的隔了两间阁子，更靠近街口，推开窗户，初秋的风直灌进来，窗外熙熙攘攘的街景一览无余，街边商贩的叫卖声丝丝入耳。掌柜特地安排把左右和对面三个稳便阁儿都空出来，方便冯、杨两位大佬说话。冯道的四个亲随和杨凝式的一个哑巴小厮在过道远处伺候着，拦住闲杂人等近前。

三人坐定后，除了四色果品，先点了旋粉玉索棋子群仙羹、新法鹑子羹开胃。杨凝式忙不迭叫酒博士上了丰乐楼专酿的“眉寿”“和旨”两种酒，摆上暖炉烫酒。一时阁子里酒香四溢，热气腾腾。

后晋、后汉承唐制，实行榷酒制度，就是酒要专酿专卖，而官府对持牌照的酒家课以酒税，此为国家重要的税收来源之一。“眉寿”之名取自《诗经·豳[①]风·七月》“为此春酒，以介眉寿”。而“和旨”之名出自《诗经·小雅·宾之初筵》“酒既和旨，饮酒孔偕”，意思是醇和而甘美。这两种酒，色、香、味俱佳，都是樊楼的招牌，是以冯、杨二人经常相约便装到此“煮酒论英雄”。

冯、杨二人同在唐哀帝天祐二年（905）入仕。冯道出身耕读人家，初从幽州节度使刘守光为佐吏，时年二十四岁。杨凝式的父亲杨涉在唐昭宗时为吏部尚书，唐哀帝时拜中书侍郎、同中书门下平章事，在后梁转为门下侍郎。杨凝式出身清贵，三十三岁考上进士，担任从六品的秘书郎，起点远高于不入流的冯道。后梁乾化三年（913），冯道由燕王刘守光转投晋王李存勖，任掌书记；而杨凝式在十年后的同光元年（923）开始辅佐庄宗李存勖，二人的仕途终于交汇，至今已有了二十多年的交情。

在古代官场，一个人被称“三朝元老”，就已经算是老资格的官僚了。在唐末以来朝代更迭频繁的乱世，冯、杨二人竟然都是夸张的“五朝元老”。由唐末昭宗、哀帝开始，他们已经从仕后梁太祖朱温、凤历皇帝朱友珪、末帝朱友贞，后唐庄宗、明宗、闵帝李从厚、末帝李从珂，后晋太祖、出帝，直到今上——大汉开国皇帝刘知远，共十二位皇帝[②]。

《孟子·尽心下》云：“民为贵，社稷次之，君为轻。”而冯道在《长乐老自叙》中说得明白：“静思本末，庆及存亡，盖自国恩，尽从家法，承训诲之旨，关教化之源，在孝于家，在忠于国，口无不道之言，门无不义之货。所愿者下不欺于地，中不欺于人，上不欺于天，以三不欺为素。贱如

① 豳（bīn）

② 此后冯、杨二人又历经后汉隐帝、后周太祖、世宗三位皇帝，直到显德元年（954）二人去世。如果抛开“正统”的史学观点，甚至大辽的皇帝耶律德光也应该算进来。

是，贵如是，长如是，老如是。”《自叙》充分表达了他“忠于国”的价值观，在职则尽责，国主轮替，则忠于新国主。正是依靠这种人生之道的支持，冯道才能在乱世长为宰辅，不仅保持了自己的道德纯洁，还能以各种方式救济民众，保存文化。他主持雕印了《九经》，开创了官刻图书的新局面，使官刻成为中国古代三大刻书系统之一，也使监本的范本地位得以确立。冯道一生传承文脉、复兴儒学，名垂青史，功莫大焉。

天福十二年（947），耶律德光攻入晋都汴梁，灭亡后晋。冯道奉诏去朝见耶律德光。耶律德光问道：“天下百姓，如何可救？”冯道答道：“此时的百姓，佛祖再世也救不得，只陛下救得。”于是耶律德光大喜，任命他为太傅，并下令禁止辽军劫掠屠戮，此后中原百姓能不受侵害，都是冯道暗中庇护的结果。

冯道不愚忠于一朝，“播文德于有截，传世教于无穷”，实为身系中华之道统，只不过此话不能当众宣讲。辽主耶律德光敬冯道为师，而视晋、汉两朝皇帝为儿，孰轻孰重，一目了然。

在那个特定的时代，所有的职业官僚如冯道、杨凝式、苏禹珪、窦贞固等，职业军人如符彦卿、高行周、王景、赵弘殷等，都只效忠朝廷，而不是特定的皇帝。原因很简单，因为当时王朝更迭太快，现实一点说，如果要求都尽忠于一朝一帝，恐怕每个文臣武将都活不过三十岁。幸有冯道及他率领的文官集团的曲意逢迎，中国的中央政权才能接续，国体不致崩盘，每一个攻陷都城的军阀不至于彻底毁灭中华文明的中心。而地方藩镇对中央政权名义上的承认，为日后国家的统一埋下了最大的可能性。

风云际会中，三人老风雏莺①，脱略行迹，相谈甚欢。

“百年来，流血成川，民财括尽，夷一叛臣，而叛者又起。骨肉之内，窃弄干戈，畿甸之中，辄为陵暴。”冯、杨二人慨叹几十年来经历的朝代兴替，人事沉浮。

聊到年初在大梁皇城的崇元殿登基称帝的辽主，赵匡胤这才听冯、杨二人说起——耶律德光被迫离开汴梁城后，在栾城病逝，时年四十六岁。二人

① 宋·周邦彦《满庭芳·夏日溧水无想山作》一词中原句是“风老莺雏”。

一致认为辽主抱雄武之量，有战伐之机，部族辑睦，蕃国畏伏，土地无灾，孳畜繁庶，蕃汉杂用，国无衅隙，堪称一代英主。两位前辈并无华夷之偏见，对赵匡胤的固有认知是一个冲击。

这一年（947）的二月初一日，耶律德光着汉家帝王的通天冠、绛纱袍，依汉家的仪式接受契丹和原后晋朝百官朝贺，下诏建国号为“大辽”，改元大同。以张砺为平章事，李崧为枢密使，冯道为太傅，和凝为翰林学士，赵莹为太子太保，刘昫守太保，冯玉为太子少保，表明他决心成为整个中华的皇帝，从程序上与其他王朝相比并不缺合法性。辽朝占据以汴梁为中心的中原地区的时间非常短，只有不到两个月，其中华共主的地位没有得到地方藩镇和南方诸国的一致拥护和承认，因而缺乏政治上的正当性，不过耶律德光确实给中国历史和历史学家们留下了尴尬的一幕。

而后晋“成也契丹，败也契丹”，辽主耶律德光攻陷汴京后，把晋高祖石敬瑭的侄子兼养子、后主石重贵降封为耻辱性的“负义侯”，连同其养母李太后[①]等全部皇族流放到渤海国故地——黄龙府[②]。

辽师本性残虐，幸得耶律德光轻易得了“南朝”的京城，生了入主中原的雄心，又有后晋极孚朝望的前宰相冯道入朝劝诫，因而未曾放任屠戮烧掠。正因为后晋各藩镇实力尚在，对驻屯汴京的辽军形成威慑，辽主耶律德光才没有敢屠灭后晋二帝的后妃和满朝群臣。

契丹灭晋前，冯道命赵弘殷护送部分官员及家属西行洛阳避难，自己则留下来与辽主周旋。一开始耶律德光对冯道嗤之以鼻，指责他效力后晋而毫无功绩，冯道坦然无语，并不自辩。耶律德光又问冯道：“你今日为何来朝见我？”冯道答道：“微臣一无地盘，二无兵马，怎敢不来。”耶律德光嘲笑道：“那你算是个什么呢？”冯道风趣地回答说：“微臣不过是个无才无德、痴顽老朽而已。”冯道以自己的智慧和风趣保全了自身，延续了中央政权的有效运作。

辽主耶律德光崩殂后，其母太祖耶律阿保机之妻述律平称制摄政。据说

① 石敬瑭的皇后，唐明宗李嗣源第三女永宁公主。石重贵称帝后，册封为太后。后晋亡，随石重贵北迁，于辽天禄四年（950）病逝。

② 黄龙府位于今吉林省农安县县城内，为辽金两代军事重镇和政治经济中心，是中国历史名城之一。

她最后悔的是把先前归附的岐国公符彦卿放归中原。

“后主也曾评符岐公：‘惟尔先臣，实为名将，世袭弓裘之庆，门传忠孝之规。西汉三雄，徒称杰出；东京七校，乃为时生。竭尽之心，贯于金石。’”冯道回忆说。他说的“后主”就是后晋的末帝石重贵，现在已被耶律德光下制降为光禄大夫、检校太尉，封负义侯，流放到渤海国故地——黄龙府。

“除了符冠侯，说起当代的英雄人物，此外只有邢州郭文仲。其人豪侠负气，言而有信，通晓兵法，善抚将士。”杨凝式接话道。“文仲”是郭威的字，最近刚入京升为枢密副使、检校司徒。冯道则点头笑而不语。

“相公和少师谈到的符令公、郭枢相，恰好晚辈近日都有缘觐见。”赵匡胤插话说。当时枢密使亦为朝廷宰执大臣，一般都尊称“枢相”。

“哦，说来听听。”冯、杨二人一下子来了兴致。

听赵匡胤讲完了连日来“救难”“夜袭”“入府”的奇遇，二老对赵匡胤更是刮目相看。冯道则特别问到郭、符二人的健康情况。

“符冠侯、郭文仲皆衔累世簪缨之命，再逢贵人提携之运，又得乱世军兴之势，将来无可限量。”杨凝式赞道。

杨凝式说的“命”指先天的条件，比如有些人就出生在首都汴梁，绝大部分人则穷其一生都没有机会到汴梁城。“运”则指偶发、不可重复的事件，是难得的机遇和挑战。“势”就是时代的大趋势，个人只能顺势而为，因时而化，绝不可倒行逆施，正所谓“时势造英雄”。

“‘命、运、势’三字，决定了每个人一生的际遇。求事之成，必先为势。势不可造，则可借势。借势之妙，在于洞察周天之运。”杨凝式进一步阐述。通过冯、杨二人的教诲，赵匡胤感到国家大分裂后的大统一是民心所向，大势所趋，心里更加坚定了信念。

“前朝镇州刺史、成德军节度使安重荣曾妄言：‘天子，兵强马壮者为之，宁有种耶？’”杨凝式抑扬顿挫地对赵匡胤说道，“今则天下黎民，莫非疲弊；天下州县，靡不凋残。北有契丹历年入侵劫掠，藩镇无心御侮，只顾相互征伐，致使人口锐减，而徭役税赋更甚。昔开元盛象，只余满目疮痍。若以儒臣干事者分治各军州，纵皆贪浊，亦未及武臣悍藩一人也。”杨凝式寄希望于年轻有为的新一代，言辞恳切。

“如若能在杯酒之间，释藩镇之兵权，实是国之大幸！”冯道盯着手中的酒杯，突然抬头对赵匡胤正色道：“元朗贤侄，要记得你是名宦之后，将来成势，一定要逞尧舜之心，抑制军阀，维护中华文脉。”

“晚辈谨遵两位相公的教诲，终身善待天下读书人。”在冯、杨两人的郑重要求下，赵匡胤发誓不杀读书人，虽然当时他并不认为自己有机会决定国家的命运。年轻的他不会想到，两位经世的大儒都正隐隐期许他能成为百年一遇、结束战乱的不世英豪。

正是：

天下攘攘百岁间，英雄出世笑华山。
席间杯酒销王气，汴水流年咽露盘。①

① 摘自《咏史》一诗，据称是赵匡胤所作。

# 05 十虎闹东京

冯道、杨凝式、赵匡胤正高谈阔论，却听见一阵喧闹的鼓乐号角声沿着医者街由北向南而来，声音越来越大，终于打断了谈话。三人起了好奇心，都离座到窗前观瞧。

只见一列有声有色的队伍迎着阳光迤逦而来，最前面是步行的鼓手、角手各四人，分左右两列。鼓手、角手后面有武骑、文骑①左右各两队，共二十人。在两队文骑之间有一组八位舞乐伎者，分两组对舞，旁边有随行伴奏的十二位乐师，后面跟着六名执旗者，引着一位骑在高头大马上肥头大耳的显贵，身着圆领绯袍，腰系革带，前呼后拥、趾高气扬，身边围着几位绿袍的年轻俊俏官人。核心中高官的背后再后跟着衙前兵马使三骑、散押衙两骑，拥着一面“刘”字大旗，和一盖猩红的伞罗。队伍最后是二十余骑护卫和驮运行李的车辆，从头到尾，约莫两百人之众，好不招摇。两侧开封府的巡检带着一群衙役在维持秩序，不断用棍棒驱赶街边拥挤着看热闹的市民，而街心的人反而越聚越多，游街的队伍已经被挤得七零八落。

“这不是刚刚走了苏逢吉的门路，改任平卢军节度使的刘某人吗？”杨凝式眼力衰退，一时不敢确认。

“正是这厮，应该是今日出京赴任，好大的排场！还有李洪业、郭允明、后匡赞几个腌臜货色来送行。”冯道嗤之以鼻，以大儒的身份，竟然带出了骂人的脏字，显是对这几人十分憎恶。

赵匡胤不熟悉刘铢的来历，转身请教冯、杨二老。

刘知远被后晋高祖石敬瑭任命为侍卫亲军都指挥使后，原本在后梁邵王

---

① 指骑马的武职和文职侍从。

朱友诲手下任牙将的刘铢攀附上了刘知远，在其河东节度使牙府里担任左都押牙，与郭威同为刘知远的亲信僚属。刘知远称帝后，因从龙之功授永兴军节度使（治所陕西西安市），不过刘铢嫌辖地偏远贫瘠，并未赴任。他通过贿赂宰相苏逢吉，得以改授更为紧要富庶的平卢节度使（治所青州），更加兼检校太尉、同平章事，无怪乎得意扬扬，大肆炫耀。小人得志的刘铢曾当面羞辱去了实权的冯道和杨凝式一班前朝文臣："诸君以文章道德居庙堂，今天下纷乱，何不使出传檄而定的手段？"

长袖善舞的年轻宰相苏逢吉，其父苏悦曾在原河东节度使刘知远手下担任从事，苏逢吉经常替父起草各种公文。刘知远发现笔迹不同，询问苏悦后召见了苏逢吉，见他眉清目秀，聪明伶俐，善于逢迎揣摩，就收为体己人儿，并且很快破格提拔为节度判官。苏逢吉天性贪酷，刘知远登基后，下诏"静狱"，即准备将一些罪行较轻的犯人减罪或释放，以此为自己的寿诞祈福。哪知负责执行的苏逢吉不分罪行的轻重，将罪犯全部处死，谓之"净狱"。此次刘铢的升迁，正是苏逢吉收了一大笔好处的结果。

冯道虽然有"中书令"的身份，是名义上的正相，但是因为不是刘知远的亲信，在中枢处于靠边站的尴尬地位，不仅枢密使史弘肇、杨邠，三司使王章，就连他名义上的副手、中书侍郎、同中书门下平章事苏逢吉和苏禹珪，以及另一位副相、门下侍郎、同平章事窦贞固，都撇开他处理军政事务。冯道知道刘知远不过拿他当作政权延续的摆设，自己无力纠正当权者的胡作非为，乐得置身事外，做个旁观者。他曾私下对郭威说："王者抚天下，当以仁恩德泽，而汉法深酷，刑罚枉滥，天下称冤，其国祚必短！不出三两年，文仲可伺国变。"

此时在刘知远的周围，隐隐形成了两个政治集团，一边是史弘肇、杨邠、王章、郭威等重臣；另一边是号称"东京龙、蛇、犬"等以苏逢吉为首的新贵——"龙"指先后担任飞龙使、靠先帝和今上宠溺而飞黄腾达的聂文进、郭允明、后匡赞三人，"蛇"指心狠手辣的权臣苏逢吉、刘铢二人，"犬"指的是因为姐姐是皇后李三娘而鸡犬升天的李洪业，其中苏逢吉算是聂文进、郭允明、后匡赞的榜样，也是其中爬得最高的佼佼者。此外苏禹珪、窦贞固、阎晋卿、李三娘的六弟李洪建等文武官员，算是不偏不倚的骑墙派。

今天来给刘铢送行的狐朋狗党，主要有李洪业、郭允明、后匡赞，而苏逢吉、聂文进自重身份，而且有东、西二府[①]的职守，所以并没有在大庭广众之下现身。

正说到这里，忽听到楼下街心大乱，其中一个磁州口音的汉子嗓音最大。赵匡胤眼尖，认得是石守信、李继勋、王审琦、韩重赟、刘光义几个人在与刘铢的手下互相推搡，恶语相向，场面眼看着就要失控。

“冯相公、杨少师，我那几个赴约的朋友正跟刘某人的队伍起了争执。他们都是莽撞粗鲁人，不省得规矩。晚辈先告个罪，去引他们到别处，免得惹出祸事来。没奈何，容晚辈改期再聆听二老的教诲。”赵匡胤不忘与冯、杨二人深揖作别，匆匆下楼，跳到街上，挤进人群策应。他瞧见几个好朋友身不由己，被人群推到了最前面，心里着急，喧嚷声中，叫喊也不管用，只能伸手努力去把他们向外扯。

“好大狗胆！敢拦使相的仪仗！给咱们打这几个腌臜泼才！”刘铢身边的几个年轻官人开始不依不饶，举起手中的马鞭胡乱抽打，一时间挨打的老百姓哭爹喊娘，石守信、李继勋、王审琦、韩重赟、刘光义几个人身材魁梧，目标最大，免不了各吃了几鞭子，就连一臂之外的赵匡胤的眉角也被鞭梢扫了一下。

赵匡胤等几个兄弟都是血气方刚、好勇斗狠的角色，哪里肯吃这种瘪。几个人顿时怒从心起，回手不论抄起什么扁担、箩筐、碗盏碟盆还是滚热的炊饼，都往马背上几个当官的身上招呼。

“这还得了！这还得了！造反了，造反了！左右排军、干办，快给我把这些反贼通通拿下！”刘铢骑在高头大马上，看看弹压不住，凶相毕露，声色俱厉地喝令。

赵匡胤见为首的刘铢临危不乱，居然开始指挥手下拿人，明白这样下去几个好朋友不免要吃眼前亏，眼下必须“擒贼先擒王”，于是揉身直扑刘铢。

---

① 枢密院至五代中期便已经“掌军国机务、兵防、边备、戎马之政令，出纳密命，以佐邦治”，“与中书对持文武二柄”，号为“二府”，形成了中书门下与枢密院分掌民政、军政的二府体制。

马上的刘铢只听得喝骂声、叫好声、马嘶声、哀嚎声此起彼伏，红的、绿的、黄的、白的各种物事，如冰雹般砸过来，也分不清是什么水果、炒货、蔬菜、干粮，眼前人头攒动，好似一锅沸腾的八宝粥。官威尽失的刘铢恼怒万分，想抽出腰间佩剑砍人，不料血往上冲，头晕目眩，一时竟拔不出剑来。冷不防左手一个方面大耳、身形壮硕、阔口微须的后生把自己右脚扯出马镫，抬手一掀，自己就一个倒栽葱摔在地上，七荤八素的好不难受，还险些被自己的坐骑踏个正着，幸而他是军人出身，条件反射抱着头在地上滚动，尽力躲避人马的踩踏，原本头上戴的紫纱幞头也不知被踢到哪里去了。

谁知那个把他掀下马背的后生欺身近前，并不作声，一把揪住刘铢的衣领，抡起斗大铁拳，劈头盖脸一顿好打。刘铢不知道是刚才摔的更疼，还是现在被打的更痛，只听见旁边一个汉子瓮声瓮气大声喝彩道："赵哥哥打得好！"刘铢又羞又恼，眼前一黑，背过气去。而眼前一切都定格在他的记忆里，成为他到死之前都挥之不去的噩梦。

这时侍卫司衙门负责京城治安的兴捷军闻讯赶来弹压。刚才还挤作一团的民众，只恨爹娘少生了两条腿，顷刻间一哄而散。兴捷军只抓到十几个街边的小贩、乞丐、地痞流氓回侍卫司交差。

半个时辰后，大梁城东北角的侍卫亲军都指挥使司衙门公堂上，侍卫亲军都指挥使史弘肇居中而坐。

挨了痛揍的"龙、蛇、犬"郭允明、后匡赞、刘铢、李洪业惊魂稍定，都一扫飞扬跋扈的气势，蔫头耷脑地到负责京城治安的史弘肇处告状。史弘肇倒一副好心情，请四人分左右看座奉茶。

"是这几个杀才吗？"史弘肇指着阶下那十几个被捕的小贩、乞丐等问道。

刘铢、李洪业、郭允明、后匡赞看着那些身材孱弱、被吓得尿了裤子的"凶徒"，都摇头否认。

"如此先一发收监，回头仔细拷问。"史弘肇命令左右道。

"本使乃当朝国舅，刘公是堂堂二品的使相，今日在京师街头、众目睽睽之下被闲杂贱民殴辱，朝廷体面何在？！史公须得替吾等主持公道！"李洪业哭丧着脸在诉委屈。

郭允明、后匡赞也指着自己鼻青脸肿的面孔咬牙切齿道：“这些个贼歪刺骨，叫咱家晚晌如何见得官家？！”

史弘肇平素就看不起郭、后等宵小之辈，虽然幸灾乐祸，表面上仍然摆出非常为难的神情，两手一摊说：“刘公，你贵为封疆，身边扈从甚重；李、郭、后三位都是官家身边的随扈，平日里夸口武艺如何高强，今日在京城的大街上，居然连几个闹事的泼皮都敌不住。如今歹人都跑了个干净，偌大个汴梁城，教我侍卫司到哪里搜寻？”

刘、李、郭、后四人一时语塞。

“对方是何身份？共有多少人？”史弘肇公事公办地问。

李洪业支支吾吾地说：“有……二十余个捣子[①]——”

“——至少有两百个悍勇泼皮！”刘铢打断了他的陈述。

“对，对，有两百个破落户！”李洪业改口附和。

史弘肇已经得到侍卫司巡官和开封府巡检的报告，知道刘、李等人在夸大事实，但是眼下不便挑破。

“其中为首的一个乱民姓赵，最为凶顽。此贼二十岁出头，方面大耳，身形壮硕，阔口微须。”刘铢补充道。

史弘肇站起身，朝着公堂内外值守的禁军官兵问：“你们中间有哪几个姓赵？”百十个军人中倒有五六个响应。刘铢扭头看去，差不多都是“方面大耳、身形壮硕、阔口微须”的年轻精壮汉子。

“刘公明察，‘赵’在河南、河北是大姓，你描述的外貌也是稀松平常。不如恁地，几位把行凶歹人的形貌特征都告诉开封府的待诏，咱们画影图形，在京城内外张榜通缉。”

刘铢、李业、郭允明、后匡赞见史弘肇一力敷衍，尽管开始疑心此番挨揍是史弘肇暗中指使，不过都不敢当场翻脸。而刘铢今日丧尽颜面，只好推迟赴任，暂时留京协助缉捕“反贼”。

稍早时赵匡胤在街心一顿乱拳打昏了刘铢，不想韩重赟这个莽汉说漏了自己的姓氏，耳听得一阵马蹄声响，抬眼望见街那边一队全副武装的禁军骑

---

① 捣子，指地痞流氓、混混儿。

兵执着明晃晃的刀戟向这边冲来。他识得利害，赶紧打一个呼哨，抬手招呼石守信、李继勋、王审琦、韩重赟、刘光义几个人随他寻小巷子里去躲藏。慌不择路之下，一行人扎进了路口东北樊楼边上的一处死巷子，再想回头另寻出路，却发现大街上布满了禁军和开封府的巡兵，正挨家挨户、逐个店铺搜索过来。

赵匡胤等人只好再折回巷子里，一数人头，多了四位刚才一起见义勇为出手相助的青年。赵匡胤做手势让大家噤声，沿巷子的院墙根重新往里走，发现家家关门闭户，又不能砸门引起禁军的注意，一时竟没有一个去处。赵匡胤几个人急切间如何走得脱，石守信、韩重赟就要转身回去拼命，只听见背后巷子尽头的一扇院门轻响，一张熟悉的面孔探出来，向他招手低声唤道："匡胤贤侄，快进这厢来！"

赵匡胤一怔之下，大喜过望，忙扯着其他人钻入这个小院，那个人回身轻轻把门户关闭，随后上好了门闩。

"杨少师，怎么是您老人家？！"

原来杨凝式就住在离樊楼不远的这处闹中取静的小宅院里。那一阵街心打成一片，冯道、杨凝式知道今天的酒是吃不成了，带着从人下楼出了樊楼的后门，匆匆作别。杨凝式回家之后，一直虚掩着院门，观察外面的动静，最后确认是赵匡胤他们被堵在巷子里了，这才出面招呼十个人进来避祸。

石守信、李继勋、王审琦、韩重赟、刘光义几个人虽然不尽知什么"杨少师"，不过料定老者必然是赵匡胤熟识的长辈，都下拜谢恩。

"几位少侠不必多礼，外面的事由尚未了结，你们先都进屋藏好，待老朽出去应付一下。如果老朽不支，你们就跳后窗、翻后墙出去，不过后面巷子里料想也不保险。"耳听见巷子里禁军在逐户砸门搜查，杨凝式把十个年轻人让进屋内，施施然从檐下拿起一柄白蜡杆扫帚。

赵匡胤在屋内听见院门被拍得山响，从门缝偷眼看，只见杨凝式竟大开院门，直喇喇握着扫帚堵在门口，不禁心都吊在嗓子眼儿上了。

领头搜查的兴捷军伍长见巷子尽头院门被敲开，正要带人硬冲进去搜查，只见一个疯疯癫癫的布衣老头拿着柄长把扫帚堵在门口，口称："哪里来的妖魔鬼怪，敢来我兜率宫撒野，且看我老君七星宝剑的厉害！"

那伍长招呼几个士兵一齐去抢疯老头手中的“七星宝剑”，哪想到老者使开扫帚把，看似跌跌撞撞、毫无章法，却每每恰巧敲在几个士兵关节的痛处，连伍长带士兵一时手忙脚乱，竟然被逼得连连后退。那伍长拔出腰刀，喝令士兵用长枪去格开疯老头的扫帚，看样子是被打急了。

“住手！不得无礼！”一阵马蹄声中，几十骑禁军在一位都头带领下疾驰而至。

那都头呵斥伍长道：“尔等不知道此乃闻名天下的杨少师吗？等闲都惹不得他。你伤了他不免死罪，他打了你只是白打，连官家也奈何他不得！”他下马躬身对老者施礼道：“杨少师钧安，您老人家还认得卑职吗？卑职乃兴捷军的韩令坤，几天前曾随郭枢相拜望过贵府。”他转头对那个领头的伍长说：“奉郭大帅口谕，禁军及开封府不得惊扰杨少师阖府上下。我一个人进去查看一下有没有贼人闯入不打紧。”禁军中的都头、队长、伍长虽都是不入流的武职，不过官大一级压死人，那伍长听到面前竟是京城著名的“杨风子”，才知道自己刚才差点闯了祸，慌忙带着几个手下灰溜溜地撤离。

韩令坤扶着絮絮叨叨的杨凝式进了院子，转身先掩上门，把自己的部下留在院外警戒。他对杨凝式低声说：“少师勿惊，郭枢相听闻樊楼一带起了骚乱，又想起少师的宅邸就在邻近，特地派卑职带人保护少师的安全。”

刚溜走的几个士兵都是外行，只有韩令坤识得杨凝式使的是“狂草剑法”，乃是在剑法中融汇了狂草的书意，这一派的前辈有张旭、裴旻①、李白等书豪，一旦施展开来，就算手中是一根木条树枝，等闲皆近不得身。

韩令坤暗自赞叹，把恢复常态的杨凝式送到正房门口，正疑惑杨凝式为什么磨磨蹭蹭，不客套一下把自己往屋里让，冷不丁房门一开，两个人跳出来抱住了自己。

“德顺，怎么是你？！”“元朗，仲宝，怎么是你们？！”三人几乎同时发问。

原来郭威进京后升任了枢密副使，就把先前在河东节度使牙军任职的韩令坤安插进负责京师治安的兴捷军，经常交办一些非常规的差事，而韩令坤的直接上司、郭威的把兄弟史弘肇对此是默许的。

---

① 旻（mín）

等赵匡胤把怎么结识了杨凝式、因何介入了这场斗殴简要告诉了韩令坤，又引见了其余八个朋友，韩令坤略一沉吟，说道："侍卫司和开封府近几日肯定还要来反复搜查，你们十个人动静大，迟早会露了行藏。等我回营想个妥帖的法子带你们出城，绝不能牵连了杨少师。你们先忍到晚上，千万莫出院子，我留几个手下在巷口照应，在此处躲到明天早上应该不打紧。"说完向杨凝式等告辞出门离去。

此刻早过了未时，杨凝式和赵匡胤一伙人还都没吃午饭，加上经过了好一番闹腾，肚子里都陆续"咕咕"叫起来。杨凝式把躲在厨房里的哑巴小厮找出来，写了一张字笺派他把杨、冯二人和赵匡胤在樊楼订的酒肉饭菜都取回来。哑巴小厮常跟杨凝式去樊楼，与掌柜、伙计都厮熟，杨凝式比画了几下就领会了意思，一旁赵匡胤执意从贴身腰囊中取了三两银子，让哑巴小厮带了去樊楼结账。

一切安静下来。赵匡胤才有心思环顾杨凝式的宅院。只见坐南朝北一间小门楼，粉青照壁，朝内一面壁心上题着"院似禅心静，花如觉性圆"[①]十个浑厚的正楷大字。院内摆设榴树盆景，台基上一溜靛缸，两条打布凳。正房室内素雅简朴，古意盎然。半敞的窗户上挂着斑竹帘，靠里的斑竹牙床上放着局脚儿，几上摆着一副邢瓷子的围棋。中墙上是杨凝式自书的李白诗《梦游天姥吟留别》，"安能催眉折腰事权贵，使我不得开心颜！"行草奔放狂逸，痛快淋漓，恣意腾挪，结体布白都出人意料。两面侧墙上挂着四幅花鸟、山水，题材无非梅兰竹菊、孤舟鱼钓、山林隐逸，都是薛稷、边鸾、关仝等大家的手笔。

天福四年（939），杨凝式因"心疾"以礼部尚书职位致仕，闲居于汴梁，愈加狂放不羁，故得了"杨风（疯）子"之名。战乱时期，国库空溃，薪俸时有时无，没有实权的杨凝式生活更加困苦，比起以"清贫"著称的冯道还不堪，最近幸得郭威、冯道二人周济，才在景明坊租了这么一个小院闲居候职。杨凝式近几年颠沛流离，妻离子散，如今孤身一人，没有雇当直，只收留了一个聋哑孤儿做小厮。

不多时，哑巴小厮提了七八个食盒回来。赵匡胤见有酒有肉，猛然生

① 摘自杨凝式所作《题壁》一诗。

出一个念头。“几位兄弟且慢用餐！”他拦住了饿红了眼的石守信、韩重赟等人。

原来赵匡胤想到十个气味相投的后生有缘共患难，不妨今日就仿照“信社”故事义结金兰，成为生死与共、荣辱同担的兄弟，这些酒肉正好先用一部分来当作供品。

唐末至五代，战争频发，打仗靠同气连枝，血亲的人数有限，所以收义子，拜把兄弟就成了军人扩充实力的当然手段。南楚国武平军节度使马希萼镇守朗州时，帐下有个“十兄弟”组合——周行逢、王进逵、何敬真、张仿、蒲公益、朱全琇、宇文琼、彭万和、潘叔嗣、张文表，都是一时翘楚。如今的大汉，开国的将领中，就有“信社十兄弟”①——按年龄排序，有李洪信、王峻、史弘肇、郭威、曹胤、李洪威、郭崇威、阎晋卿、王殷和“老疙瘩”李洪建。十人结拜时以老大哥李洪信名字中的“信”字为社名，算是图个口彩。

另外九个人知道兹事体大，一致同意，就请杨凝式做个证人。

在院外一片嘈杂声中，十个人在院子里照壁前设了香案，摆好了酒肉供品，洗面焚香，用厨刀割破手指，将血滴入酒中，表示血脉相连，结拜后情同手足。然后叙了年齿，叩头换帖。

十人中，赵匡胤、李继勋、王审琦、石守信、韩重赟、刘光义六人原本相熟，曾在黄茅店“小聚义”。来自大名府元城（今河北省大名县东）的李继勋居长，今年已经三十二岁，在军中号称“八目天王”，既是指他为人圆通，广交朋友，又是说他武艺精湛，从不失手。就连杨光义、王政忠二人也对他素有耳闻。老二杨光义今年二十八岁，一直混迹江湖，自称有个诨号“赛尉迟”，赵匡胤等虽口称“久仰”，然而从未听说有这么一号人物。杨光义见报的字号难以服众，又自称出身望族弘农杨氏“越公房”，不过杨凝式盘问起同宗的来历，杨光义的应答驴唇不对马嘴，一时好不尴尬。

老三王审琦是赵匡胤的同门，比排行第四的赵匡胤年长两岁，为人纯朴

---

① 据元朝脱脱《宋史列传第二十》记载：“李琼，字子玉，幽州人。祖传正，涿州刺史。父英，涿州从事。琼幼好学，涉猎史传。挟策诣太原，会唐庄宗属募勇士，即应募，与周祖等十人约为兄弟。”本书的“信社十兄弟”是为故事情节虚构，并没有收入李琼这个人物。

谨慎，枪法精熟，号称“小王铁枪”[①]。老五石守信比赵匡胤小一岁；老六韩重赟、老七刘光义、老八刘守忠都比赵匡胤小两岁；王政忠是杨光义的同乡小跟班，今年刚满一十八岁；刘庆义不足十七岁，石守信认得是当地无依无靠的孤儿，平时痛恨仗势欺人的巡兵衙役，此番跟着在街边起哄，误打误撞跟了过来。杨光义、王政忠二人对他颇为嫌弃；而李继勋、赵匡胤心善，见刘庆义虽是年少莽撞，但有一股不服输的韧劲儿，坚持收留下来当个“老兄弟”。

正巧十个人都是河南、河北人氏，口音相通，格外亲近。其中三个人名字中都有个“义”字，十个人就决定模仿“信社”，把这个小团体定名为“义社”。

最后一个步骤是十个人在影壁前一齐下拜，轻声对天盟誓。誓词为：

“吾等李继勋、杨光义、王审琦、赵匡胤、石守信、韩重赟、刘光义、刘守忠、王政忠、刘庆义十人，于某年某月某日，在汴梁结为义社兄弟，此后有福同享，有难同当，同心协力，不离不弃。天地作证，山河为盟，皇天后土，实鉴此心！”

结拜仪式完成，天色渐暗，听鼓声已是酉时。连杨凝式、哑巴小厮在内共十二个人早就饿得前胸贴后背，此时顾不得饭菜凉热，一起大快朵颐。

正吃得酣畅淋漓，听得院门外一阵马蹄声。赵匡胤隔门确认了是韩令坤依约返回。开门后，韩令坤身后大踏步跟进来另一个人，昏暗的光线下，面貌轮廓与赵匡胤如出一辙，李继勋、杨光义、石守信、韩重赟、刘光义、刘守忠、王政忠、刘庆义八个人不免吃了一惊。

“爹爹！”赵匡胤惊喜万分。

“广厚叔！”王审琦随后也认出了来人。

等此人随韩令坤走到正房檐下，众人借着灯光仔细看时，发现来者年近五旬，而且蓄着长须，正是时任护圣军左厢都指挥使的赵弘殷。

此时杨凝式闻声踱出房门，赵弘殷抢上一步躬身行礼：“少师，一向可好？这次多亏您老周全了匡胤他们几个！卑职此番来得匆忙，只带了几样洛阳的土特产，请少师笑纳！”

---

① “王铁枪”是后梁名将王彦章的绰号。

“广厚贤弟不必见外，令郎是自家子侄，愚兄责无旁贷。今日午前冯燕公还与愚兄及令郎提起你来着。”杨凝式生活清寡，与赵弘殷交厚多年，见贽礼中有牡丹花茶、杜康酒、洛宁粉蒸肉，都是自己念念在兹的家乡名产，就老实不客气地示意哑巴小厮收好。

此前韩令坤向郭威汇报了杨凝式平安无事，不过省去了见到闯了祸的赵匡胤等十人这件事。从郭府出来，他马上去杏花营找到赵弘殷，请他想办法让十个人躲过这阵风头。此刻韩令坤打开提进来的另一个包袱，装着十套禁军夏季的军装；韩令坤心细，包袱里面有队长、伍长的服饰各一套，正与李继勋、杨光义年貌相当。韩令坤还从侍卫司开了一张出城的路引交给赵匡胤。

赵匡胤向父亲简单交代了最近的际遇，接着一一介绍了刚结拜的几个把兄弟。九个把兄弟都呼啦啦拜倒一片，“盟叔”“盟叔”叫得好不亲热。赵弘殷见一帮年轻人生龙活虎，心里替儿子欢喜。

赵匡胤从父亲口中得知母亲杜氏、妻子贺氏、八岁的弟弟匡义、四岁的妹妹引娘和刚出世的幼弟匡美都安好，方才放下心来。他看见父亲偷偷扭头抹了一把眼角的泪珠，知道自己一直被亲人们惦记着，在秋夜习习的凉意里浑身一暖。

李继勋、杨光义、石守信、韩重赟、刘光义、刘守忠、王政忠、刘庆义等人的偶像虽然是当代的“四大令公”，但是赵弘殷同样是当时出名的勇将，几个人既兴奋又羡慕，他们这才知道赵匡胤的家世人脉不同寻常。从这一刻起，赵匡胤就俨然成了“义社”不容置疑的灵魂人物。

赵匡胤通过自己父亲的关系在禁军中谋个出身并不困难，甚至直接可以给父亲当个亲随，其他许多军人家庭都是这样延续的。但赵匡胤从一开始就不愿意走寻常路，他需要更高的发展平台，开拓更广的视野。

赵弘殷和韩令坤都理解赵匡胤的志向。他们来时通过气，所以临走时强烈建议十兄弟去投在城外东厢的小底军驻地。赵匡胤终于知道郭威入京后，通过枢密院和侍卫司委派郭荣、李重进、张永德等人重组禁军的精锐之一——小底军，所以郭荣他们正在招兵买马。而曹彬则去跟着郭威在枢密院见习。

入夜后，外面搜查的动静渐息，门口韩令坤的部下也撤离了。赵匡胤等十人换了军装，都不敢唐突长辈，就在厢房里胡乱找个地方与哑巴小厮同室和衣而睡。

一夜无话。待到鸡鸣时分，赵匡胤隔着门缝看巷子里空无一人，与杨凝式叩首告别，十人鱼贯而出，先回石守信家取了各自的兵器，其余行李、马匹暂存在石记老店，随后直奔大梁城东南的宋门。守门的官兵见他们都穿着禁军的服饰，还持有侍卫司开具的路引，依例放行。

十个朝气蓬勃的青年，怀着既紧张又兴奋的心情，好似出笼的猛虎，向着初升的红日，出宋门而去。

# 06 平西

后汉的首都汴梁，其名字来源有二：城市依汴渠而建，由战国时期魏国的都城大梁城发展而来。汉朝曾在此置浚[①]仪县；东魏天平元年（534），孝静帝设立梁州，辖陈留、开封、阳夏等三郡；北周武帝建德五年（576）改梁州为汴州；后梁太祖朱温建国初升汴州为开封府，名为“东京”，与“西京”洛阳相对，下辖开封县与浚仪县。所以汴梁就有了“大梁”“开封”“汴州”“汴邑”“汴京”“东京”等多个名称，也以旧县名“陈留”或“浚仪”作为别称。大梁城地处中原腹地，地势平坦，东接齐鲁，南控江淮，西临嵩岳，北据燕赵。虽是交通便利，但是除了北边的黄河，别无天险可守，乃是个“四冲之地”。

此时是天福十二年（947），从四十年前开始，在大梁城的政治舞台上，走马灯似的王旗变幻，你方唱罢我登场，令世人目不暇接，无所适从。在辽主耶律德光登基为大辽皇帝的“汴梁一月游”之后，刘知远入主大梁，改国号为“汉”。然而又过了仅仅半年，这里即将接连上演更加惊悚的剧情。

沿用晋高祖石敬瑭的年号“天福”的后汉开国皇帝刘知远，并没有得到老天爷的庇佑，在登基当年的年底，他预定的皇储、二十六岁的长子魏王刘承训染疫离世，白发人送黑发人，刘知远悲痛万分，一病不起。

刘承训在任何王朝都是理想的皇位继承人，恭谦仁孝，英纵睿哲。在刘知远这大半年亲征收服天雄军节度使杜重威的过程中，已经被任命为开封府尹，代替父亲监国，颇得留京辅政的几位重臣的首肯。没想到天不佑汉，剩下的两个儿子刘承祐和刘承勋，分别只有十七岁和两岁，且一顽一幼，在强

---

① 浚（xùn）

藩权臣环伺的危局中，何堪君主的重任？这正是刘知远目前最忧心的，也是他迟迟不愿再立新储的原因。

捱到了次年（948）正月，刘知远不受朝贺，下诏改天福十三年为乾祐元年，大赦天下，再次期盼能得到上天的眷顾，从而侥幸逃过这一劫。老谋深算的他特地下诏进封燕国公冯道为齐国公、守太师，希望冯道在自己身后能起到超然的定海神针的作用；同时任命自己的亲信苏逢吉、杨邠、史弘肇、郭威、王章五人为辅政大臣，让文武之间相互制衡。

正月二十七日，滋德殿。

五十四岁的刘知远已到弥留之际。他失焦的双眼无助地对着殿顶的盘龙藻井，身体已经感觉不到任何的疼痛，不过听觉却异常灵敏。

他听到皇后李三娘、次子刘承祐，此外还有苏逢吉、杨邠、史弘肇、聂文进等近臣，都用既熟悉又陌生的声音窸窸窣窣地密议着什么。

他艰难地转动眼珠，瞥见李三娘装出来的戚色，儿子刘承祐正与自己的男宠后匡赞、郭允明眉来眼去，李三娘的弟弟李洪业探头探脑，还有宰相苏逢吉等人一副急不可耐的样子。

对于妻子李三娘，刘知远以往一直怀着愧疚。因为在他宠幸后匡赞、郭允明等男色之后，长时间冷落了她。但是现在想起皇后和郭威、聂文进有染的种种传言，他已经不能确定最小的儿子刘承勋是不是自己亲生的。

想到与李三娘同龄的郭威，这个自己一手提拔、最信任、最得力的助手，由太原时期的蕃汉兵马都孔目官而侍卫亲军都虞候，再升为权枢密使、检校司徒，现在已经是枢密副使，加检校太保[①]。如果红杏出墙的传言属实，自己将颜面尽丧。

他终于明白在这所聚集着天下最高权力的大殿里，既没有他爱的人，也没有爱他的人，真是相看两厌。他干脆闭上了眼帘，希望这场戏早点收场。“朕一定要再次站起来，届时要让汝等贼男女好看！”

“聂卿，你来把咱们商定的几道遗诏拟好。”他听到皇后吩咐在一旁候命的枢密承旨聂文进。

---

① “检校”有代理或名誉的意思，与正职相区别。

第一道遗诏是封大内都点检、检校太保刘承祐为周王，授特进、检校太尉、同平章事、开封府尹。

第二道遗诏是“指定”皇位的继承人：“周王承祐，可于柩前即皇帝位。服纪日月，一依旧制。”

“传位之遗诏居然只有二十个字，简直是敷衍了事！”皇帝忿忿不平地想。

最后是按苏逢吉的建议，以大行皇帝的名义下诏称：“杜重威父子，因朕小疾，谤议谣众，皆斩之。”

“混账，用此种拿不上台面的借口杀杜重威，尔等会惹出大祸事来！”他奇怪郭威为什么没有在现场出声阻止这种荒唐事。

听着这些人的表演，刘知远几乎怀疑自己只是个事不关己的听客。他试图重新睁开双眼，告诉这些人“朕还在！朕还没有咽气呢”，但是他的几次努力都是徒劳。

御案上一声沉重的闷响之后，他听见李三娘说道：“本宫已经加盖了传国玉玺，卿等这就可以拿去宣诏了。”

他想大骂，但是吐不出一个字来，只从嘴角淌下一道唾液。

“聂卿，你快去通知郭枢相。”皇后再次吩咐聂文进道。枢密院总领军机要务，所以必须时刻有长官轮流值班，白天是枢密使或枢密副使，夜晚是枢密都承旨或副都承旨，而今天恰好轮到枢密副使郭威值日。

“官家宾天了！”他听到皇后高声宣布，然后周围响起一片干巴巴的哭声。他明白现在自己对这些人已经没有任何利用价值了，他们都只想着接收和分配权力，不会有人真正在乎他的死活。

“朕诅咒在场之汝辈皆不得好死！”这是绝望的他“孤独”生命的最后一个念头。

嗣皇帝按苏逢吉的建议秘不发丧，当天就诱杀了石敬瑭的妹夫、闲居在京的“四大令公”之一的杜重威父子四人。十天后才宣布皇帝驾崩，刘承祐袭位，沿用乾祐年号。谥大行皇帝曰“睿文圣武昭肃孝皇帝”，庙号“高祖”；尊母后李氏为皇太后。对于当朝的实力派，邺都留守、太尉、中书令、临清王高行周进封邺王；北京（指太原）留守、检校太尉、同平章事刘崇，和领宋州节度使兼侍卫亲军马步军都指挥使、检校太尉、同平章事史弘肇一起，并加检校太师、兼侍中；河中节度使（治所在今山西省永济市蒲州镇）、检校太师、兼中书令李守贞加守太傅，进封鲁国公；兖州节度使、检校太师、兼侍中、岐国公符彦卿加兼中书令，进封魏国公。而执笔遗诏的聂文进升枢密院副都承旨，并没有达到他进位院使的目标。

嗣皇帝刚刚登基就拿已降汉的前朝勋戚杜重威开刀，逼反了河中节度使李守贞、永兴节度使赵思绾、凤翔巡检使王景崇等一干藩镇。到了乾祐元年（948）二月，李、赵、王相约同时谋反，李守贞自封秦王。朝廷分别遣保义军节度使、检校太师白文珂，永兴军节度使、加同平章事郭从义，郭威的盟叔、昭义军节度使、检校太尉常思等名将征讨，然而都师老无功。

第二年即乾祐二年夏六月，崇元殿里，新帝刘承祐眼巴巴转圈看着当朝的一干文武大臣。

众望所归的枢密使史弘肇却眼睛朝天，刘承祐知道自己驱使不动这尊“菩萨”，更不敢直接开口指派史弘肇。治军严厉的史弘肇为刘知远称帝立下了汗马功劳，先平王晖叛乱，一鼓作气拿下代州；再吓退契丹大将耿崇，收复上党、泽州、河阳等地；然后作为先锋官从太原出发轻取洛阳，一路打到开封，可谓战绩辉煌。不过现在的史弘肇位高权重，开始贪恋安逸富贵，明显并不想出这趟“苦差”，更不愿片刻离开权力中枢。而与李守贞旗鼓相当、同列“四大令公”的名将中，杜重威上个月刚刚被诛，邺王、天雄军节度使高行周卧病在床，符彦卿则另有重任，刚刚接替刘铢任平卢军节度使，正在青州拨乱反正。

刘铢是刘知远的旧交，也是刘知远立汉的从龙之臣。他花重金贿赂苏逢吉、杨邠、史弘肇，得以出镇富庶的青州任平卢军节度使，加同平章事，成为“使相”。赴任前，他着意运动上下，更加了检校太师、兼侍中的职衔，不过在“十虎闹东京”时栽了大跟头。刘铢素来贪酷，每次审理案件，都索要无度，如果没有达到目的，就下令左右将涉案人倒拖而出，至数百步外才停止，受害者往往体无完肤，他称此为“龙过江”。此外他还“发明”了双杖齐下的“合欢杖”和按受刑人岁数计数的“随年杖”两种杖刑，治下民众闻之色变。朝廷担心刘铢刚戾难制，图谋独立，诏令他入朝面君，但是刘铢置若罔闻。所以朝廷只好密令符彦卿率兵进驻青州，强行取代了刘铢。符彦卿接管政务后，向朝廷告发了刘铢种种罪行。而刘铢回朝后，一直没有得到实缺，他为此怀恨在心，暗中派杀手潜伏在史弘肇、杨邠府第附近，伺机行刺。刘承祐前一阵还庆幸有符彦卿这样的忠臣良将把一场叛乱消弭于无形，没想到按下葫芦起了瓢。

刘承祐偏过头看向鲁国公、开封尹侯益，保大军节度使张彦超，前永兴军节度使、加同平章事、检校太师、兼侍中刘铢等担任过军职的大臣，眼见众人缩头缩脑，纷纷回避他征询的目光，只有副枢密使郭威、四方馆使阎晋卿二人仍然平静地看着自己。

刘承祐就像捞到了救命稻草，连忙问郭威："郭公……郭卿，这个烫手的差事，吾……朕欲劳烦卿辛苦一趟可乎？"新皇帝一时还不习惯新的称呼。

郭威举笏板从容应对："臣不敢请战，亦不敢推辞，惟听从陛下差遣。"

苏逢吉、杨邠等都舒了一口气。杨邠马上建议把郭威的副枢密使一职扶正，加检校太尉。史弘肇感激这位把兄弟替自己赴汤蹈火，看见郭威欲言又止，以为他还是有点不情不愿，就冲着刘承祐拱手说："臣以为应加拜郭威同中书门下平章事，节制参与西征的诸将、藩镇以下地方大员。另阎晋卿应升客省使，从征河中。"

苏逢吉正要有所陈情："臣以为不妥……"但是被杨邠和史弘肇两人用严厉的目光所阻止。

刘承祐巴不得有人出面摆平本次危机，自己好回内宫与后匡赞、郭允明他们厮混，此刻连忙说："如卿所奏，如卿所奏，退朝！"

郭威虽然中年以后在刘知远身边参襄军务，但是并没有领军作战的骄人战绩。两个叛将赵思绾、王景崇都是靠钻营上位，不足为虑。但是李守贞早年战功卓著，堪称"战神"，讨伐杨光远[①]之乱时，符彦卿都不过是他的副

① 杨光远（？—944），五代沙陀部人，后晋将领。在后晋任西京留守，旋任太尉兼中书令。后出为平卢军节度使，封东平王。出帝即位后，光远叛通契丹。后晋遣李守贞讨伐，大败契丹军，围困杨光远。开运元年（944）十二月，杨光远之子杨承勋劫杨光远开城降晋，杨光远被处死。

手。后晋少帝石重贵曾在内殿设私宴为李守贞北伐契丹壮行，令伶人唱道："天子不须忧北寇，守贞面上管幽州。"无怪乎史弘肇等都要忌惮三分。而且李守贞在后晋陆续担任侍卫马军都指挥使、侍卫都虞候、侍卫亲军副都指挥使，最后代替高行周为侍卫亲军都指挥使，所以自认在禁军中"一呼百应"，无论谁率侍卫亲军去征讨他，只要自己振臂一呼，禁军将士必定反水归附。这也是郭威最担心的。

郭威硬着头皮扛下这副重担，一直惴惴然，下朝后立刻私下向被苏逢吉、杨邠、史弘肇排挤出权力核心的太师冯道问策。冯道悠悠地说："李逆自恃是朝廷宿将，深得士卒之心。汝之胜算，在于背后有整个朝廷的支持，须得恩威并济，勿惜金帛官爵。朝廷所赐，宜悉数赐予麾下，不必如史枢相那般严束士卒，如此便可削弱李守贞所恃之势。待其自信渐消，日久必建奇功。平乱归京之后，切不可独揽功劳，定要劝今上广施恩泽，惠及朝中文武及四方藩镇。此乃至要之事，切记，切记。"

郭威领计而行。河中府当时是大镇，易守难攻。郭威并不急于攻坚，而是围着河府挖壕沟、筑高墙，把李守贞困死在孤城中。一个月后，城中断水断粮，只能杀人而食。李守贞众叛亲离，走投无路。他一向心高气傲，看不起郭威这个"无名小卒"。为避免被俘后受辱，竟然引火自焚，死前叮嘱"秦王世子"李崇训，务必在自裁前杀死全家老少。

李崇训跟他老子一样是个浑人，居然真的狠下心来，挨个房间搜出每一个亲眷，不顾亲人的哀求，或砍或捅，把李守贞的十几个妻妾、自己的几个弟弟妹妹一一杀死。可是数来数去，单单少了一位最重要的家眷——他的妻子符璎珞。

符璎珞是李守贞老同僚符彦卿的长女，蕙质兰心，家里万千宠爱，舍不得让她嫁人。"一家女百家求"，三年前刚满十八岁的时候，皇亲国戚、当朝显贵、名门望族、藩镇将帅，纷纷上门为子弟提亲。据说符璎珞刚出生时，符彦卿曾请当代最出名的大相士、后来担任司天监的赵延义入府为其测八字。赵延义当时赞称："此女将来贵不可言！"后来赵延义受托前前后后、里里外外为符彦卿相宅，最后留下一句"贵气盈堂，一枝三凰"后翩然告辞，符府上下都不解其意。

李守贞当时凭着老交情，厚着老脸皮托人相浼[①]，三媒六聘，十里红妆，好不容易替长子李崇训把符璎珞迎娶进门。此番李守贞敢于铤而走险起兵谋反，其中一个底气就是冲着“此女将来贵不可言”这句预言，笃定自己父子能够问鼎中原，成就王霸之业。

此时“秦王府”里的随扈牙军、府干、伴当跑了个干干净净，养娘、使女们四处躲藏，杀红眼的李崇训遍寻符璎珞不得，看着一地亲眷的尸首，鼻子里尽是父亲被烧焦的恶臭，耳听得高墙外杀声四起，撞门的“咣咣”巨响击碎了他最后的心理防线。他额头青筋暴起，咬牙恨恨地说：“符氏贱婢误我父子！”随后仰头横剑自刎，衣衫上留下自己和亲人们的斑斑血迹。

李崇训倒地的同时，“秦王府”的大门轰然倒下，一群急不可耐的侍卫亲军一拥而入，他们的首要目标当然就是伪“秦王”父子，还有满府的金帛美女——这是大帅郭威在破城前默许他们的好处。领头的军官一边大喊“先搜到元逆李守贞和李崇训”，一边大踏步向后宅闯去。

这军官正是第一个攻入城门的义社老三王审琦。他进城后率兵望着城中心最高大的府第一路杀过来，进了大门后看见尸横厅堂，满府狼藉，天井中央的焦炭堆里还有一具冒着余烟的遗骸，抢占首功的兴奋渐渐被惊异所代替——“恐怕李家满门都已经自戕，大帅生擒元逆回京献俘的愿望恐怕要落空！”

等他领头赶到最后一进院子的门口，冷不防迎面看见一位艳光四射、妆容整肃的少妇，手持一口寒光凛凛的短剑，居中端坐在正房的太师椅上，沉稳的目光逼住了自己和身后的一队甲士。这些行伍哪见过这种场面，连王审琦也是惊疑万分。

“我是符魏公的女儿。符魏公与郭太尉情同手足，各位官兵不得无礼！”原来符璎珞自从嫁到李家后，对李守贞、李崇训的野心和倒行逆施一直不以为然。李守贞反叛后，她已下决心与李家决裂，曾去信请父亲派人接自己回娘家。不料一切发生得太快，转眼身陷绝境，不得脱身。她十分警觉，今日一早听说破城在即，听见李崇训疯狂杀人的动静，就一动不动地藏

① 浼（měi）

在床后的帷幔中，竟得身免。当她听清楚是禁军杀入府中时，才现身表明身份。王审琦当然不是浮浪之人，识得兹事体大，用手势示意蠢蠢欲动的部下都退到院门外。

“大小姐勿惊。卑职是郭枢相属下厅直左番的都头王审琦。大帅特命我等来保护阖府上下。”王审琦躬身行礼。

“王军使，”都头是管着一百名士兵的不入流的小军官，而军使是比都头高一级的营指挥使的俗称，符瓔珞见王审琦态度恭恭敬敬，知道他是位识体例的军官，就抬高一格称呼他，“不敢劳驾通知郭太尉，家翁李鲁公已经殁了，我家相公犯了癫狂，不知生死。”李守贞国灭身亡，符瓔珞现在只能用先前朝廷的封爵称呼自己的公公。

王审琦知道——如果面前的贵妇真是魏国公符彦卿的女儿，即便没有生擒李守贞父子，自己处置得当，仍不失为首功一件。不过对方的身份无从核实，正没理会处，身后一阵匆匆的脚步声，闪进两位神态焦急的牙军校尉来。

来者是衔命专门搜寻符瓔珞的郭荣和赵匡胤。二人任职牙军，负责保卫统帅郭威的安全，所以没有参加攻城的战斗。而郭威之前得到了符彦卿的急信，特地安排郭荣和两年前在徐州符府见过符瓔珞一面的赵匡胤在破城后直接到李府找人，没想到在街头碰上一股乱军，就没有跟上王审琦的队伍，这才耽搁了一小会儿。等追入“秦王府”，看见一地的尸首，士兵、奴仆狼奔豕突，不由得暗叫“不好”，一直冲进后院来。

牙军，就是有资格建牙的高级武官身边的近卫亲兵部队。郭威以枢密使的身份征讨叛逆，还有检校太尉的加衔，身份相当于旧时的大将军，所以借机成立了自己的牙军，此时初具规模，约有五百人，都是从征西的小底军中选拔的精猛战士。

王审琦忙向符瓔珞介绍：“这位是郭大帅的公子郭衙内。”他与义弟赵匡胤用眼神打过招呼，然后附在郭荣耳边私语了几句。牙军，又称“牙内军”，后来写作“衙内军”，建牙的将帅通常任命自己的子侄担任牙军的指挥使，所以世人开始通称高级武官的子侄为“衙内”。郭荣回头看向赵匡胤，赵匡胤冲他点点头确认了符瓔珞的身份。

“罪妇符瓔珞，恳请衙内周全。”符瓔珞款款行个福礼，抹了抹眼角的泪水。看着眼前英武沉静、彬彬有礼的青年武官“郭衙内”，她心中不免一动。而郭荣身边的赵匡胤，先前只有一面之缘，因为蓄了胡须，而且一身戎装，兜鍪遮面，虽然觉得在哪里见过，但是并没有马上认出来。

“好险！”郭、赵二人悬着的心才彻底踏实下来，同时心里好笑，暗暗佩服王审琦随机应变扯谎的本事。

“符家妹妹不必担心，我是郭太尉身边牙内军指挥使郭荣。父帅派我……和这两位王都头、赵都头前来接应妹妹，同时保护阖府上下。”听郭荣这么丝滑地替义兄圆谎，赵匡胤偷偷朝身侧的王审琦眨了眨眼。

郭荣一双发亮的眼睛离不开符璎珞左右，满心钦慕面前这位勇敢沉着的女孩子。“真不愧是将门虎女呀！”

面对郭荣炽热的目光，符璎珞羞得垂下了头，而一旁的王、赵等人瞧得有趣，都在想：“这两位倒真该是一对儿。”

几个年轻人正不知道怎么化解这个场面，只听府门口有人高喊：“大帅到！”只见在一大群亲扈的簇拥下，一位高额细目、宽肩长髯、不怒自威的中年统帅稳步跨进院来。

郭威一进李府大门就已经从嘴快的牙军那里得知了李家儿媳安然无恙。他与符璎珞一照面，就认出了多年前见过的故人之女。“好孩子，受委屈了！”

“郭叔父……”符璎珞再也止不住眼泪，拜伏在郭威身前。

“闺女，你要是不嫌弃，本帅就收你做个女儿。”郭威扶起符璎珞时，略一盘算，怕符璎珞此后在军中遭人轻慢，就给了她这个名分。

“女儿拜见父亲大人。”符璎珞心有灵犀，马上伏身叩了三拜，衷心感激郭威替她洗白了罪妇的身份，从此重获新生。

“大帅，卑职等确认——李守贞父子已经伏法。”赵匡胤替魂不守舍的郭荣向郭威汇报。

“荣儿，——郭荣！”郭威抬高声调叫了第二声，才把郭荣的注意力从符璎珞身上拉过来。“你去清点李守贞府中的人口财产，勿使遗漏。另外收殓府中遗体，妥为善后。”

“谨遵父帅钧令。”郭荣依依不舍地离开。

郭威看看郭荣的背影，又看看楚楚可怜的符璎珞，没有再说什么，心里赞道："这闺女能在乱军之前保全自己，不曾乱了方寸，没给符老哥丢脸，可谓非常人也！"

"仲宝，本帅看见你第一个破城，荣立头功。"郭威没忘了赞扬王审琦。他扭头对书记官郑仁诲说："日新，你记得马上出一份告身，着王审琦升厅直左番副将，暂代指挥使职责。"郭威说到做到，当场提拔了王审琦。他转眼看到赵匡胤羡慕的表情，拈须微笑道："元朗，你自不必羡慕仲宝，以后还会有你上阵杀敌的机会。本帅这里有一趟长途的差事，你就再做一回护花使者，带你的部下护送符小姐到符魏公任所。你同郭荣聚齐府中幸存的丫鬟、婆子，让符小姐挑两三个妥帖的带在身边，记得把符小姐自己的嫁妆都带走。回头我写一封短札，你带去呈给符魏公。"

符璎珞此刻听到郭威叫出赵匡胤的名字，才认出琬琰妹妹的救命恩人，正要开口相认，见赵匡胤暗中冲她摇头，于是住了嘴。她当然是心机玲珑的人，马上就明白赵匡胤的苦心——她自己毕竟是公侯家的千金小姐，未出嫁时就认识不相干的青年男子，这种事当众好说不好听。

而赵匡胤接受了送符璎珞去徐州的任务，虽然对不能参战立功感到一阵阵的失落，但心底更别有一番期待和欣喜。

郭威还要留下来继续平定赵思绾的叛乱，他体谅符家父女的急迫心情，所以安排赵匡胤尽快把符璎珞送回家。

好在符璎珞自幼马术精熟，不用车辇，可以与骑兵一道日行百里，所以二十天后，赵匡胤就把符璎珞送回平卢军节度使的治所青州。符璎珞死里逃生，乃不幸中之大幸，符彦卿一家人相拥而泣。

那边喜极而泣，这边符彦卿用大手拍着赵匡胤的肩膀说："元朗贤侄，都说世上有'送子菩萨'，你每次来都给我送回个女儿，莫不是位'送女神君'？"赵匡胤只能硬扛着符彦卿的拍击，憨憨地陪着笑，余光一扫人丛里的京娘，见她容光焕发，越发出落得靓丽，不免怅然若失。

# 07　大梁惊变

乾祐二年（949）的后汉，强敌环伺。除了北面的契丹、东南的南唐，西南后蜀的孟昶也是虎视眈眈。

后蜀政权这一两年来趁后汉立国未稳，攻取了原属后晋的陇西秦（今甘肃省秦安县北）、阶（今甘肃省武都区东南）、成（今甘肃省成县）、凤（今陕西省凤县东北）四州。平定了河中、永兴两镇的郭威，虽然有心乘势夺回这部分疆土，但是麾下的禁军将士升职的升职，领赏的领赏，或者私下靠劫掠发了横财，都盼着回乡享福，无心继续拼死战斗，隐隐已成强弩之末。郭威深知事不可为，只能在九月罢兵回朝，留凤翔节度使、西南面行营都部署赵晖率药元福、李彦从、赵弘殷等将领继续率军围剿在凤翔负隅顽抗的王景崇。

一波未平，一波又起。当年冬十月，契丹进犯赵、魏二州，攻陷了内丘。郭威再次临危受命率宣徽南院使王峻等北伐契丹。十一月，契丹听闻郭威大军将至，望风而逃。

于是朝廷更加倚重郭威，刘承祐准备单独加恩升郭威为侍中，成为名义上的正相之一。郭威按照冯道的建议上奏皇帝："臣出兵以来，辇毂之下，无犬吠之忧，俾臣得专一其事，军旅所聚，资粮不乏，此皆居中大臣有以安朝廷，抚内外，而馈饷以时，故臣得以专事征伐，臣安敢独擅其美乎！"太师冯道也出班附和，这让皇帝深觉言之有理。于是从史弘肇开始，宰相、枢密使、三司使、各节度使次第加恩，滥赏遍于天下。其中宋州节度使兼侍卫亲军都指挥使史弘肇加兼中书令，宰相窦贞固加守司徒，苏逢吉加守司空，苏禹珪加左仆射，杨邠加右仆射、依前兼枢密使，三司使王章加邑封。各藩镇中，邺都留守高行周加守太师，青州符彦卿加守太保，北京（指太原府）

留守刘崇加兼中书令，等等。同时，太师冯道提议给好大喜功的年轻皇帝上了一长串尊号。朝廷上下皆大欢喜，自不必细说。

这招“借花献佛”起了作用，史弘肇、杨邠投桃报李，乾祐三年（950）四月，郭威被朝廷任命为天雄军节度使[①]，代替病重的高行周防御辽寇，仍兼枢密使、同平章事、侍中、检校太尉各职。天雄军节度使历来都是五代第一藩镇，后晋开国皇帝石敬瑭、后汉开国皇帝刘知远，以及“四大令公”中的杜重威、高行周等此前都曾担任过天雄军节度使。

从此郭威就有了“开府”和“建牙”的特权。开府建牙，指的是三公、大将军等高级官员接受皇帝的授权独立开设府署、树立旗帜，来处理自己职权内的军政事务。开府建牙的权臣可以自由任免下属官员，甚至有权制定和实行地方法令，是王公权贵、功勋大臣极受荣宠的特殊待遇和显赫荣誉。“开府”置僚属，本系三公、三师（亦称三司）等所享殊遇，因而有“开府仪同三司”[②]的名号，隋、唐以降均以“开府仪同三司”为文散官的最高官阶。所谓“建牙”，是因为自古掌武备的司马出师前要树立军旗，军旗上绣张牙舞爪的猛兽，故军前大旗谓之“牙旗”。凡出师则必有建牙之举，后来就引申指武臣出镇或征讨地方。从唐代后期开始，各藩镇即节度使都有了“开府”和“建牙”的特权。

宰相苏逢吉忌惮郭威权势过重，以先帝刘知远制定的规矩——“枢密使不可以由藩镇兼领”为理由，极力阻挠，与史弘肇、杨邠等争执不下，直吵到李太后发了话才有定论。枢密院还以皇帝名义诏令河北诸州，所有官吏、兵甲、钱帛、粮草皆由郭威全权处分。郭威数次巡边，把方面大员都替换成自己的心腹。从此所辖各州只知有“郭太尉”，不知有“乾祐皇帝”。

郭威成为邺都留守后，郭荣按郭威的表奏被任命为天雄军牙内都指挥使，领贵州刺史、检校右仆射。另以部将韩通为天雄军马步军都指挥使兼奉

---

① 即原魏博节度使，河北三镇之首，治所在大名府。

② 开府仪同三司，自隋唐以来成为文官的最高从一品散阶，具有这个散阶的大臣不必然“开府”。开府，指该重臣有资格开设独立的、专属的办公衙门，而不是仅仅在固有的中央和地方机构任职。注意这类专属的办公衙门仍然由中央政府提供财政支持。仪同，指该专属的办公衙门的仪仗参照什么级别。三司，就是指三公、三师。太师、太傅、太保，是为三师；太尉（有时称司马）、司徒、司空，是为三公，皆正一品。

国左厢第六军都指挥使，领雷州刺史。麾下的牙内军扩充为满员两千五百人，赵匡胤等几个义社成员陆续升任军使、都头不等，成为牙内军的骨干，而天雄军的牙内军就是将来后周殿前军的雏形。

“勤俭廉政，律兵爱民；勇于任事，严守机密；诛斩元逆，祭慰庄宗；削除强藩，恢复天朝。”乾祐三年（950）四月，在冯道、郭威、符彦卿、郭荣、赵彦徽五人的共同引荐下，赵匡胤按门规用左手护右肘，右手中间三指朝天，庄严地宣誓，正式加入青门，成为“方领”之 ，负责大名府和各军镇之间的联络。他此时才知道，青门是由冯道、符彦卿、郭威三大名首所创立，而且与后唐庄宗皇帝的遇害有直接关系。

此时赵匡胤与入门的见证人郭威、郭荣一起，身处天雄军节度使内牙的一间密室中；门外由曹彬负责警卫，严禁其他任何人接近。

“兴教门事变”后，冯道、符彦卿、郭威共同创立了一个专门对外的秘密谍报组织——“青门”，冯、符、郭三人担任青门的最高领袖——“名首”。最初三人相约由冯道在朝主持残局，符、郭二人则在外筹兵复国。

名首之下是负责传递机密的“方领”。所谓“青门一条线”，方领就是与名首单线联系的骨干，一般以商人的身份传递机密，同时在沿途搜集情报。因为商人走南闯北，熟门熟路，口音、举止都没有破绽。之前的赵景深、郭荣等就是所谓“方领”，常扮作商人，负责在全国各方位打探情报、传送机密；青门在各要冲都有落脚的“窝所”，各有“窝主”，负责接待“方领”，平时也负责搜集各地动态。赵景清就是“窝主”之一，他的清宥观当然就是其中一个窝所。方领和窝主为名首及时掌握形势、及时交流、正确决策提供可靠前提。而遍布全国的谍报网才是冯、郭、符三人掌控全局的制胜法宝。

只有志同道合、久经考验的人才能由名首和方领介绍加入青门。入门有特别的仪式，名首和方领内堂都挂着风尘三侠的画像，入门要宣誓并三拜此像。青门见面的套口是“匡扶社稷，拯救苍生；青门接引，解珮而开”。而名首、方领随身的那款玉佩“玲珑符”，就是确认身份、传递机密的道具。

“玲珑符”一共八块，和田玉质的阳符三块，郭、符、冯三位名首各持一块；独山玉质的阴符五块，负责联络东、西、南、北、中的五位方领各持一块。阴阳两符相扣互嵌，然后再向相反方向拧转，机关才能开启。阴符内藏绢条，强行打破阴符，暗藏的墨水胆会破裂，把绢条染黑，再不能辨识密信内容。

至于青门不采用信鸽传递机密的原因是——信鸽必须回到固定的驻所。但当时州府甚至京师，随时在变更占领者。而且各方都有不同阵营安插的眼线，甚至多重间谍。所以密信必须由精明干练、绝对可靠的信使交付最高决策者本人。

“义父，京娘妹妹，你们一直瞒得我好苦！”赵匡胤此时由衷钦佩年轻的符琬琰口风之紧。

赵匡胤加入青门后，一年之内穿梭于各地，专门为青门三大名首传递机密，刺探各地虚实，因而山川形势、风土人情尽收心底。虽然比不上李继勋等义兄弟屡立战功而在职位上的步步晋升，但每一次机密任务，赵匡胤都提前做好预案，有惊无险地顺利完成任务。同时他以郭威密使的身份结识了各地藩镇，如侯益、王景、刘词、李洪威、郭从义、白文珂、薛怀让、王饶、宋延渥、武行德、王令温、吴虔裕、李榖等，其稳健宽厚的形象给所有人留下深刻印象，不知不觉中积攒了必要的人脉。这些封疆大吏从赵匡胤身上看到一股欣欣向荣的新生力量，不禁折服——像赵匡胤如此优秀的人才居然只能在郭威手下担任区区信使，而与赵匡胤水平相当的人才在郭威麾下车载斗量。这种印象坚定了他们在关键时刻支持哪一方的意向。此外，“文人相轻，武人相重”，通过切磋武艺，赵匡胤与镇守边陲的名将折[①]从阮、折德扆[②]父子及高行周、高怀德父子成为惺惺相惜的挚友。

世上大多数的人，都是听到雷声、见到闪电，才意识到雷雨将至；少数迟钝的人，甚至直到雨点和冰雹砸在脑袋上，才明白为时已晚；只有神经最敏锐的人，才会由闷热中的一丝微风，或乌云间的一隙乍亮，觉察出片刻后的变局，做到未雨绸缪。

王朴就是这样的人。他属于大器晚成，在乾祐三年（950）四十五岁时才

---

① 折（shé）
② 扆（yǐ）

登进士第，开始担任枢密使杨邠的秘书郎。

这一年在五月和六月之间的闰月，太白昼见，中原大地久旱成蝗，然后突然在一天，汴梁城刮起了罕见的龙卷风，龙尾扫过之处，坚固的房舍被掀翻，参天大树被连根拔起，甚至把内城西面郑门厚重的城门吹翻，砸落到十几步以外，躲在城门洞避风的军民人等被砸死了七八个，伤者不下数十人。龙卷风带来了倾盆大雨，黄河决溢，整个汴梁城除了地势最高的皇城，都被泡在水中，水深过膝，京师上下见者无不骇然。李太后特召数十位女僧入宫诵经禳灾祈福。不料其中一位尼姑上厕所回来后，莫名其妙连续几天哭哭啼啼，不知自己为何人，更不认识周围的人。等几天后清醒过来，全然记不得这几天发生的事，宫里都传言她是被近些年冤死在宫里的阴魂附了体。

天现异象，怪事连连，闹得大梁城里谣言四起。皇帝刘承祐情急之下，召来司天监赵延义，询问他有没有起作用的禳祈之术。赵延义无奈地回奏："微臣非僧非道，专职计算天文时日、编制历书，未尝学过禳祈之术。然微臣亦知先贤有言——'君主欲消弭灾异，莫如修德'①。"不管赵延义会不会禳祈之术，他也绝不能承认——因为在帝王心中，你会禳祈，就一定会蛊毒，而那是要掉脑袋的罪名。

皇帝不解地追问："何为'修德'？"赵延义没想到年轻的皇帝居然这么不学无术，只能回答说："臣非宰辅，只知君王宜读《贞观政要》而效法之。请陛下或垂问冯太师、杨少傅等三公，可得教益。"刘承祐想到要面对冯道、杨凝式这些老夫子，挨一顿说教数落，他脑仁儿都疼，还不如到兴安球场跟郭允明、后匡赞等几个"飞龙使"一起放纸鸢好玩儿。那些"禳祈""罪己""修德"的正经事，很快就被他随着一款款艳丽、轻盈的风筝放飞到天外去了。不过他并没有忘了罢了不识趣的赵延义司天监监正一职，让监副王处讷接替。

"飞龙"，指皇族乘骑的骏马。而"飞龙使"是从唐朝武则天时期开始设置的掌管宫廷御马的官职，初时由宦官担任，到了后汉一朝，因为高祖和今上都有龙阳之好，飞龙使就成为帝王娈童或亲宦的专职，颇有狎昵之意。

---

① 见《魏书·卷六七·崔光传》："修德延贤，消灾集庆。"又《新唐书·韩思彦传》："后太白昼见，劝帝修德答天谴。"

此时担任飞龙使的是后匡赞，郭允明已由飞龙使迁更有油水的、掌内廷茶酒供应之事的翰林茶酒使①，而更早担任飞龙使的聂文进，因为年纪稍长，早已改任枢密院承旨，还被刘知远恩赏右卫大将军的虚衔。三人恃宠而骄，外臣皆嗤之以鼻，特别是杨邠、史弘肇两位权相，经常当众非议。王朴不止一次听到杨、史二人谈起这几位“飞龙使”，还有跟他们整天混在一起的皇帝以及李太后的幼弟“李七郎”李洪业，都是一脸不屑。王朴担心聂、郭、后、李这种人的蛇蝎之心，曾旁敲侧击提醒过杨邠仔细提防，不过杨邠、史弘肇、王章权倾一时，哪里会把这几个“偻罗儿”②放在眼里。

杨邠、史弘肇、王章、郭威都是刘知远开国的股肱之臣，一直亲密无间。自从郭威出镇天雄军，朝政不论巨细，都必须得到杨、史、王这个“铁三角”的首肯。在中枢的“两府”，杨邠任枢密使、右仆射、同平章事总领机要；史弘肇任检校太师、归德节度使、侍卫亲军都指挥使兼中书令加侍中，执掌京城的宿卫；王章任检校太尉、三司使、同平章事，掌中央财赋。而其他的宰相窦贞固、苏逢吉和苏禹珪都沦为摆设。

杨邠、史弘肇、王章从未把刘承祐这位刚满二十岁的“娃娃皇帝”和他的一帮狐朋狗友放在眼里，连李太后和她的幼弟李洪业的面子都不给。曾有人打着太后的旗号到侍卫司求补军职，史弘肇不问究竟就以招摇撞骗的罪名当庭处斩。小皇帝喜欢听乐看戏，赐给教坊使和几个名伶玉带和锦袍，史弘肇听说后怒道：“禁军将士为国拼死征战，竟未得此种赏赐，尔等倡优之辈对国家社稷有何功劳，敢承受此般待遇！”言罢立即派人把所赐玉带、锦袍统统收缴归公。国舅李洪业嫌自己担任的武德使③一职低微，找杨邠要求提职当个宣徽院使，不料被杨邠一口回绝。甚至刘承祐想册封爱妃耿氏为皇后，被杨邠以“家世低微，品貌欠淑”为由力谏而不成。等到耿妃去世的时

① 按宋代沈括《梦溪笔谈》：“唯翰林茶酒司止称‘翰林司’，盖相承阙文。唐制，自宰相而下，初命皆无宣召之礼，惟学士宣召。盖学士院在禁中，非内臣宣召，无因得入，故院门别设複门，亦以其通禁庭也。”可见这个官职是为了方便出入宫禁，随时待命准备被皇帝召唤而设立，本书此处仅按字面描述。

② 据宋代罗大经《鹤林玉露》卷十五：“《五代史》（称）：汉刘铢恶史弘肇、杨邠。于是，李业谮二人于帝而杀之。铢喜，谓业曰：‘君可谓偻罗儿矣。’”

③ 武德司是五代时期创设专门负责处理皇宫日常性事务的机构，长官为正七品的武德使，位卑权重。后晋、后汉等政权，往往通过武德使制衡侍卫亲军等禁卫军队。

候，刘承祐欲以后礼安葬，杨邠以同样理由坚拒。最让皇帝憋屈的是，有一次御前会议时，刘承祐插嘴表达不同看法，杨邠竟当场发飙打断他的发言："有臣等在，陛下不必多言！"杨、史、王三人倨傲的做派让其他廷臣目瞪口呆，更深深刺痛了年轻皇帝的自尊。一系列操作下来，帝党、后党都把这"铁三角"恨得牙痒，皇权和相权开始激烈对立。

"铁三角"与其他文臣的裂痕也日益加深。杨邠和王章都是出身小吏，史弘肇和郭威同为职业军人，杨、史、王三人向来鄙夷靠科举、辞令出身的文官，更厌恶苏逢吉、聂文进、郭允明、后匡赞之类靠主公的异癖登堂入室的宠佞。

前年（948）河中李守贞、凤翔王景崇、永兴赵思绾等连片造反之时，枢密使郭威抽调了大批禁军到关西征讨，京师人心惶惶。为了平息谣言，史弘肇采取了非常手段，出动禁军滥捕滥杀。一个极端的例子是——有一位平民出于好奇，在白天仰观太白金星，竟被史弘肇判处腰斩之刑。除了腰斩，对于无关痛痒的小过错，史弘肇还施行切舌头、豁嘴巴、挑足筋、剁腿脚之类惨无人道的刑罚，平白增加了大批残疾。

而史弘肇的政治对手苏逢吉之狠辣不相上下，连坐、灭族、"净狱"等酷刑峻法陆续出台。他小人得志，心胸狭隘，为了霸占家产，唆使家奴诬告前朝宰相李崧。而投靠后汉的李崧，虽然还顶着侍中的虚衔，却落得满门男性斩首、女性没籍为奴的凄惨下场。而对于这个明显的冤案，史弘肇不仅不针锋相对，反而助纣为虐，借机霸占了李崧的妻女为妾婢。由此厮养之辈构陷成风，世风日下，官吏商贾人人自危。

对于后汉朝廷，李崧纵无拥立之功，也有从附之劳。他与冯道一起在后晋执政多年，如今摊上无妄之灾，遍布省、部、州、郡的门生故吏难免兔死狐悲，人心涣散。

史弘肇看苏逢吉不顺眼，苏逢吉同样一直看不起史弘肇、郭威一班行伍出身的"大老粗"。在"东、西两府"[①]枢密院和中书门下联合给征辽的郭威

① 中书门下，习称中书，原称政事堂、都堂、政府、东府，是唐代中期至北宋前期的行政机构，由门下省、中书省与尚书省的最高长官共同参与行政；而枢密院与之对应，称"西府"。本小说中，为体现五代时期重武轻文，所以把东、西两府的位置对调。

践行的酒席上，苏逢吉对郭威身兼数职仍然耿耿于怀，忍不住逞口舌之快，皮里阳秋地说：“本相有一首临时拼凑出来的诗赠郭公以壮行：‘晋时明月汉时关，万里长征马未鞍。常思子龙飞将在，不若雀儿破郭还。’不甚工整，愿诸公共勉！”

杨邠、王章等人脸色俱是一变。原来郭威早年寒微时一度依附于时任后唐奉圣军都指挥使的常思，而且在脖颈文了一处燕雀，所以当时人称郭威为“常氏子”“郭雀儿”。现在提及他早年不堪的往事，无疑是在当面侮辱郭威。幸亏史弘肇脑子慢，当时不明就里，否则必然发作。郭威出于维护大局，对于苏逢吉的轻佻言辞隐忍不发。而郭荣、赵匡胤等郭威的近卫们听苏逢吉好没分晓，纷纷手按剑柄、怒目而视，被郭威用眼色制止。

树欲静而风不止。

两年后十月初的一天晚上，三司使王章在他的府第设宴招待同僚。大家酒意正酣，行酒令为乐，史弘肇不太擅长此类游戏，阎晋卿就坐在旁边帮衬他。苏逢吉借着酒意调侃史弘肇说：“史公旁有姓阎人，何忧罚爵尔！”不料正是这一句话将史弘肇惹恼了，因为他酒妓出身的妻子正好也姓阎，认定苏逢吉是在挖苦他。于是勃然大怒，起身挥拳就要暴殴苏逢吉，好在苏逢吉身形瘦小灵巧，撤身向门外逃去。史弘肇余怒未消，不依不饶，从护卫腰间抽出佩剑，要追砍苏逢吉。

史弘肇本是粟特族人，长得深目高鼻、阔口虬髯，平日杀人如麻，此时暴怒之下神形更是骇人。一旁的杨邠还识得大体，见势不妙，急忙拦腰抱住他说：“史公息怒！史公息怒！苏公是当朝宰相，你如果杀了他，置朝廷体面于何地？望公三思，望公三思呀！”话还没说完，眼泪都垂了下来，酒宴的主人王章也过来好言相劝。史弘肇没有答话，怒冲冲上马而去。杨邠不放心，紧跟着一直把史弘肇送回史府，看着他进了大门才敢离去。

史弘肇虽然没有再追究苏逢吉，但此后上朝或在中枢办公，两人视同陌路。皇帝刘承祐看在眼里，惶恐不安，让检校太傅、宣徽南院使王峻在公子亭设酒宴调解，竟没能挽回二人势同水火的关系。

这场酒宴风波，使得统治集团的裂痕公开化，让王朴等中低层官员心惊肉跳，人心惶惶。特别是王朴，他敏锐地意识到：几年的叠加效果之下，杨、史、王三人一手遮天把持朝政的基础开始岌岌可危。这个“铁三角”自诩疾恶如仇，其实刻毒残暴，善恶不分；目空一切，专权擅断，甚至欺凌主上；权倾朝野，树敌过多，但是毫无戒心。他们不仅与帝党和后党直接冲突，得罪了文武同僚，甚至因为史弘肇御下过严，逐渐失去了禁军上上下下的拥护。杨邠的飞扬跋扈，史弘肇的残虐，加上王章为了保障军需粮饷横征暴敛，怨声载道，官民思变。特别是自从郭威离开汴梁后，杨、史、王三人失去了重要的缓冲和强援。

冯道、窦贞固和苏禹珪等人固然乐得冷眼旁观，图个清静，但是在中枢势单力孤、大权旁落的苏逢吉心有不甘；后面还有一个野心勃勃、自视甚高的聂文进早就图谋上位，急不可耐地要铲除当权的杨邠和史弘肇；而皇帝和太后急于恢复皇权，几股势力渐渐形成了合力。一个迹象是——“东京龙、蛇、犬”郭允明、后匡赞、苏逢吉、刘铢、聂文进、李洪业等人开始频频密议。

政局日乱，王朴隐隐感觉到，一场政治风暴正在酝酿中。如今苏逢吉、史弘肇之流打开了地狱之门，谁都不知道灾祸什么时候会降临到自己头上。他彼时官微言轻，无力扭转乾坤，为远离是非，便以父母病危为由向杨邠请假，回老家须昌（今属山东省东平县）避祸去了。

转眼到了十月十三日的清晨，史弘肇按规矩到枢密院办公。此时好大一场晨雾，十步不见人。进了东华门，他习惯性地向左一拐，走进广政殿与枢密院之间的夹道。忽然听见两个熟悉的声音在互相寒暄，他听出来是杨邠和王章二人。今天并不是上朝的日子，他心里困惑：“难道有什么突发的军情需要紧急处置？那也应该是本帅第一个接到邸报啊？”

等走近杨、王二人，才知道他们接到内使传召，说枢密院有紧急军情，史枢相请皇帝在广政殿临时召开御前会议，特此召他们入宫。三人一对话头，都是一脸惊诧，再想找刚才传诏的内监对质，却不知何时已消失在晨雾中。

正诧异间，三人突然听到夹道两头有兵甲之声，影影绰绰的几十个身影向他们压过来。史弘肇抹了一把眼眉间凝结的水珠，才看清是一群身着武德司服饰的校尉们，恶狠狠地各挺着利刃逼上来。

史弘肇下意识地回手探向腰间，准备抽出佩剑防身，不料摸了个空，这才想起自己入宫时并没有随身携带武器，一下子浑身发紧，脑门沁出冷汗。军人的本能让他摆好了徒手技击的架势，身子贴墙，准备负隅顽抗。

慌乱中他听见有一个似乎是属下聂文进的声音喝道："休放走了三个老贼！"而身旁的杨邠和王章分别在呵斥："郭允明！汝等好大胆——""后匡赞！尔敢谋反乎？！"然后就是刀剑入肉的声音和杨、王二人的惨叫声。

史弘肇脑筋乱蹦，猛然回想起来——昨夜亲随府干禀报，说内客省使阎晋卿紧急到府拜见自己，说是有要务相告。自己因为醉酒困乏，没有理会，就沉沉睡去。今天早上出门的时候，还听门子嘟囔阎内使前脚刚刚离开，之前已经在府门前等了大半夜。"一定是他特地上门示警——"史弘肇无暇细想，因为十数柄阴森森的利刃已经顶到胸前，后面浓雾一分，正是聂文进、李洪业、郭允明、后匡赞等人兴奋的目光，就像一群猎人巧布陷阱困住了一头巨兽。

史弘肇已经来不及后悔了。"鼠辈！"这是他最后骂出的字眼。

自从月初"酒宴风波"后，苏逢吉深知史弘肇睚眦必报的脾气，暗自咬牙切齿，决意先下手为强。他暗中挑唆李洪业劝刘承祐设伏刺杀史弘肇、杨邠、王章三人。一直受窝囊气的刘承祐大喜过望，开始和舅舅李洪建、李洪业，以及聂文进、郭允明、后匡赞等人在宫中密议。后来他们感觉势单力薄，于是找来内客省使、禁军宿将阎晋卿壮胆。几个人计谋已定，皇帝还是带着李洪业偷偷地去告知母后。李三娘一听之下大骇，说道："此事攸关大局，何其草草！除了苏逢吉，须要与冯太师以及窦、苏两位宰相仔细商量。"李洪业一转眼珠，在一旁给外甥鼓劲："先帝曾言，朝廷机要，勿使腐儒知。"太后还想劝阻，刘承祐发了脾气说："然也然也，国家大事，岂宫闱中'妇孺'所能知！"说完一甩袖子负气离开。李三娘看着他的背影，气得怔怔坐了半天。

得到在广政殿东檐下成功刺杀史弘肇、杨邠、王章三位顾命大臣的"好消息"后，刘承祐余恨未消，下旨将史、杨、王三人暴尸十日，并诛灭史、杨、王三家的全族。一时血雨腥风，京城里被株连的人数以千计，而苏逢吉、聂文进、李洪业、郭允明、后匡赞等人乘机大发横财。

“广政殿事变”当天下午，皇帝在崇元殿召集文武群臣，身侧是聂文进、李洪业、郭允明、后匡赞等人。他扬眉吐气地宣告：“史弘肇等谋反，今已伏诛！”祸起萧墙，众臣面面相觑，一时鸦雀无声。等了一会儿，刘承祐大声说：“史弘肇等专权，使诸位卿家天天忧虑天降横祸，从今日起，有朕给诸卿做主！”于是一阵窸窸窣窣声中，满朝文武在苏逢吉的带领下三叩九拜，山呼万岁。

在人群中，阎晋卿无可奈何，暗暗叹息——震动政坛的“广政殿事变”的导火索，竟然是苏逢吉的酒后无德、口无遮拦。

时至今日，刘承祐终于觉得自己成了“真”皇帝。为了感激苏逢吉等力促其下决心“诛逆”，他颁诏以苏逢吉权知枢密院事，前青州节度使刘铢权知开封府事。而侍卫马军都指挥使、李太后的弟弟李洪建以都虞候判侍卫司事，事先参与谋划的李洪业权领侍卫步军都指挥使，内客省使阎晋卿临时代理侍卫马军都指挥使。此外聂文进升授枢密院都承旨，主持枢密院日常事务；手刃“逆党”的郭允明、后匡赞分别升授左、右卫大将军，进入了高阶武官序列。刘承祐同时下令封禁京城各门，严行盘查，勿使走漏消息。苏逢吉和刘铢还特别安排亲信府干严密监视冯道等大臣。此后的一个多月里，只不过是换了一批人把持朝政，刘承祐依然是声色犬马，任由苏逢吉、聂文进等胡作非为。

“广政殿事变”的三个月后，隐居在故乡的王朴才得到确切的消息，印证了自己的预感。几乎同时，他收到大周开国皇帝郭威的征召，赴澶州担任镇宁军节度使郭荣的掌书记一职。

# 08 清君侧

刘承祐猛地从噩梦中惊醒。

正是广政殿事变第二天的深夜。远处不知道哪个宫舍的门窗被寒风吹得忽开忽合，发出不规律的“咣”“咣”的撞击声，然而没有一个人愿意从被窝里爬出来把它关好。对着床榻前忽明忽暗的炭火看了好一会儿，刘承祐才想起来自己已经是亲政的皇帝，在皇城中央的永福宫中就寝。

可是刚才梦中的情景历历在目。

空旷无际的兴安球场上，舅舅李洪业，还有聂文进、郭允明、后匡赞三个伴当，正帮着自己放飞一只硕大无比的龙筝。狂风吹得龙筝猎猎作响，几个人把持不住，竟然要把自己带上半空。就在双脚离地之际，不知是谁递过来一支火烛，“点了它，点了它”，身后几个人一起撺掇，他莫名地兴奋，把火烛伸向引绳。那火苗顺着引绳一直蹿上去，转眼就把整个龙筝点燃了。燃烧的火龙在狂风中夭矫飞腾，龙身上火鳞如雨点般纷纷落下，下面的重重宫殿很快都被点燃，进而被熊熊烈火吞噬。

跌落地面的刘承祐知道自己闯了大祸，只想找个角落躲起来。

只见火焰中走出一个巨大的身影，蹒跚的脚步重重地落在地上，一步步逼向自己——

“母后——”他认出了母亲，想转身逃开，双脚却似铸在了地上，寸步难移。适才在身后的李洪业等人全都不见了踪影，只剩下自己一个人孤零零地面对眼前的惩罚。

他终于看清楚母亲双手平端着一具遗体，金冠衮袍，而那死人灰暗的脸正慢慢转向自己，原本闭合的双眼兀地睁开。

“母后，父皇，此事与儿臣不相干……”他下意识地捂住了双眼，跌坐在地——

承受不住恐惧的窒息，从梦境中逃离的刘承祐心脏不停地狂跳，冷汗浸透了亵衣。他这才发觉不知为什么，双手在紧紧扼着自己的喉咙。他哆哆嗦嗦伸手分别摸到了在两侧酣睡的郭允明和后匡赞二人结实的身体，才心底稍安，但是再也无法重新入睡，就昏昏沉沉听着殿外呜咽寒风中的动静，直到天光大亮。

杨邠、史弘肇、王章和他们三人在朝廷任职的大批亲故被处死，后汉朝廷的行政立即陷入了一片混乱。特别是杨邠和史弘肇主持的枢密院、史弘肇指挥的侍卫司、王章执掌的三司使衙门，一时群龙无首，来不及处理的公事堆积如山，而事后才得知这场事变的重臣冯道、窦贞固和苏禹珪等都直斥“恁的孟浪”。后匡赞与郭允明二人温言软语，使尽浑身解数，轮番服侍皇帝，拼命转移刘承祐的注意力，阻止其他大臣直接与皇帝接触。

不过有一个人他们是挡不住的，那就是皇帝的生母李太后。高祖刘知远惧内是出名的，称帝后一直没有宠幸其他妃嫔，长子、故魏王刘承训，今上和皇弟刘承勋都是今年已经四十五岁的李三娘所出。李太后有兄妹七人，她自己行三，有兄洪信、洪威，弟洪仁、洪福早夭，还有幼弟洪建、洪业。此时除了不成器的李洪业由之前不起眼的武德使升任侍卫步军副都指挥使外，李洪建在京城任侍卫亲军都虞候，李洪信在陕州任保义军节度使，李洪威在澶州任镇宁军节度使，都是执掌戎机的重臣，今上只能冲母亲发点小脾气，如果较起真儿来，李太后绝对可以做到临朝听制或另立新君。

“传皇太后懿旨，请官家到坤宁宫叙话。”听到母亲的传召，刘承祐磨蹭了好半天，才在李洪业、聂文进、郭允明、后匡赞四个人的陪同下，硬着头皮走进坤宁宫。

“儿皇给母后请安。”李太后看着整天与儿子“颠鸾倒凤”的后匡赞和郭允明，把大好青春的儿子淘虚了身子，气就不打一处来。她曾经三番五次跟刘承祐提起选后纳妃的事，不过每次都被儿子推了事故。她心中早已有称心如意的人选，比如符彦卿名琬琰的次女，郭威名云姐的三女，她都曾亲自见过。她天天盼着儿子能够成婚生育，自己早日搬出坤宁宫，到太平宫享福。李三娘后悔自己常年对这个儿子的溺爱，更怨恨刘知远给儿子树立了一个坏榜样。她知道儿子不理解自己的感情波折，不过母子俩已经达成默契——自己不当面数落儿子的性取向，儿子也不在第三人面前点破自己的婚外情。她两天来一直为朝廷的变故忧心忡忡，此刻想起郭威宽阔的肩膀，心里开始有了计较。

“皇帝，哀家特宣你一人来说话，你带这许多不相干的人来做甚？！”

李洪业、聂文进见太后没给好脸色，再听见皇太后有话要单独跟官家交代，识相地把郭、后二人拽出门外。

“祐儿，尔父高祖皇帝翦乱除凶，变家为国，救生灵于涂炭，创王业于艰难。前枢密使杨邠、侍卫使史弘肇、三司使王章亲承顾命，辅立少君。如今四方多事，民心不稳，宗社危急。为娘以为应立即召枢密使郭威、宣徽使王峻、侍卫步军都指挥使王殷进京主持大局。”这一次李三娘板着面孔，用事先斟酌好的词句劝导儿子。

“母后，这……这却为时已晚……”刘承祐开始闪烁其词，担心自己这娄子越捅越大。

原来前一天，刘承祐已经下达了处死郭威等人的密令。

“朕要郭威那直娘贼去死！”紫宸殿内，原本一直担心皇帝不肯下决心铲除郭威的苏逢吉、刘铢、李洪业、聂文进，此时都大喜过望。他们都明白郭威既有人望，又掌重兵，一旦得知杨、史、王三人被害的消息，必然要伺机平反，到时候自己一党只有死路一条，所以现在必须先下手为强。只有天天与刘承祐耳鬓厮磨的郭允明和后匡赞才知道刘承祐一直怨恨郭威曾经分走了母亲一大部分的感情。

几个人商定，马上派心腹携密诏分别前往澶州和大名府，密令李太后的二哥、驻澶州的镇宁节度使李洪威诛杀驻防当地的侍卫步军都指挥使领夔州节度使王殷；密令护圣左厢都指挥使领北面行营马军都指挥使兼天雄军都巡检使郭崇威，和奉国左厢都指挥使兼北面行营步军都指挥使曹彰，刺杀屯驻大名府的北面行营都部署、枢密使郭威和北面行营兵马都监、宣徽南院使王峻。

不过人算不如天算，远在汴梁的刘承祐、苏逢吉等人并不知道，李洪威、郭崇威、曹彰等前线的将领，绝大多数都崇敬郭威的军事才能和领导力，同时出于职业军人的本能，对小皇帝刘承祐和他那一帮“东京龙、蛇、犬”嗤之以鼻。所以李洪威得到密诏后，马上通告了王殷。

第二天的中午，正在天雄军节度使牙署门前负责警戒的牙军中营副指挥使赵匡胤，接待了一位自称是澶州来的便装密使，要求立时面见天雄军节度使、北面行营都部署郭大帅。赵匡胤验了来人的信牌，不敢怠慢，一边请来人交出佩剑，一边禀报在牙署值班的牙内都指挥使郭荣。郭荣出来到阍室一照面，认出是澶州节度副使陈光穗，连忙行叉手军礼，口称：“陈副使辛苦了，请到节堂稍候。”同时他示意赵匡胤快步到节堂通告正在内衙处理公务的郭威。

郭荣陪着陈光穗刚在节堂坐下，郭威就匆匆出来见客。李洪威、王殷二人专门派陈光穗携所受密诏，为掩人耳目，便装飞驰至大名府递交郭威和王峻。节度副使是节度使的佐贰，仅为正八品，位在行军司马之下，相当于军队主官的副官。不过陈光穗一直是李洪威的心腹，以前就负责在双方之间传递机密。

郭威与陈光穗寒暄了几句，正要展开密诏，赵匡胤领着郭崇威、曹胤二将进了节堂。郭、曹二人面色阴郁，向郭威行过军礼后，看见陈光穗和郭威手上黄绫裱的诏令，一怔之下呈给郭威同样一卷东西。

郭威双手在案上同时展开两份密诏，不禁倒吸一口凉气，此时才得知京城发生了巨变。

两份几乎同样内容的密旨正文如下：“杨邠、史弘肇、王章等擅权枢机，目无皇纲，罪大恶极。皇帝、皇太后业已下旨有司论罪，诛灭九族。北面行营都部署郭威、兵马都监王峻、副都部署王殷早有异心，与史、杨、王互为奥援，妄图篡逆。着北面行营马军都指挥使郭崇威、步军都指挥使曹胤（澶州节度使李洪威）即刻诛杀郭威、王峻（王殷），以下将校各安其职，毋庸惊疑。郭威、王峻（王殷）所任北面行营诸职守，由郭崇威、曹胤（李洪威）暂代。”

“你二人马上去请王院使和魏、郑两位承旨来节堂议事。”郭威遽惊之下，先请陈光穗在别室休息，然后吩咐郭荣、赵匡胤召来王峻和自己的心腹、随军的枢密承旨魏仁浦和郑仁诲。郭威等六人在密室商量对策，他特别命令郭荣、赵匡胤在门前屋后警卫，勿使他人靠近节堂。

计议停当，郭威马上让魏仁浦写好一封密札交陈光穗带回澶州。同时召集军、厢以上将校，到天雄军节度使牙署参加紧急军事会议。等几十名将领们传阅完两份密诏，都感觉如同晴天霹雳，相顾失色。

郭威惨然道："史、杨、王三公与诸位共事多年，一起出生入死，襄赞高祖皇帝开国，殚精竭虑，恪尽职守，实为朝廷之柱石。今日遭奸佞陷害，落到满门诛绝之境地，何其惨烈！"他停顿了一下，环视众将，看到大家的情绪已经由惊骇变为激愤，于是把握场面的节奏，毅然把冠冕摘下，披散了发髻，悲壮地对众人表示："汝等应当奉行诏旨，取吾首级以报天子，自可以取功名富贵。"

一旁的魏仁浦跪地抱住郭威双腿，动容地说："大帅何须自暴自弃！虽欲杀身成仁，何益于事？事情犹可辩驳，不须坐以待毙，背负千载之恶名。冲主惑于群小，弑杨邠、弘肇、王章诸大臣若草菅。大帅该当振臂一呼，回师汴都，铲除奸佞，为史、杨、王等诸公平反昭雪！"接着郭崇威代表已经群情激昂的诸将校上前表态："此诏无加钤皇太后的印玺，可见非出圣意，必然是苏逢吉、李洪业等欺瞒主上，以谗见疑，矫诏成冤。假如此辈便如此轻易掌握权柄，国家哪里能得安宁，我等征战将士哪里有容身之处！崇威等愿跟从大帅入朝清君侧，面圣自诉，洗雪冤情。"

翌日，郭威率北面行营的主力和牙军前、中、后三营南下讨奸，全军上下都以白布条缠头，队伍的最前面打着左右两面白旗，分别大书"铲除奸佞""昭雪沉冤"。郭荣则率牙军左右两营和天雄军马步两万人留守大名府。郭威怕郭荣势弱，把韩通、慕容延钊、韩令坤、袁彦、张令铎、樊爱能、何徽、高怀德等勇将，以及自己的外甥李重进、女婿张永德率领的小底军都留在邺都大营。所以此时郭荣麾下猛将如云，兵强马壮，足以抵御辽军的进袭。而赵匡胤作为牙军中营副指挥使随军南征，不仅要负责郭威的安全，同时负责行营与大名府大后方的居间联络。

赵匡胤这两天在一旁观摩，对郭威的临危不乱、指挥若定佩服得五体投地，特别是他对全体将领情绪的控制力。一年来郭荣按照郭威的指示，已经把原来一个营的牙军扩充为前、后、左、右、中五个营，除了宿卫统帅，同时成为郭威手中投入战斗的最后一支预备队，甚至关键时刻会被他当作突击的前锋，或委派其他特种任务。此时，除赵匡胤外，义社十兄弟王审琦、石守信、李继勋、韩重赟、刘光义、杨光义、刘庆义、刘守忠和王政忠，都在这支牙军中分别担任营指挥使、副指挥使、虞候、都头等军官，与郭威的外甥李重进、女婿张永德并列为牙军的骨干。

唐代以来节度使直属的军队，在保护牙城与使牙的牙军外，还有屯驻在治所罗城的牙外军，以及设置于藩镇治所州城之外的外镇兵；另外各州刺史则下辖少量州兵。以上就是各藩镇的武装力量。不过郭威统率的主力部队与其他藩镇不同，是他以枢密使的身份直接从京城抽调的侍卫亲军，目前分别由侍卫步军都指挥使王殷、护圣左厢都指挥使郭崇威、奉国左厢都指挥使曹胤等禁军将领指挥。郭威带往汴梁的禁军加上牙军三个营，号称十万大军，实际总兵力不过三万人，但都是几年来久经沙场的虎狼之师，绝非驻守汴梁的禁军余部可比。

兵贵神速，四日后，郭威领军至澶州，与李洪威、王殷合兵一处。又三日，急行军一百三十里至滑州，义成军节度使宋延渥见来敌势不可挡，索性开门迎接郭威入城。宋延渥爵封广平县开国公，拜检校太尉，妻子是后汉高祖刘知远的女儿永宁公主，是今上的姐夫；其祖父宋瑶乃后唐天德军节度使，父亲宋廷浩乃后晋汜水关使；母亲出身更为尊贵，正是后唐庄宗李存勖的女儿义宁公主。宋延渥虽为累世皇亲，但久历军阵，并非纨绔子弟，所以朝廷才特意安排他把守汴京的北面要津。此后郭威的大军一路无阻，加上黄河在冬季失去了天险的作用，所以又用了不到五天就兵临汴梁城下，在东北的封丘扎下营寨。

此时的汴梁城，南北长七里，东西宽五里，虽然规模不如西京洛阳，更比不上大唐的上都长安城，但是楼阙巍峨，绝非澶州、滑州一类方镇小城可比。

赵匡胤奉命带着十几个游骑斥候，侦察汴梁的守御情况。他们从北面居中的景龙门开始，绕过元化门，依次经过东面的曹门和宋门，南面的新康门、朱雀门、崇明门，西面的郑门和梁门，转了一整圈，最后来到偏僻的天波门。只见所有的城门紧闭，护城河上吊桥收起，城墙上旗帜森然，城垛的间隙不时有士兵探出脑袋张望，依稀能听见号令和脚步声，显然整座城池处于高度戒备状态。

此刻日头西斜，暮霭初上，长庚星已高高挂起，城池的巨大阴影开始笼罩大地。赵匡胤见光线渐暗，遂拨马回营，快到大营时，忽见前面不远处灌木丛中影影绰绰，警觉的他给部下打个呼哨，一起包抄过去。

猛然间一个瘦小的身影暴起，动若脱兔，向着城门方向逃窜，惊得几匹战马猛跳起来。随着赵匡胤的手势，早有几骑堵在他前头，然后就像猫捉老鼠一样，十几个骑手一边呼喝一边围着那人打着转，任他东突西撞，始终逃不出包围圈。赵匡胤见这小厮虽穿着便装，面目黢黑，但是目光伶俐，并没有瘫在地上求饶，认定他绝非寻常百姓。

“给我拿下！”赵匡胤抬头看看西边的余晖，决定结束这场游戏。

他身侧的队长策马上前，一个俯身抄起那小个子，紧紧把他夹在腋下。赵匡胤环视周遭，见再无异动，于是收队回营。

牙帐里生着炭火，郭威披着一件朴素的棉袍，用火钳拨弄着炭火，并不急于开始审讯。他刚才听取了赵匡胤的汇报，更加信任赵匡胤的观察力和判断力。这完全是一场审讯者和被审讯者之间的心理较量，被五花大绑的细作一言不发，双眼滴溜溜乱转，最后定在郭威脸上。郭威从炭盆中夹起一块红通通的木炭，突然抬头直视跪在面前的细作：“本帅看着你面热，你到底是谁？谁派你来刺探本营？倘有一句囫囵话，仔细你这张皮！”

好像那细作就等这句话，他用尖细的嗓音开口说：“郭枢相饶命则个！咱家正是官家身边的内官岩[①]脱，是官家命小的出城瞧瞧大军的动静。小的庶几在宫中也曾见过枢相几面。”细作明白自己根本无法跟眼前这些人较量，所以干脆放弃了抵赖。

郭威冲站在探子身旁的赵匡胤一使眼色，赵匡胤伸手向岩脱下身摸了一把，然后向郭威点点头。郭威记忆中年轻的皇帝身边似乎确有这么一个颇为机灵的小太监跑前跑后。岩脱是南方深山的茫蛮[②]，自小被猴群掳走养大，最会翻山越岭、上树攀墙，后来流落到潭州（今湖南省长沙市）。天福十二年（947），原楚王马希范去世，高祖皇帝封其弟马希广天策上将军、武安军

① 音ái，史料中写作“凒”。

② 茫蛮，古代西南部族名，今傣族部分先民在唐代的别称，亦作“茫诏”。

节度使、江南诸道都统、兼中书令、楚王。当年马希广朝贡谢恩的礼品中就有十二岁的岩脱，在崇元殿前为官家表演，连翻了五百个跟斗。高祖皇帝大喜，把岩脱净身后留在身边娱乐。这些年岩脱一直陪着刘承祐玩耍，卖弄些上树掏鸟窝、摘风筝、捉蚱蝉的手段。岩脱出身的茫蛮族仍然是母系氏族，“岩”并不是姓，茫蛮的寻常人家男子名字的第一个字都是“岩”，女子则加“玉”以示区别；只有贵族才有召①、刀等姓。

郭威转头与身侧的魏仁浦交换了一下眼色，回过脸冷笑道：“岩脱，本帅正用得着你做个信使。”他命令赵匡胤先把岩脱押出牙帐。

过了一盏茶的工夫，只听郭威在帐内喊道：“赵匡胤！”

“卑职在！”赵匡胤快步掀帘进帐。

“你把这封奏章让岩脱收纳妥当，把他送回城下，看着他进城。”郭威压低声音指示道。

“遵令！”赵匡胤出帐，对岩脱交代清楚，把密封好的奏章揣进岩脱怀里的贴身处，依然带着那一队游骑，把他押到离景龙门两百步的地方，然后给他松了绑。

此刻已是戌时一更天，满天繁星，寒风刺骨。汴梁城的城头上布满了灯笼火把，蔚为壮观。只见岩脱快步如风，一眨眼就跑到护城河前，竟然踏着冰面三蹿两蹿过了河，到城门下冲着城楼上喊了几句话，因为赵匡胤等位处上风，听得不甚真切。只见明晃晃的火光下，那城上甩下一道手腕粗的绳索，岩脱拽着绳索，脚踩城墙，硬生生横着身体走上了城头，然后一翻身，消失在城垛后。

赵匡胤等人暗自咋舌，都明白黄昏时要不是己方人多，又骑着快马，还真抓不住这厮。赵匡胤抬头仔细观察城头的守备情况，发现守军开始懈怠，都三三两两在烤火取暖，心里有了数，自带队回营交差不表。

从发出密诏后，刘承祐等人就翘首以盼郭威三人伏诛的消息，没想到二十天后等来了郭威带数万雄师兵谏，已抵达黄河北岸的渡口陈桥驿的军情。年轻的皇帝惊得手足无措，召集宰臣们商量：“如今奈何？！如今奈

---

① 召（zhào）

何？！”看看站在前面的苏逢吉、刘铢耷拉着脑袋默不作声，同样身为宰相的窦贞固、苏禹珪都心里暗自鄙夷，不过职责所在，两人出班建议皇帝下令李洪建、阎晋卿封闭城门，并派得力人手侦探郭威的虚实；同时通过枢密院急召郓州高行周、青州符彦卿、永兴郭从义、兖州慕容彦超、同州薛怀让、郑州吴虔裕、陈州李榖等藩镇率军赴汴梁拱卫京师。因为探子回城时城门肯定都已经关闭，所以必须派一个身手矫捷、能攀城归来的心腹。刘承祐正没理会处，转眼看见一旁伺候的岩脱，庆幸探子的人手有了着落。

到了亥时，岩脱才鬼头鬼脑地回到永福宫，把郭威的密奏从怀里掏出来。刘承祐匆匆看了一遍，不由得进退失据，瘫坐在御座上。过了半晌，他才想起来需要有人给自己撑腰。此番他学乖了，先到母亲那里求助。

太后把郭威的密奏仔细看了三遍，叹道："郭卿本是咱家自己人，若非皇儿你下诏逼迫，何肯至此！今你宜以恩诏宽慰郭威、王峻、王殷三人，容其有申诉的机会，则尚能保全君臣的名分，不致反目成仇。要紧的是请冯太师和两位宰相出面居间妥协，切勿轻起兵戎，务必保你舅舅洪建、洪业周全。"李三娘还是心疼两个幼弟，默认必要时可以牺牲聂文进、郭允明、后匡赞、苏逢吉、刘铢等人。

谁知皇帝从坤宁宫出来，还没来得及去找冯道、窦贞固、苏禹珪，就被闻讯赶来的李洪业和聂、郭、后、苏、刘一帮人堵个正着。那六个人看到密奏，预感到末日来临，都是脸色惨白。

"太后乃妇人之见！郭威这是在造反！好在各路勤王大军已抵近京畿，聚齐后日内即可剿灭郭逆。如官家受郭逆胁迫，天威何在！官家与郭、杨、史、王四逆已势不两立，如今箭在弦上，不得不发。臣等请旨一并诛杀郭威和王峻、王殷在京全族，以正纲纪。"苏逢吉、刘铢等怕刘承祐与郭威谈判，放郭威进京，届时玉石俱焚。所以六个人决定把皇帝与自己牢牢绑定，绝不能让他有机会与郭威勾兑。

皇帝被这六人说得血脉偾张，竟发起狠来，瞒着太后下旨令刘铢、李洪业、李洪建分别率部负责抄斩郭威、王峻、王殷全家。聂文进、郭允明、后匡赞长年寄养于宫廷，在外没有家室，还没有发财的紧迫感，同时手下无兵，权责远不及刘铢、李洪业、李洪建，因而并没有去争这个差事。

可怜郭威全家子孙妇女十数人，包括继室张氏，即曹彬和京娘的三姨，和尚在幼年的两个儿子青哥、意哥，两位未出阁的女儿云姐和如姐，还有侄子守筠、奉超、定哥等，都成为刀下之鬼；另外养子郭荣的妻子刘氏、三个幼子、两个弟弟、两个妹妹都同时被诛。王峻一家同样遭受了全族被戮，家产被抄没的待遇。例外的是，因为李洪信、李洪威、李洪建三兄弟一向与王殷交好，奉旨抄斩王殷一家的他留了个私心，只是派兵把王殷一家严加看管，让他们侥幸逃过一劫。刘承祐、刘铢、李洪业虽知其违旨，倒也无可奈何。

在李洪业和聂、郭、后、苏、刘的怂恿下，刘承祐匪夷所思地下旨把郭威、王峻两家人的首级都悬挂在景龙门城头，并用白布大字分别标注姓名，意图恐吓郭威的追随者。

《孟子》云："君之视臣如土芥，则臣之视君如寇仇。"郭威得到这个噩耗，直到他在景龙门前看到城头血淋淋的场面之前，他都不能相信皇帝及其党羽竟能如此丧心病狂。他身边的赵匡胤看见大帅浑身发抖，几乎要晕厥过去，连忙伸手去搀扶。郭威定住了神，推开了左右伸过来的手，眼中的悲凉一瞬间就转为坚毅和决绝。他撩开下摆对着城上深拜了三拜，一言不发起身离开。赵匡胤等人都明白，有此血海深仇，郭威已与刘承祐集团恩断义绝，势同水火。

不过李洪业等人似乎还不过瘾，下令亲随把郭威属下的家属几百人押到城头，用刀架在这些妇孺脖子上，喝令城下的将士投降。哪料想城下大哗，郭崇威、曹胤等将士咬牙切齿，纷纷用兵器指着城上骂道："此皆汝等姑嫂子侄，尔怎敢泯灭天良，不怕城破后死无葬身之地吗？！"

负责守城的阎晋卿没想到李洪业几个还要强行加戏，看见手下已经军心动摇，心里暗骂："尔等几个腌臜泼才误我！势必进而害了官家和太后！"他正要出言劝阻，只见禁军的临时统帅李洪建匆匆登上城来，举起鞭子作势要抽李洪业，李洪业见机得快，闪身躲在阎晋卿身后。李洪建恨恨地瞪了七弟一眼，高声宣布："奉皇太后懿旨，禁军家属一律不得加害，即刻放归本家。"

俗话说"打仗亲兄弟，上阵父子兵"，侍卫亲军中很多将士都来自职业军人家庭，父子、兄弟现在就分别在两个阵营。幸亏李三娘派六弟李洪建制止了这场闹剧，才没有当场引发禁军哗变。阎晋卿开始感到大势已去，大汉王朝已经进入垃圾时间，自己这般的“忠臣”只能当一天和尚撞一天钟罢了。

刘承祐及其党羽始料未及的是，赶来勤王的藩镇只有泰宁军节度使慕容彦超、郑州防御使吴虔裕，而高行周、符彦卿、郭从义、薛怀让、李榖等五镇均按兵未动。在京的其他在朝宿将仅有前开封尹、中书令、挂名的开封府尹、鲁国公侯益，和奉朝请[①]的保大军节度使“张跛子”张彦超，而其他的禁军名将目前都在郭威麾下听令。

广政殿内，武将中名位最高的侯益建议道：“北兵之来，其家属皆在京师，宜闭门以挫其锐，可遣其妻子登城墙以招降北兵。”

李洪建提醒说：“令公有所不知，昨日有人已试过此计，险些激成兵变，皇太后已下旨禁止。”

慕容彦超大大咧咧地对侯益说：“老侯你太老成持重了！此乃懦夫之计也。郭威鼠辈，资望浅薄，怎可抗拒天兵，且看明日本帅出马，喝令禁军缚郭威等逆归营。”他冲着御座上的皇帝拍着胸脯大言不惭道：“官家明日若宫中无事，可出城观臣一举击溃叛军。”

慕容彦超可不是寻常的藩镇，他是高祖刘知远同母异父的弟弟，与刘知远、阎晋卿，还有郭荣手下的骁将慕容延钊同是太原府人。“慕容”是鲜卑人的姓氏，五胡乱华时期辉煌一时，曾陆续建立前、后、南、北、西燕国，其中一支西迁建立吐谷（yù）浑政权，慕容彦超就是这一支的后代。他在早年落魄的时候曾冒认阎晋卿的亲族，绰号“阎昆仑”；后来傍着刘知远这棵大树，升到了节度使、同平章事、加检校太师兼侍中的高位，常常自诩为当世之夏侯惇。

侯益、吴虔裕、张彦超、阎晋卿等见慕容彦超如此狂妄自大，但碍于他“皇叔”的地位，都缄口不语。皇帝好像是捞到了救命稻草，忙不迭地任命慕容彦超为都统制，侯益为副统制，聂文进为监军，明日带兵两万出城平叛。

---

① 指朝廷给予闲散大官的礼遇，退职的大臣、将军、皇室、外戚以“奉朝请”的名义定期参加朝会。古代诸侯春季朝见天子叫朝，秋季的朝见叫请。

下朝后，慕容彦超跟着聂文进来到东侧的枢密院领兵符令箭。此刻他稍稍冷静下来，向聂文进打听郭威手下都有哪些战将、多少兵力。聂文进见他心虚，有意拉了一长溜名单："使相容禀，郭逆军中除郭崇威、曹胤外，还有曹州防御使何福进、复州防御使王彦超、博州刺史李筠，以及护圣都指挥使白重赞、奉国都指挥使张铎、龙捷都指挥使史彦超等，约有步骑三万余人，号称'十万貔貅'。"这回轮到慕容彦超沉默了。过了半晌，他讪讪地对聂文进说："郭逆兵多将广，不宜轻视，应再做打算！"二人商议了一个多时辰，把有名有姓的将领挨个数过来，竟然无人可用，最后决定以皇帝的名义征调在京养老的左武卫上将军袁鳷[1]、前武胜军节度使刘重进二人出山，另外请权知开封府事的刘铢拼凑了一万老弱残兵交这两员老将带领，作为慕容彦超的后援以壮声势。

皇太后拗不过要出城观战的儿子，于是找来随驾的聂文进，再三叮嘱他好生保护皇帝的安全。聂文进常以当今之周瑜自居，哪里肯在李三娘面前示弱："主子且放宽心！有臣在，必无失策，纵有一百个郭威，亦当生擒之！"李三娘瞅着眼前这位郭威的低版本替身，尽管心里七上八下，但是再无其他人可以托付。

十一月十六日上午，慕容彦超率军出城，安中军大营于北郊七里店，与邺军相望，两侧由侯益和袁鳷、刘重进的左右大营策应，阎晋卿、刘铢、李洪建、李洪业等则负责分守各门。下午，皇帝率坊市父老携酒食出城劳军。一整天下来对垒的双方并没有接触，只远远互相观望。

"使相百胜之将，恭乎威名，号令一出，莫不稽首听命。看来剿灭郭逆，不日必功成归阙。"聂文进借机吹捧道。

"聂监使运筹帷幄，不让公瑾，堪当枢机之任。"慕容彦超心情大好，干脆投桃报李，在官家面前抬一抬对方。

刘承祐瞧着夸夸其谈的慕容彦超和聂文进，已经相信自己一方胜券在握，于是决定改变当日回城的计划，带着苏逢吉、郭允明、后匡赞等在七里店军营里过夜。只会纸上谈兵的慕容彦超和聂文进并不知道，在战前的平静

---

① 鳷（zhī）

之下，一场秘密的交易正紧锣密鼓地进行着。

第二天的清晨，封丘南侧的刘子陂战场。

慕容彦超在郭崇威、何福进、王彦超、李筠等北军将领的合围下一触即溃，部下禁军大多向北军缴械投降。他环顾左右，这才发现副帅侯益率领的左军和袁鳷、刘重进率领的右军已不知去向。原来在昨天夜间，那两支部队已经悄悄拔营，裹着吴虔裕、张彦超等将归附了郭威一方。慕容彦超见大势已去，只好带着自己的十数名亲兵绕城向兖州方向狼狈逃去。

而七里店军营里，皇帝刘承祐和苏逢吉、郭允明、后匡赞等人还在宿醉中，浑浑噩噩间听得营外一阵大噪，只见聂文进一个人慌慌张张闯进御帐大喊："大事不好！大事不好！官军败了，慕容老匹夫独自逃命去了。官家快随我回城避祸！"

刘承祐一行人哪顾得服饰仪仗，忙忙如丧家之犬，骑上马望着汴梁城的方向没命地逃窜，等赶到元化门，聂文进、郭允明、后匡赞朝着城头大喊："官家在此，快开城门！快开城门！"

只见城上露出一个脑袋，肥头大耳，正是权知开封府事的刘铢。没想到他假装没有看见衣冠不整的刘承祐，并没有下令放下吊桥、打开城门，而是开口问道："聂监军，你的兵马何在？"

聂文进一时语怔，一旁苏逢吉气得想骂娘，此时只能耐住性子出言道："刘公，慕容彦超兵败，已自顾逃命去了。快开城门迎圣驾回城！"

刘铢抬头望见不远处尘烟大起，"郭"字大旗迎风招展，冷冷地说："苏相公，聂承旨，本官若此刻打开城门，必然会放贼兵进来。诸位还是自行逃命吧。"

苏逢吉、聂文进、郭允明、后匡赞四个终于忍不住破口大骂，什么"直娘贼""老匹夫""狗杀才"不绝于耳。刘承祐也悔恨自己当初没有下决心让符彦卿把刘铢这厮杀了，贻害至今。

刘铢不再理会城下的骂声，命令左右："给我射！"

刘承祐他们眼看北军马上就要掩杀过来，而城头乱箭如雨般射下来，只好没头没脑朝东西两个方向各自逃命。

聂文进向东狂奔，跑着跑着，他听见身后追兵渐近，回头看，适才跟着自己的后匡赞早已没了人影，一柄雪亮的钢刀正照着自己的脖颈劈下来。他竟然想不起抽剑抵抗，最后的念头是：“可惜了这颗举世无双的聪明首脑——”

苏逢吉和郭允明一左一右护着官家向西北方向驰去，后来怕目标太大，干脆舍了坐骑，步行躲进一个被废弃的小村庄。只见村口一个烟熏的木牌上写着“赵村”两个字，家家残垣断壁，显然是遭受过多轮战火的蹂躏。三人慌不择路，撞入村中央一座不起眼的院落。回头看，撞开的门板碎成几截，已无法重新把门洞掩上。

君臣三人都瘫在地上大口喘着粗气。耳边听着前后左右的兵士一个个院落搜查过来，他们相顾失色，不过再也没有力气起身逃跑了。

首相苏逢吉万念俱灰，惨然对皇帝说：“今日必无生路，臣只有先走一步了。官家保重！”言毕拔出佩剑抹了脖子，鲜血溅了另外两人一身。

刘承祐哪想到会落到今日此般地步，吓得小便失禁，牙齿打战，然而一个字都说不出来。

这时郭允明冲他做了一个噤声的手势，又指了指门外。刘承祐回头向门外看去，并没有半个人影，突然觉得胸口一凉，再一回头，看见郭允明双手握着的佩剑已洞穿自己的胸膛。二十岁的大汉皇帝张大了嘴，瞪着无助的双眼，惊愕远大于心中的痛楚。他更想不到，自己的爱侣会在此刻痛下杀手。直到看见自己心口流出的鲜血顺着剑锋淌到郭允明的剑镡处，然后滴在郭允明的靴子上，他才发出满含怨恨的嘶吼：“你——”

郭允明低声冷笑道：“官家，事已至此，只能借你项上人头作为进见之礼谋个富贵了。休怪郭某无情，怪就怪官家不合起意害了郭枢相全家！”说完他挥剑剁下了皇帝的人头。

“昏君人头在此！”郭允明对闻声赶来的禁军喊道。不过等他看清楚来的士兵头上并没有缠着白布条，而领头的将官是阎晋卿时，才知道自己弄巧成拙。他左手捧着皇帝的首级狂笑道：“苍天不公！苍天不公尔！”然后在阎晋卿懊恼的目光中，学着苏逢吉横剑自刎。

阎晋卿是得知北郊兵败，而皇帝并没有回城，急忙从天波门出城搜寻官家的踪迹，不料迟了一步，追悔不及。他亲手把郭允明乱刃分尸，从天波门将皇帝和苏逢吉的遗体以及郭允明的首级带回自己府中。此时城中大乱，官宦大户均难自保。阎晋卿一腔悲愤，命亲随悬高祖皇帝的画像于中堂，把今上的遗体平放在像前的桌案上。他恸哭道："微臣愧对高祖皇帝，愧对官家！"三叩九拜后悬梁自缢于正堂。

听说慕容彦超溃败的消息，负责防守城东曹门的李洪建就吓得逃进了宫城，说是要保护李太后，其实是想得到姐姐的保护。还没等他的背影消失在曹门大街尽头的东华门，守门的官兵就挑起了白旗，打开了城门，争相去接应头缠白布的北军入城。而在城池另一边的梁门，守门的官兵同样发现不见了主将李洪业，于是一哄而散。

郭威进京后命令郭崇威、曹胤制止军队的劫掠，接管全城治安；同时让李洪威、宋延渥负责控制宫城，保护皇太后和其他宫眷的安全；另外特别安排赵匡胤和王审琦、石守信、李继勋、韩重赟、刘光义等牙军心腹若干重要任务：一是警戒冯道、窦贞固、苏禹珪、杨凝式等重臣的府邸，保证其免遭侵凌；二是收敛自己亲眷的遗体，先安置在原郭府中等待发丧；三是包围苏逢吉、刘铢、李洪建、李洪业等奸党的家宅，勿使走脱一人；四是占领东西两府、六部、三司使、御史台、侍卫司、各寺监、开封府等重要机构，并查封各处的国库、粮库、武器库。

在赵匡胤等大批全副武装的牙军的簇拥下，郭威来到大内的正门——宣德门，正式接管中央朝廷的象征、皇族的居所、中书门下和枢密院"两府"的所在地——皇城。

宣德门前，以太师冯道为首的文武百官已列队迎接。所有人都不假思索地认为，冯道，这位跪迎过石敬瑭、耶律德光、刘知远的老官僚，必然会再一次向新的胜利者屈膝。

身着二品紫色官服、骑着高头大马的郭威，距离短粗身材的冯道越来越近，五十步，四十步，三十步……在上千双眼睛的注视下，出乎所有人的意料，只见郭威在二十步外甩蹬下马，小跑着来到冯道面前，两手在胸前拱抱，双腿一屈，竟然朝冯道跪拜下去——

"太师……"

而年近古稀的冯道似乎早有准备，没等郭威跪实，就以迅捷的动作一把将郭威扶起，两人对视的眼中，都隐隐地闪着泪光。

“侍中此行不易！”万语千言只凝成一句话。

冯道是当朝正一品的太师，乃“三公”之首，礼绝百僚。正二品的侍中郭威按正式朝制应该跪拜冯道。不过郭威以当下第一军事强人的地位，他绝对不需要向任何人下跪，即使是官家——如果他还在的话。

所以这个场面让在场其他所有人目瞪口呆，同时给了他们一个明确的政治信号——郭威此行进京是真的来清君侧，而不是篡国谋逆，这就在事实上彻底洗清了郭威、王峻、王殷等人的污名。

于是百官各安其职，恢复庞大的中央行政机器的运作。而眼前最重要的是找到皇帝刘承祐的下落。

很快郭威就得到了阎晋卿亲随的通报。他匆匆赶到阎府，面对自己人生的“贵人”刘知远的遗像，强忍住满腔怒火，勉强给刘承祐的遗体拜了三拜。他起身命人从梁上解下阎晋卿的尸体，对自己这位老部下、老战友的枉死感到无比惋惜。

他转眼看见正堂地上还有一具盖着白布的遗体，随手掀起一角，认出来是奸相苏逢吉的尸体。他厌恶地一挥手，命令属下将其枭首，与郭允明的首级一起悬在前宰相李崧被行刑处示众。

至于聂文进，郭威以前在枢密院的时候，对这位白白净净、执礼甚恭的后辈颇有好感，在出发征辽前一度动过提拔他的念头。郭威在得知广政殿事变时，一直不相信聂文进参预其中，直到现在经过多方查证，才知道聂文进竟是主谋之一，顿足恨自己当初看走了眼。

想象着这几个人的死状，郭威感慨万千：“嗣主幼冲，群凶蔽惑！如今后主死于狂悖无知，苏逢吉死于利欲熏心，而聂文进死于志大才疏，真乃皇天有眼也！”

在了解家人被害的前因后果之后，还有一个仇人绝不能放过。

面对砸门闯进刘府的赵匡胤一行军健，刘铢不得不卑躬屈膝地客套道：“这位军使，本官是同平章事、权知开封府刘铢，且听本官……”

“刘铢老贼，你还认得我吗？”赵匡胤不容分说，一脚把刘铢矮胖的躯体踹倒，举起钵盂大小的拳头劈头盖脸一顿好打。

相同的视角，相同的动作，相同的声音，相同的表情，让刘铢一下子认出了眼前怒气冲冲的年轻人。

“你……莫不是被通缉的——”

“正是赵某。三年前没有打死你这厮，反倒让你祸害了许多人命！”

赵匡胤像拖死猪一样，把鼻青眼肿、被五花大绑的刘铢拖到郭威面前。郭威悲愤交加，质问刘铢：“本帅昔日与公常年同事汉室，公虽奉君命，即使不顾及故人之情，屠灭家属，何其酷毒！公家亦有妻子，今日还顾念他们的性命否？”刘铢知道自己今日已无生路，横下一条心嘴硬道：“刘某为汉家皇帝诛戮叛族，不知有他。”面对冥顽不化的刘铢，郭威恼怒到了极点，顺手抽出赵匡胤的佩剑，一剑，两剑，三剑……郭威一边默念着每一位遇害亲人的名字，一边抬手接连在刘铢身上戳了二十几个透明窟窿。

听着刘铢杀猪般的惨叫渐止，看着他肥胖的躯体停止了扭动，赵匡胤和一旁的义社兄弟们才觉得终于出尽了积郁的恶气。

# 09 黄袍

元逆已然伏诛，接下来要决定按什么规格给刘承祐治丧。

政事堂里，冯道居中而坐，窦贞固在一旁看着郭威的脸色提议：“可依魏高贵乡公故事，以公礼葬之。”高贵乡公就是“才同陈思（指曹植），武类太祖（指曹操）”的曹魏第四位皇帝曹髦，因密谋铲除权臣司马昭一党而被杀害，死时尚不满二十岁。他死后被褫夺皇帝称号，降为高贵乡公。郭威一下子就对窦贞固的忘恩负义有了警惕，他委婉地驳回：“本帅于颠沛之中，不能护卫至尊，以至于此。若再贬降后主，教天下人如何看我！”于是郭威命有司盛殓皇帝的遗体，自己亲自送往太平宫停灵。

率军攻入大梁三天后，郭威还是不得不在太平宫面对曾经的红颜知己李三娘。而李三娘顾不得皇太后的尊严，哭得梨花带雨。郭威想到自己祸起萧墙，丧妻丧子；而对面的她，也是在一年内丧夫丧子，同病相怜，一时不忍苛责。

从后唐末帝清泰初年，郭威被当时任侍卫亲军都虞候的刘知远赏识，作为亲信留在身边开始，他就看着刘承祐一天天长大，从一个蹒跚学步的幼儿，在她母亲过度的溺爱下，成长为一位任性怪癖的青年。近十几年间，刘、郭两家可以说是通家之好，甚至刘承祐的骑射武艺都是郭威启蒙的。三娘甚至在去年还打过招呼，想选自己的女儿云姐进宫为今上的后妃。虽然郭威深知刘承祐的异癖，不想误了女儿的幸福，因而对李三娘的提议没有接茬，但是他从未想到，两个家庭会反目成仇。

而李三娘，对于自己放任儿子胡作非为，没有能尽心保护郭威一家的周全，既有忐忑和悔恨，更是满心愧疚。刘承祐的末路，证明了自己夫妇二人教育的失败。现在剩下自己和痴儿承勋孤儿寡母，只能以余生相报，仰郭威的鼻息苟活了。

“想不到两三年之内，大汉开国的高祖皇帝，就要断子绝孙了！”李三娘一念至此，在郭威面前更是泣不成声。

皇太后诏司天监择日举哀，以前宗正卿刘皞[①]为山陵使，并决定把刘承祐按帝礼下葬在许州阳翟县（今河南省禹州市）的颍陵。当然首先需要给大行皇帝上谥号，这让窦贞固和苏禹珪等大臣左右为难。刘承祐听任奸佞自毁长城，美谥固然不副其实，恶谥也没法向李太后交代。最后还是老于世故的太师冯道选定了一个“隐”字，呈李太后钦准。这个谥号为帝讳而模棱两可，算是个平谥——按《逸周书·谥法解》：“不显尸国曰隐，隐拂不成曰隐”。“不显尸国”指枉自居于庙堂，而毫无建树，正所谓“尸位素餐”；“隐拂不成”中的“拂”有违逆的意思。而“隐”字同时隐晦地指责刘承祐有“龙阳之癖”，正所谓“难言之隐”。总之，天下人细品之下，该谥号准确地评价了刘承祐短暂的政治生涯——“德不配位”。

不过“东京龙、蛇、犬”六奸中走脱了李洪业、后匡赞二人，郭威不打算就这么轻易放过，他命有司画榜追缉，各悬赏二百缗和五十缗[②]。

出乎大多数人血债血偿的预期，郭威并没有把李三娘母子赶尽杀绝，还让刘承勋挂了一个开封府尹的虚职。同时郭威与太师冯道一起，请李太后在紫宸殿临朝听政，因为要决定新君的人选。

“神器不可以无主，万机不可以久旷，宜择贤君，以安天下。”郭威看了一眼对面站在东侧首位的冯道，侧身向珠帘后的李太后启奏。现在有资格继承大统的皇室男性，只有身在外镇的太祖的两个从弟——河东节度使刘崇和驻许州的忠武军节度使刘信，刘崇的儿子二十二岁的徐州节度使刘赟，在开封的就只有刘知远四岁的幼子承勋。刘崇野心勃勃，刘信残暴嗜杀，且都年届中年，不易驾驭，在场的不论是守寡的太后，还是掌权的宰执，没有人出面提议立这两个人为嗣君。

“老臣以为，开封尹承勋，高祖皇帝之爱子也，请立为嗣。”冯道躬身奏道。

---

① 皞（hào）

② 一千文铜钱穿成一串叫一缗（mín），也就是一贯。

大家都看不清珠帘后面太后的神情，不过停了好一会儿，才听见太后缓缓地说："众卿有所不知，承勋羸病日久，不能自举，恐难承大统。"

几十位大臣面面相觑，都是一副不可置信的表情。而"广政殿事变"后，刘承祐征召各镇进京勤王，但是并没有通知坐拥雄兵的刘崇、刘赟父子，就是担心他们乘机夺权。太原[①]留守兼河东节度使和邺都（魏州大名府）留守兼天雄军节度使，是有唐以来北方最重要的两个藩镇，现在因为直接面对中原王朝最可怕的敌人——辽国，所以集聚了两支最强大的军事集团。太原是唐高祖李渊、后唐庄宗李存勖、后晋高祖石敬瑭、本朝高祖刘知远的龙兴之地；而历任邺都留守中除现任的郭威外，前任还有后唐庄宗李存勖、晋祖石敬瑭、齐王高行周、汉祖刘知远等，多是足以图谋天下的雄主。一旦现在刘崇被邀入京袭位，无异引狼入室，必然对现有的政治格局进行重新洗牌，好不容易安定下来的大梁城，肯定会再次经历一场血雨腥风，谁都不能保证自己届时依然是"大清洗"的幸存者。

太师冯道同样不能。于是他出班正面劝告："太后勿忧。人君以仁孝治天下，无需十全十美。况且开封尹尚在冲龄，有吾等辅弼教导，有名医调养料理，假以时日，必为盛世英主。"

"太师等有所不知，此处别有隐情——"太后还是隔了好一会儿才出声，"也罢。这就请太师、侍中、司徒、仆射四卿随哀家入宫认证。"

冯道、郭威、窦贞固、苏禹珪四人随李三娘到东侧的永福宫一看，才知道四岁的刘承勋是个弱智的畸形儿，既不能学步，又"咿咿呀呀"地不能人言，看情形未必能活到成年，显然无法继嗣皇统。他是李三娘高龄早产的结果，出生后一直藏于深宫。由于还没有到请学士们入宫启蒙的年龄，所以朝臣们对此一无所知，就连郭威也一直被瞒在鼓里。

从永福宫回紫宸殿的路上，走在前面的窦贞固、苏禹珪回头看见特意押后的冯道在低声对郭威说着什么，而郭威频频点头。四人回紫宸殿后，郭威对等候多时的群臣宣布："奉皇太后谕旨，立高祖从子、徐州节度使赟为皇嗣，特遣太师冯道率仪仗往徐州，奉迎皇嗣入京继位。"言毕自回枢密院面授魏仁浦详细拟诏。

---

① 后唐、后晋、后汉三朝称太原为"北京"。

朝廷以皇太后名义下诏，命枢密使、侍中郭威与太师冯道并取监国，处分中外大事。以现宣徽南院使王峻为权枢密使，以翰林学士、户部侍郎、知制诰范质为枢密副使，现右神武统军袁鳷接任宣徽南院使，陈州刺史李穀权判三司，原步军都指挥使王殷升任侍卫马步军都指挥使，现护圣左厢都指挥使郭崇威为侍卫马军都指挥使，现奉国左厢都指挥使曹胤为侍卫步军都指挥使。其余军国庶务，权委宰臣窦贞固、苏禹珪、枢密使王峻、范质等商量施行。

冯道作为当朝最有威信的文官，之所以亲自去徐州迎接刘赟，就是为了展示朝廷的诚意，打消刘赟的戒心。这一来一往需要一个月的光景，所以郭威就有时间继续惩办苏逢吉、李洪业佞党的骨干。原任侍卫马步军都虞候的李洪建已经被他的哥哥李洪威从坤宁宫里逮捕，王殷为报答李洪建之恩，多次请求郭威免其死罪，而李三娘、王峻、曹胤、郭崇威等也都力图保住李洪建的性命，只有李洪威没有表态。郭威余怒未消，恨李洪建这位“信社”的“老兄弟”不该与“东京龙、蛇、犬”沆瀣一气，不但没有利用掌握的兵权制止“广政殿事变”的发生及屠杀的扩大化，而且没有及早弃暗投明，违背了当年的盟誓，所以力主按谋逆罪把他处死。

不过如果郭威更早知道李洪业的死讯，也许会稍缓怒意，放李洪建一条生路——原来李洪业得知慕容彦超兵败逃窜，马上去皇宫内库中偷取了若干金珠宝玉，化装后偷偷出城，辗转投奔其长兄、驻陕州（今河南省三门峡市）的保义军节度使李洪信。李洪信已经得到开封府的海捕文告以及弟弟李洪威的密信，左右为难，所以干脆闭门不见。李洪业只好转投太原的刘崇，不想刚到绛州（今山西省运城市新绛县）境内，因为没有江湖经验，露了浮财，结果被盗贼所杀；而其尸首被当地官府认出，随后解送京城。另一个漏网之鱼后匡赞尾随慕容彦超逃到了兖州，反被慕容彦超执送京师，由开封府押赴刑场枭首示众。至此“广政殿事变”的主谋全部落网伏诛。

刘赟在徐州见到以冯道为首的迎立仪仗队，得知朝廷决定立他为帝后见猎心喜，马上起程随冯道一行人赴京即位。而在太原的刘崇也很快听说了这个“喜讯”，打消了率兵进京夺权的念头，准备当现成的“太上皇”了。这父子俩哪里知道自己分别中了冯道和郭威的“瞒天过海”和“调虎离山”之计。刘赟急于入承大统，带着亲随快马加鞭，走到宋州地界，才发现郭崇威已率八百禁军铁骑“恭候”多时，再回头看慢吞吞地被他落在后面的冯道等迎立的官员，哪里还有踪影。郭崇威当众宣读了皇太后的诰令，把刘赟由嗣皇帝降封为开府仪同三司、检校太师、上柱国、湘阴公，解除了刘赟和亲随们的武装，将他们就地囚禁起来，另派巩廷美、杨温二将接管徐州。

汴梁方面，一切同时在按冯、郭二人的计划紧锣密鼓地进行着。到了十二月初，枢密院得到留守邺都的郭荣通报——“契丹国大将耶律敌禄率铁骑十万南侵”，于是郭威奉命再次率五万禁军主力北上抗击。

不过在急行军途经澶州时，邺都前线传来军报——辽军听闻郭威北上的消息，再一次退缩回幽州。所以大军在澶州城里驻扎下来，等候进一步的军令。

澶州设有黄河的重要渡口“德胜渡”，中原王朝的军队北上抗辽都会由此渡河，也是图个口彩。澶州在战国时因在濮水之阳，始名濮阳。后唐庄宗李存勖命令当时改名“李存审”的符存审在渡口两侧建南北两城，宛如两个对扣的巨碗，向有“德胜南北城”之称。其中北城（位于今河南省濮阳县城关镇）有迎春、成秋、朝阳、拱北四门，城墙外有一周护城河环绕，是黄河防线上重要的军事堡垒[①]。

随军出征的李洪威已经把北城中心澶州节度使衙门让出来给主帅驻节，自己和节度使的牙军则搬到东面的城隍庙。

这一天正是腊月二十三的深夜，已经是小年，朔风正劲。节度使衙门最后一进正院的东厢房里，作为郭威贴身护卫的赵匡胤和衣而卧，但是辗转反侧，久久不能入睡。

“每逢佳节倍思亲”，赵匡胤自从天福十二年离家后，再没有和家人一起过年了。想起以前这个时候母亲杜氏新置办的冬装，除夕夜兄弟姐妹们一起燃放爆竹，大年初一早晨到各家拜年时长辈们塞到手里的糖果和压岁钱，所有那些新年的气味仿佛就在鼻息之间，可是再想嗅一口时，却踪迹全无。

不过真正让他兴奋不已的是下午大帅的心腹智囊“小诸葛”魏仁浦、亲信大将曹胤、李洪威交给他的机密任务。原本赵匡胤对此次出征充满了疑

① 据考证，澶州古城之北城，在今河南省濮阳县城关镇。而今日之黄河，已改道在濮阳县城关镇东南80里以外。据笔者推测，当时黄河在这一带应该一度与濮水合流。

惑，因为他坚信以郭荣军事集团的实力，足以单独应付辽国的威胁，而今天他才领悟其中的奥妙。他不知是第几次再伸手入怀摸了摸叠成四方、厚厚的一面明黄色的旗帜，一面仔细听着窗外的动静。

已经是五鼓时分，赵匡胤听见窗外脚步轻响，有人在窗格上轻轻叩了三下。赵匡胤倏地起身，一手拍醒旁边的石守信，一脚踹醒对面炕上鼾声如雷的韩重赟，小声说："换岗了！"

韩、石二人听到"换岗"二字，很快从睡梦中清醒过来。他们跟随赵匡胤赶到门前，掀起门帘，推开门扇。院子里月光下站的正是上一班站岗的王审琦、李继勋、刘光义三人。

几个人没有说话，按照赵匡胤既定的计划开始行动。石守信、李继勋、韩重赟、刘光义分头把住了院子的四个角，赵匡胤和王审琦则闪到院门口，就着门缝向外瞧了瞧，然后抽开门闩，大开中门。只见魏仁浦、郑仁诲、曹胤、李洪威率领着一大批披挂整齐的禁军校尉闯了进来，不过都没有佩带兵器。

李洪威沉声问："大帅醒了吗？"没等赵匡胤回答，只听正房屋门一响，郭威已经仗剑跨出房间，稳稳地站在檐下，厉声喝问："谁人放肆，敢擅闯牙内？！"

魏仁浦出列应道："大帅勿惊，都是禁军的弟兄们。大帅西平叛乱，北镇邺台，有统御之劳，显英伟之量，天命有归。汉室无德，残害忠良，暴戮黎民，气数已尽。今全军上下，愿奉大帅为天子，拯救黎民，匡扶天下！"

"如若还是刘氏继续当皇帝，必然找咱们秋后算账！""对呀！还是大帅来当皇帝，咱们放心。"其他人七嘴八舌吵嚷着。

"这……如何使得！赵匡胤，王审琦，把他们……替本帅赶出去！"可能是屋外刺骨的寒意使然，没有来得及披上裘氅的郭威，声音中分不出是不耐烦，还是愠怒。

"遵令！"嘈杂声中，曹胤、李洪威、赵匡胤三人抢到郭威身侧，曹、李二人一左一右按住了郭威的臂膀，而赵匡胤从怀中扯出那面黄旗，顺势迎风一抖后展开，不由分说披在郭威身上，然后在郭威颈下用两个旗角系了个死结。只在这一瞬间，赵匡胤觉得眼前这个场景应该在哪里发生过，细想之下却无处印证。

从唐朝开始，杏黄色成为皇帝衣饰的专用色。代天子出征的军帅照例有一面杏黄色的大纛（dào），代表朝廷的权威，并节制地方文武。不过照例只有帝后和储君才能身着杏黄色的袍服。

在魏仁浦、郑仁诲的带领下，阶下的王审琦、李继勋、刘光义、石守信、韩重赟等几百名将士一齐拜倒，“万岁”“万岁”欢呼声不绝于耳。火把照耀下的郭威，须发戟然，身上黄色大纛随风舞动，高大的身躯正像一尊下凡的天神。赵匡胤虽然知道这一切都是事先安排好的，此刻也不由得被深深感染，随着曹彬、李洪威拜服下去。

郭威知道大事已水到渠成，昂然道：“既蒙众将士不弃，威必当与诸位共富贵！”

天亮后，在郭威的指挥下，全军拔营回师。和所有其他禁军的战友们一样，赵匡胤满心只有一个念头：“回家！过年！”五万大军归心似箭，浩浩荡荡向着满心羁绊的汴梁城进发。

回京的路上，郭威一直在考虑新朝的国号。

郭威是邢州尧山县（今河北省隆尧县）人，父亲郭简同样是一位职业军人，曾为晋王、河东节度使李克用的牙将，勇冠三军，积功升任顺州刺史。唐昭宗天祐三年（906），卢龙节度使刘仁恭攻克顺州，郭简死战殉职，此时郭威刚刚出生两年。郭威升任枢密使后，后汉朝廷赠郭简为太师，郭威的生母王氏赠燕国夫人。

据宗谱，郭氏一族是周文王的弟弟虢叔的后代，西周初年由周武王封于西虢，授公爵、号虢公。西虢灭国后，为避战祸，其后裔改“虢”姓为“郭”姓，辗转来到山西晋阳及以北的忻州、定襄、阳曲一带，汉朝以来成为太原望族。这样说来，郭威算是周朝的后嗣，所以他决定以“周”为国号。

大年三十的中午，郭威的部队赶回了京师。窦贞固、苏禹珪、王峻、王殷等，出至七里店迎接郭威。窦贞固忙不迭地献上一份百官联署的《劝进表》。“看来窦贞固、苏禹珪两个老政客早就瞧出了端倪！”郭威心里鄙夷这种“锦上添花”的勾当，不过也算是一个必要的过场，郭威假意推辞了几个回合，最后“无奈”地接受。其后皇太后李氏下诏禅让，推戴郭威称帝。郭威在次年正月初五即皇帝位，按礼受群臣朝贺，改乾祐四年为广顺元年。

此时二十五岁的赵匡胤已由天雄军节度使的牙军中营副指挥使改任殿前东西班行首，拜滑州指挥使；另外，韩重赟、刘光义两个义社兄弟分别补了左班殿直副都知和内殿直押班。三人都是专门负责大周开国皇帝的贴身警卫头领。

崇元殿内的登基大典上，一派肃穆，完全没有新朝建立该有的喜气洋洋的氛围，倒像是一场给前朝送葬的仪式。赵匡胤注意到第一次头戴垂着白玉珠串十二旒的金饰冕冠、外着十二章纹的玄色金饰衮服的郭威，特意把衣领向上抻了抻，好遮住脖子侧面的飞雀刺青。这是历史上绝无仅有的登基时没有一个亲人在场的皇帝，他的义子郭荣、唯一在世的女儿和女婿张永德、外甥李重进、妻甥曹彬等，都远在邺都，他同时在字面意义上成了一位“孤家寡人”。此刻高高在上的郭威，青恻恻的面庞没有一丝喜庆，而是无比的落寞憔悴，在靠坚强的信念支撑着走完整个程序，完全没有了一年前初征辽国时那种踌躇满志的神采，让无比崇敬郭威的赵匡胤对新皇帝生出莫名的一丝悲悯。

登基后的新帝首先追封父祖和遇害的妻妾子女。追尊其父郭简为皇帝，庙号庆祖，谥号章肃皇帝；皇妣王氏，追谥为章德皇后。其亡妻柴氏追封圣穆皇后，但是并没有立仅存的妾室董氏为皇后，仅是封为德妃。而前朝的李太后上尊号曰德圣皇太后，迁居于皇城内的太平宫，方便就近日常“请安”。

当天，冯道被拜为太师、中书令，成为少有的以太师兼中书令的首相。同时魏国公符彦卿进为淮阳王。此二人更是享有上朝不趋、奏对不名的崇高礼遇，让其他朝臣艳羡不已，但多数人只看到皇帝对这一文一武的倚重，却无从了解“青门”的内情。而上表劝进的窦贞固、苏禹珪二相，虽然分别进封沂国公、莒国公，但并没有得到重用，而且其相位很快被范质、李穀、王溥、郑仁诲等人顶替。

在“广政殿事变”中遇害的三位顾命大臣，史弘肇追封郑王，杨邠追赠太傅、弘农郡王，王章追封宋国公。

一手导演“黄袍加身”的魏仁浦升任为枢密院副都承旨，加从三品右羽林将军。凭借拥立之功，侍卫步军都指挥使曹胤被授予昭武节度使、检校太傅；李洪威不久后拜归德军节度，加同平章事，为避皇帝讳，改名“李洪义”；阻止刘赟进京的郭崇威，为避皇帝讳，已改名“郭崇”，授武定军节度使，加同平章事。

远在邺都的郭荣改授澶州节度使、检校太保，封太原郡侯[①]。王殷则接任天雄军节度使。曹彬因为刚满二十岁，随军补任供奉官。外甥李重进则内调为内殿直都知，其母皇姑郭氏封福庆长公主；女婿张永德也入京为内殿直小底四班都知，其妻郭威的第四女封寿安公主。李重进、张永德的任命都是为了保障皇帝的近卫安全。

接下来就是铲除后汉的遗老遗少。

新任枢密使王峻遣前申州刺史马铎带兵巡检许州（今河南省许昌市），忠武军节度使、刘知远的堂弟刘信自知罪大恶极，被迫自裁。为不留后患，留置在宋州的“湘阴公”刘赟已被郭崇毒死，此时郭威假惺惺地追封他为蔡王。而刘知远的幼子刘承勋不久后病重不治而夭亡，被郭威追封为陈王。

刘赟的生父、河东节度使刘崇闻知郭威夺位灭汉，立即改名“刘旻[②]”，在晋阳称帝，国号仍为“大汉”，发誓要借辽国的兵势复国。此时在大周的另一个方向，南唐国势正盛，乘南楚国“众驹争槽”之机，派大将边镐攻下长沙，灭了南楚国。

① 另一说后周建立后，柴荣（本书称郭荣）旋即以皇子的身份拜澶州（今河南省濮阳市）刺史、镇宁军节度使、检校太保，封太原郡侯。唐至五代，九等爵中只有第四等开国郡公、第五等开国县公和第六等开国县侯，并无“郡侯”一档。唯两晋、南朝、北魏时，侯爵分为郡侯、县侯两档。如史料无误，则可能是因为郭荣无军功，资望不足以封王、公；但是其身份尊贵，以古制“郡侯”可以区别于第六等开国县侯以下各爵，应该相当于第五等从二品的开国县公（另一说郡侯在开国县公之下，开国县侯之上，为第六等爵，这样五代的爵位应为10个等级。见杜文玉、王丽梅《五代十国封爵制度初探》）。据《旧五代史·卷三十（唐书）·庄宗纪四》后唐庄宗同光元年十月“甲午，以枢密使、检校太保、守兵部尚书、太原县男郭崇韬为开府仪同三司、守侍中、监修国史、兼真定尹、成德军节度使，依前枢密使、太原郡侯，仍赐铁券”。再据《资治通鉴·卷二百七十八》，长兴四年（933），后唐明宗任命马希范为武安、武平节度使，检校太尉，兼任中书令，行潭州大都督府长史，封扶风郡侯；另据《旧五代史·卷一百一（汉书）·隐帝纪上》，乾祐元年十二月丁丑，刘承祐起复荆南节度副使、检校太傅、行峡州刺史高保融，授荆南节度使、检校太尉、同平章事、渤海郡侯。所以五代时期获封“郡侯”不是孤例。

② 音mín，意指天空。

一年后的广顺二年（952）正月，兖州的慕容彦超勾结南唐李昪[①]、北汉刘崇谋反，皇帝先遣侍卫步军都指挥使曹胤、客省使向训讨伐而不克。后郭威御驾亲征平叛，攻克兖州后，留端明殿学士颜衎[②]知兖州事，暂且管理兖州。随后郭威特地以郭荣镇边抚民有功，“为政清肃，盗不犯境”，加检校太傅、同平章事，使郭荣成为同辈中第一个“使相”。

当年年中的七月，开封府一带再次遭遇暴风雨，京师水深二尺，损坏的城墙房舍不可胜计。更让郭威糟心的是“信社”两个义兄弟“二哥”王峻、“九弟”王殷的倨傲专权，不知进退，让他不得不在这一年的首尾分别采取了极端措施。

首先是在郭威健康欠佳的情况下，王峻野心膨胀，认为郭荣乳臭未干，而自己功高盖主，才是最合适的接班人，因而步步紧逼。正月，郭荣入朝觐见，但因王峻进谗，阻止郭威立郭荣为继承人，只好旋即返回镇所。二月二十二日，王峻奏请以自己属意的端明殿学士、权知开封府事颜衎和枢密直学士陈同代替范质、李毂为相，郭威被逼得实在没有精力反驳，额头上豆大的汗珠直淌，只能当场推托说：“宰相的任免非等闲事，容朕深思。”然而王峻丝毫不顾皇帝身体不适，继续与郭威争论，言语逐渐不敬。郭威只好再次退一步说：“今日恰逢寒食节，诸事不宜，待假日一结束就依卿办理。”得了他的承诺，王峻才梗着脖子退下。

退朝后，在滋德殿里，委顿在床榻上的郭威向冯道诉苦：“太师都知道了，朕这个义兄王峻欺人太甚，今天竟然想翦除朕的左膀右臂。其视群臣似砧板上的肥肉，待朕身如垂髫孩童。而朕只剩一子郭荣，王峻却百般阻止他入朝探亲。朕观其野心，已不止于枢密使一职。目中无君上至此，教朕如何忍受！”

冯道握住他的手，语气坚定：“文仲，该下决心了！虽然有盟誓在先，不过你更应该着眼大局。前鉴殷殷，此后枢密使一职须由文官担任！”

“朕正有此意。”郭威得到冯道的支持，终于痛下决心。

---

① 音biàn，意即光明。

② 衎（kàn）

转天待到寒食节结束，郭威就诏令宰相和枢密使们到广政殿议事，突然宣布就地把王峻幽禁起来。二月十四日，下诏贬谪王峻为极具侮辱性的商州司马[①]，待王峻到达商州任所，不幸得了腹泻病。郭威闻讯后心下恻隐，命王峻的妻子崔氏前往探视，而王峻不久便病逝了。

王峻死后，天雄军节度使兼任侍卫亲军都指挥使的王殷，被郭威任命为邺都留守，加同平章事。广顺三年十二月，王殷从藩镇进京朝见，郭威令他依旧掌管朝廷内外的宿卫。而王殷没有汲取王峻的教训，出入宫禁时佩带武器，随从不下数百人，渐露不臣之相，朝野内外震恐不安，都担心王殷随时发难。郭威强撑病体坐在滋德殿上，等王殷进来问候时，就以摔杯为号，李重进、张永德、赵匡胤、韩重赟、刘光义等近侍一拥而上将王殷擒获。随后郭威褫夺了王殷一切官职，流放登州（今山东省烟台市蓬莱区）。王殷刚一出汴梁城就被冯道下令秘密处死，亲族被迁往登州定居，此后朝中的局势才得以安定下来。

郭威早就想让符彦卿接替王殷任天雄军节度使，但因北疆警报不断，先前只得暂留王殷控制局势，所以符彦卿仍留镇天平军。王殷获罪被杀后，郭威正式授符彦卿为大名府尹、天雄军节度使，并进封他为卫王。铲除“二王”，巩固了郭荣作为皇位继承人的地位，扫清了日后宫变的隐患。

“二王”这两位开国元勋的背叛，让郭威心力交瘁。幸而去年郭荣大婚，今年八月儿媳符璎珞又给自己生了新孙，足以宽慰圣心。郭威下旨，把原刘铢在御街西侧的宅子，按规制改为符彦卿在京的卫王府。符璎珞产后体虚，皇帝特旨准她带着皇孙从澶州回京在卫王府里将养。在天雄军节度使任上的符彦卿不放心，特地让符琬琰陪同照料符璎珞母子。郭荣此时在京并无府邸，回汴梁也临时寄住在卫王府。

作为“黄袍加身”整个事件的亲历者，赵匡胤有一个预感——这是黄袍作为道具第一次出现在政变大戏中，但肯定不是最后一次。作为旁观者，赵匡胤对于郭威没有能全“信社”结拜之义颇为遗憾。而李洪建和“二王”的凄惨结局，也让他开始思考“义社”的交情如何能善始善终。

---

① 州司马是州衙佐官，位长史之下，相当于刺史副手，无具体职事分工，往往成为安排冗员的职位。唐高宗改州治的时候设置，上州从五品下，中州正六品下，下州从六品上。

# 10 高平之战

禁声冲主积难平，东庑血刃驰专使。

汉主劳军遂不还，侍中此行何容易。

将士终为刘氏仇，黄旗始立周人帜。

三年美政不胜书，百官封事皆留意。

这是七百年后明末“潮州七贤”之一的郭之奇在《后周三主》一诗中对后周开国皇帝生命最后三年的评述，感怀当时已无像郭威那样能够力挽狂澜的英主。

广顺三年（953）年底，大内传出圣躬不豫的消息。已调任东西班行首的赵匡胤奉旨到澶州传召郭荣入京，郭荣闻讯后心急如焚，星夜兼程进京探视。他没有想到，郭威原本龙精虎猛、铁打般的军人体格，短短数月间已委顿如此。

广顺皇帝见到养子，气色才稍缓。他的身边只有太师冯道、引进使兼枢密承旨曹彬和赵匡胤三人，加上义子郭荣，都是青门中人，显然是有机密大事要交接。果然，曹彬当场宣读了刚拟好的圣谕，加封郭荣为晋王，授开封府尹兼功德使，这是要传大位的信号。不过对于接下如山的重任，郭荣一时还没有思想准备。

同样重要的是在冯、曹、赵三位同门的见证下，郭威把玲珑阳符传给郭荣。郭荣在《风尘三侠图》前焚香立誓，正式接掌了青门名首的位子。同时郭荣把自己的玲珑阴符交给二十三岁的曹彬，移交了方领的职责。冯道随后吩咐赵匡胤立即到大名府符彦卿处通告这个重要安排。

郭威病逝前最不放心的是自己的丧葬。他把深思熟虑的想法一字一句叮嘱郭荣："晋王听真——倘若为父此病不能好转，你便立刻着手修陵。吾之遗体不可久置宫中，须尽快入葬。建陵一事务行节俭，量工程所需用人用材，按市价雇工匠，不得强征民力，无偿索取。"他稍作停顿，继续嘱咐道，"陵寝不必多用石材，砖砌便足矣，以免枉费人工。不必建地宫，椁中以瓦棺、纸衣薄葬，且绝不准殉葬人命。石人石兽一概不用，只需立一石碑，上面镌刻字云：'大周天子临晏驾，与嗣帝约，缘平生好俭素，只令著瓦棺纸衣葬。'"

郭荣对此并不奇怪。他想起赵匡胤告诉他的故事——父皇刚入住宫城时，把以前后汉父子两代皇帝搜罗的金珠玉器数十箱命太监们都抬到文德殿前的庭院中，在一众朝臣面前，命赵匡胤等殿前侍卫用斧、钺、锤、瓜等重兵器砸个粉碎，并高声宣布："凡为帝王，安用此等浮华物！闻汉隐帝日与嬖宠嬉戏于禁中，珍玩不离左右，兹事不远，宜以为鉴！"以后再三训诫左右，自今珍华悦目之物，即使是藩国节镇进贡的礼品也不得入宫，一律收入国库，伺机拍卖后资助军饷。

喘息了一阵后，郭威继续交代，特别要郭荣为他建四处衣冠冢："其次，在陵墓以外，设四虚塚，于河中、魏博各葬一副剑甲，澶州葬通天冠、绛纱袍，东京葬一副平天冠、衮龙服。"河中、魏博、澶州、开封代表着郭威人生中崛起的四个阶段。他先在河中消灭李守贞，平定三镇之乱，获得全国之声望；再从魏博起兵"清君侧"，攻克开封，掌控了朝局；然后在澶州"黄袍加身"；最后于汴梁践祚。四地所葬之剑甲、冠冕等物，正与其在四个特定阶段的身份一一对应。关于陵墓的看护，郭威吃力地强调："其三，勿使宫人守陵，每年清明、寒食两节在京遥祭可也。"

"最后谨记——除军国大事须请教太师、魏王外，枢相不离魏仁浦，军镇可付李洪义，这一文一武是为父多年倚重的心腹，最为可靠。"郭威最后交代。李洪义就是前朝李太后的哥哥李洪威，郭威称帝后因避讳而改现名。

"千万千万，莫忘朕言！若违此约，为父阴灵必不佑你。"说这句话时，广顺皇帝直视郭荣，目光还是那么摄人。

"儿臣谨遵父皇旨意！"郭荣迎着养父的目光，斩钉截铁地承诺。

半个月后，皇帝下诏郭荣加拜开府仪同三司、检校太尉兼侍中，判内外兵马事，全面接管最高权力。赵匡胤则改任开封府马直军使，负责指挥郭荣从镇宁军节度使任上带来的骑兵，作为开封府尹的直属亲兵部队的头领。

挨到次年正月，广顺皇帝崩于滋德殿，享年五十一岁，可谓英年早逝。郭荣在中书令、太师冯道等重臣的拥戴下即皇帝位，改广顺四年为显德元年。登基后的第一道圣谕，除了改元，主要是上先帝谥号为“神圣恭肃文武孝皇帝”，庙号“太祖”。然后以冯道担任山陵使，组成专门的班子负责郭威的丧葬事宜。

第二道圣谕就是册封符璎珞为皇后，秦、杜二夫人为贵妃。同时追封四年前被屠杀的元配刘氏、庶妻董氏和陈氏，还有同时被害的宗谊、宗诚、宗諴（xián）三个幼子。此外大赦天下、升黜官员等，一派新朝气象。

新皇帝册封皇后的当天，就带着皇后、两位贵妃，在一大群宫女、内监的簇拥下视察皇城，重新分派宫殿的使用。他瞧上了皇居东北角、靠近演武场的中兴殿和延义阁，供自己起居、办公和接见阁僚。

一行人来到太平宫门前，见大门紧闭，郭荣一皱眉，侧头瞥了一眼宫闱局管事的局丞。那老太监慌忙回禀：“官家有所不知，这太平宫里住着前朝的李太后，先帝吩咐过要好生奉养，老奴等寻常也不敢来打搅。”

新皇帝只是皱了皱眉，没再说什么，转身离开。过了月余，御膳房就奉旨特地给太平宫的李太后进了一份驼蹄羹，没想到李太后第二天就因急症薨逝了。郭荣下旨以后礼将她下葬于阳翟县后汉高祖睿陵附近。

此时的北汉国主刘崇，自恃是后汉的天潢贵胄，此前一直看不起小自己五岁的郭威，认为郭威靠诡诈篡位，得国不正。郭威在世时，他多次联辽攻周，不料屡战屡败，咬牙切齿却也无可奈何。得知郭威去世，刘崇认为南朝甫立新君，内部不稳，正是取代后周、称霸中原的最佳机会。他亲自率精锐骑兵三万从太原出发进犯潞州，同时邀请契丹派宣徽北院使、武定节度使耶律敌禄[①]率兵五万余骑作为协攻部队。刘崇以“义成军节度使”白从晖为行军

① 《辽史》作政事令耶律德勒。政事令，官名，辽朝置，南面官。太祖时，命韩延徽为守政事令、崇文馆大学士，此为设政事令之始。世宗建政事省，名义上以政事令为长官，但实际上此职多为大臣加官，政事省改称中书省后，政事令亦改称中书令。

都部署，“武宁军节度使”张元徽为前锋都指挥使，攻势甚猛。北汉军大败后周昭义节度使李筠于太平驿，张元徽阵斩其部将穆令均。李筠见汉军来势汹汹，只好退守潞州，并紧急向朝廷求援。

朝堂上，对于新皇帝主张御驾亲征，几位宰相如范质、王溥、郑仁诲、李穀、景范，和枢密都承旨魏仁浦、翰林学士杨昭俭、户部侍郎陶穀、礼部侍郎窦仪等枢臣莫衷一是。

“刘逆认为我朝恰逢大丧，必定采取守势，不会出兵迎击，朕应当率兵亲征以攻其不意。”

首相冯道终于开口劝阻：“以刘崇自平阳奔遁之后，势弱气夺，未有复振之理，窃虑声言自来，以误于我。陛下刚刚继位，先帝山陵有日，如果官家离京亲征，恐怕人心动摇，特别是藩镇中会出现伺机夺位的野心家。老臣建议官家坐镇中央，遣符彦卿、向拱等名将北上御寇，深以为便。”其实以冯道为首的一部分大臣是担心己方兵力分散，中央禁军主力的侍卫亲军加上殿前军，不仅编制不足，而且战斗力良莠不齐，还要分兵守卫京师；另外李重进部下的侍卫亲军很多是刘崇的旧部，并不十分可靠，不过后面这个担忧冯道不好当众明说。

年轻的皇帝反驳道：“昔唐太宗创业之时，靡不亲征，朕何惧刘逆常败之师焉！”

见冯道等众宰执大臣还要据理力争，郭荣一摆手，扫视群臣，然后坚定地说：“刘逆既然是冲着朕来的，朕绝不能畏缩避战。刘逆既然还存有谋取中原的野心，朕就要让他尝尝泰山压卵的滋味！”

郭荣用皇帝的身份力排众议，作出亲征的决议。不过退朝后经过深思熟虑，他决定改变最初孤军深入的策略，而是兵分东、中、西三路驰援潞州，寻机与刘崇决战。显德元年（954）三月初，中路的郭荣亲率主力从大梁出兵，经泽州（今晋城市）驰援潞州。东路军由天雄军节度使符彦卿、镇宁军节度使郭崇分别从磁州、固镇（今磁县和武安市）出发，符彦卿则被任命为河东行营都部署、知太原行府事，统领步、骑军两万人；西路军的河中节度使王彦超、保义军节度使韩通从晋州（今临汾市）出发策应。

后周在潞州的守将李筠，年轻时善于骑射，能开百斤硬弓，连发连中，在后唐曾任控鹤指挥使，亦算是当世名将。虽然在前面的接触战中折了锐气，但是把潞州城守得密不透风。刘崇攻潞州不下，又得知周军来援，就干脆绕过李筠固守的潞州直扑周军主力。三月十九日，双方在晋城北边约三十里的巴公原遭遇，于是摆开决战的阵势。

巴公原就是战国末期的秦、赵长平会战的所在，距离北边的高平城还有五十里，是一片开阔的平川，零零星星点缀着几处不高不低的山包，适合军队展开大规模决战。

刘崇方面，右翼有辽国耶律敌禄将契丹铁马万骑及奚族诸部兵五万人助阵，刘崇自己率两万精锐主力居中指挥，左军主将是擅长重骑冲锋的前锋都指挥使张元徽，亦有步骑约万人。

后周中路军的中军主将是宣徽使向拱、郑州防御使史彦超，领兵五千。压阵的御营五千步骑由殿前都指挥使张永德指挥，其属下的禁卫副都指挥使赵匡胤和禁卫都虞候石守信负责护驾。这一支殿前军和留在皇城的殿前诸班，底子就是郭荣亲自组建的五个营的邺都留守牙军。左军面对辽军的是义成节度使白重赞，武都郡开国公、楚州防御使符彦能，和龙捷右厢都指挥使领郑州防御使史彦超三将，率兵不足万人。符彦能正是符彦卿的五弟，京娘符琬琰的嫡亲姨丈。右军面对张元徽的是侍卫亲军步骑约万人，由侍卫亲军都虞候李重进、马军都指挥使樊爱能、步军都指挥使何徽率领。河阳节度使刘词率领的后军约五千人因为要押运粮草辎重，此时被远远甩在后面，还未抵战场。

西北向的霜风正劲，吹散了遮眼的晨霭，伴着偶尔的马嘶和号令声，双方终于都看清了对面的阵形和军力。

赵匡胤是第一次见到成建制的辽国军队。他早就从父辈那里听说，契丹人自小熟习骑射，不食米面菜蔬，只食牛、羊、马肉，饮牛、羊、马奶；遇有征发，均自备衣粮器械，还要自备马三匹，一匹平时乘坐，一匹驮带军资给养，一匹专门用来冲锋——所以不论是进攻还是逃逸，都是迅捷如风，极是难缠。只见斜对面的辽军髡[①]发短须，军容虽不甚严整，但是个个彪悍魁

① 髡（kūn）

梧，战斗力一望可知。

契丹是典型的游牧民族，凡年十五岁以上、五十岁以下的男子皆隶兵籍，可以说全体成年男子都至少是半职业军人。相对来说，中原历朝职业军人的比例并不高，父子相承打出一门威名的职业军人家族就更是凤毛麟角。以符存审和符彦卿、符彦能为代表的符家将，高思继三兄弟、高行周和堂兄高行珪、高怀德祖孙三代的高家将，党项人折从阮、折德扆父子的折家将，折德扆的亲家杨弘信和儿子——刘崇赐名为刘继业的杨重贵、杨重勋等组成的杨家将，赵匡胤敬仰的只有屈指可数的这“四大将门”。

“什么时候我们赵家父子也能跟他们一样名满天下呀？父亲留驻京师而不能参战，这场恶战不正是证明自己的机会吗？”一阵寒风吹得赵匡胤浑身一紧，他才发现自己适才走了神。把精神重新聚集到战场上，他从御营所在的高地望下去，略一估算，西翼辽军的总兵力竟然跟现场周、汉两军加起来差不多。赵匡胤与石守信对瞧了一眼，都不禁倒吸了一口凉气。

刘崇一直认为郭荣的禁军都不过是些徒有其表的少爷兵，哪里是自己部下这支身经百战的河东老营的对手，前一场胜利更强化了他的认识。在周军里，他只认为“符第四”符彦卿是个劲敌，不过据探马报告，符彦卿的两万东路军还在赶赴潞州的途中，远在百里之外，所以暂时不必理会。他回顾诸将，不屑地说：“朕观周师不过尔尔，只用本军就可以取得全胜，如此亦足使契丹人心服口服，不敢轻视本军。”他还派亲随到右军对契丹主将耶律敌禄传话：“郭荣与我军主客之势已分，不必烦劳足下出力，敢请登高观战。”耶律敌禄是个老兵油子，乐得坐山观虎斗，等北汉军取胜后捡个现成便宜，所以依言勒兵不前，静观战局发展。

郭荣此刻才后悔孤军轻进，而自己在仓促间没有及时和准确地掌握敌方的军力部署，应该等东、西两路军赶到，形成势均力敌的态势，再与汉、辽联军决战。而现在只能下令全军固守阵地，以静制动，绝不能贸然发起进攻。两军对垒有别于田忌赛马，不是三局两胜的游戏。左、中、右三军中任何一军的失利，都可能造成全线的溃败；反过来，三军中任何一军的突破，也可能逆袭整个战局。作为全军的统帅，郭荣必须首先确保左、中、右三军都立于不败之地。而现在唯一能压制辽军大兵团骑兵冲锋的部队，只有侍卫亲军中占据装备优势的重装骑兵。他不知道辽军已被刘崇要求作壁上观，眼见辽军势大，只好临时抽调李重进率两千名重骑兵加强左翼。郭荣此时以为，樊爱能、何徽都是禁军中出类拔萃的悍将，以稍弱的兵力顶住东翼的冲击并不困难。

此时北风正劲，见周军东翼调动中出现了破绽，作战经验丰富的刘崇立刻下令张元徽首先率左翼骑兵冲阵。在“武宁节度使张”的大旗下，张元徽的五千重装骑兵随着鼓声隆隆而来，周军东翼上下无不变色。后周右军的樊、何二将哪敢与老上司接战，急率本部骑兵后撤，冲散了后面步兵方阵，造成右翼步骑兵全面溃逃。千余来不及后撤的后周侍卫亲军的兵士抛戈弃甲，跪地向张元徽投降。张元徽豪气倍增，举刀高呼“万岁”，北汉军随之一齐呐喊，声震平野。后周军士气大挫，眼看军心就要动摇。

这个局面始料未及，在山岗上督战的郭荣、张永德等后背发凉，冷汗都浸湿了盔甲。赵匡胤不由得担心起在东翼侍卫亲军中唯一的义社兄弟刘守忠。

五代初期，侍卫亲军是以开国皇帝最信任的元从内卫部队为基础建立的。从后晋开始不再把元从内卫部队并入侍卫亲军，而是单独组成专门负责内廷宿卫的殿前诸班，到后周太祖时正式组成殿前军。石敬瑭、刘知远、郭威都是接收前朝归顺的禁军，与自己从本镇带过来的马步军合并，组成新的侍卫亲军。后周的侍卫亲军主体同样是由随刘知远入汴的河东马步军与后晋原有的禁军共同组成，刘崇曾在后汉建立前长期担任河东马步军都指挥使，他和张元徽二人也曾先后任后汉侍卫亲军马步军都指挥使。此时的后周侍卫亲军里仍然有他二人的大批老部下担任各级将校，这里面就有樊爱能、何徽等不下百余人。

此时李重进得知东翼溃败，火急火燎从西翼赶回来。他是何徽、樊爱能的直接上司，侍卫亲军的临阵表现让他无地自容。郭荣顾不上责备他，急命他和张永德各率本部亲军去右翼接管何、樊二将的指挥权，同时派人飞驰通知后军刘词部抛下辎重，全速赶到战场，截住右翼的溃兵。

刘崇眼看敌军果然一触即溃，胜券在握的他捋着自己最得意的五绺长髯高声喝道：“郭荣小儿，伪篡国器。今日若举师降朕，或可保世代公侯。如执迷不悟，一门长幼，必再为朝廷诛绝耳！”为了进一步展示自己的好整以暇，刘崇甚至在牙帐前开始饮酒吃肉，并命伶人在旁以筚篥、箜篌、琵琶等奏乐助兴。

刘崇最后这一句话深深揭开了郭荣内心的伤疤。一旁的赵匡胤看见官家的眼睛一瞬间都红了，仇恨充胀着他的躯体，不过转眼沉稳下来，目光中只剩下虎豹扑食前的兴奋和冷酷。在赵匡胤的眼中，这一幕似曾相识。他看见官家正了正头上戴的龙首凤翅兜鍪，紧了紧身上的明光金铠，蓄势待发。而官家的岿然不动，稳住了中军的阵型。

就在同一时刻，不断有石守信等周围的殿前军将士勒回跃出去的战马，焦急地等待官家的号令。东翼的阵地上，张元徽所向披靡，似乎任何事情都不能阻止他超越当今的“四大令公”，成为与关壮缪、张桓侯、秦叔宝、尉迟恭比肩的“名将之花”。

张元徽的对面，在侍卫亲军中担任步军营指挥使的刘守忠，面对仓皇后撤的主将樊爱能、何徽，自己该何去何从？他的内心充满了犹豫和挣扎。

此时远在汴梁的眷营里，赵弘殷和妻子杜氏、儿媳贺氏无心吃饭，担心着赵匡胤的安危；坤宁宫中，符璎珞、符琬琰姐妹都放下了手中的女红，静静地等待战场的消息。

周、汉双方主帅意志的较量，将决定两个王朝的命运，和万千将士的死生。

郭荣明白自己必须当机立断，放手一搏，否则兵败如山倒，整个战局将无可挽回。就在这时，郭荣猛然听到赵匡胤兴奋地对他喊道：“官家，改南风啦！”他顺着赵匡胤手指的方向抬头看去，果然头顶的龙旗飘向了北方。

“殿前军，随朕冲锋！”

出乎众将士的意料，郭荣挥动佩剑指向敌阵，率先催动坐骑“风騄骥”。官家四周的禁卫和他们的指挥官赵匡胤、石守信早就憋不住劲了，依次随着中间白月光上绣着斗大“周”字的明黄色龙旗出击，禁卫军如猛虎下山，势不可当。殿前军其余各部也在李继勋、王审琦、韩重赟、刘光义等将校的带领下，乘着风势冲下山冈。郭荣一马当先直扑刘崇的中军牙帐，五千殿前军呈倒扇面排开，像一根锋利的锥子，冒着如雨的箭矢，楔入了北汉军中军阵地。

刘崇猝不及防，大惊失色，顾不上收拾酒肉丝竹，赶紧挥旗鸣锣收兵，狼狈地向高平城北撤。这时汉军重现了不久前周军东翼溃退的一幕，骑兵、步兵互相冲撞践踏，像洪水退潮般，留下遍野的残尸降卒。这位北汉的皇帝刚才有多嚣张，此刻就有多仓皇。

赵匡胤、石守信一右一左紧随着官家，机警的目光扫视前方，随时准备应对突发的情况。有那么一瞬间，眼前风騄骥强健肌肉有规律的跃动，和耳边铁掌有节奏地击打地面的声响，让他进入一种时空放慢的错觉中，甚至为之着迷，直到耳边响起兵器相磕的铿锵声，他才发觉官家和自己已经冲入敌阵，数不清的矛尖箭镞和张牙舞爪的面孔迎面兜过来，他只有奋力冲刺，在一片刀光血影和呼喝惨叫声中，不顾一切地随着官家冲向敌军军旗标识的那个终点。

赵匡胤看见约五十步前，一位黄袍长髯的老者被左右近卫推上马背，就要落荒而逃；官家在"刘崇老贼休走"的怒喝声中，已经和对方的一名牙将缠斗在一起；而自己右前方的另一名敌将，已经拉弓搭箭，偷偷瞄准了官家——赵匡胤来不及出声示警，下意识地用马镫狠磕胯下的赤麒麟，赤麒麟吃疼向前一蹿，他猛然感觉左肩一凉……

此时在东翼，李重进、张永德已经重新集结了留在战场上的侍卫亲军，不过二人面对杀疯了的张元徽，一时无可奈何。眼看张元徽已将将杀到李重进面前，坐骑突然一个趔趄被树根绊倒，张元徽摔落马下，不仅手中的长刀甩在远处，两条腿也被马身压住，一时抽不出身。李重进见机不可失，催马上前，手起刀落，将方才还不可一世的张元徽斩首，然后俯身抄起人头高高举起，大喊："北军先锋首级在此！"周围的北汉军目瞪口呆，无心恋战。而几乎在同时，从大后方赶来的刘词及时截住了樊、何等溃兵，侍卫亲军的主力重新投入战场。

郭荣见大局已定，才从容地策马回到御营所在的高地继续指挥。他知道还没有到与辽国翻脸的时候，下令西翼的周军不要和辽军接战，保持与其一百步以上的距离，监视辽军离场。辽军主将耶律敌禄知道周军还有东、西两路援军已经快到战场，他尤其是怕被宿敌符彦卿抄了后路。他们原本就是来捞便宜的，先前又受了刘崇一肚子气，如今见势头不对，仗着骑兵的机动性迅速撤离战场。左军大将白重赞、符彦能、史彦超等按官家的指示稳步推进，持续压制辽军，不给对方发难的机会。

郭荣从高地俯视巴公原战场，只见不同服色的队伍化为各种颜色的激流和旋涡，忽合忽分，相互激荡、交融，然后重新散开，最后溶解在褐色的大地中，留下一幅斑斑点点的长卷。其中一块耀眼的红色左冲右突，就像一颗跳动的火星，燎灼着眼前的画面。仔细看，那正是头戴狻猊盔、身披锁子甲、外罩猩红色战袍、座下赤麒麟、手持虬龙棍的赵匡胤，带着箭伤在逐片击垮负隅顽抗的残敌。

官家高声喝彩："打的好！赵元朗堪称'火龙神君'！"

汉军节节败退，无数遗弃的辎重粮草、兵器甲胄，以及刘崇专用的乘舆、服御等物资都成了周军的战利品。

失去辽师助阵的北汉军无心恋战，后撤至高平城。赵匡胤带伤追击，与其他殿前军将士一起，随后掩杀到高平城下。刘崇还没来得及收拾残兵败将进行有效反击，慌乱间割掉标志性的美髯，脱去明黄色皇袍，舍了紫金通天冠，换上粗布衣，戴了一顶蓑笠，骑着契丹国主所赠的黄骝马，率百余骑经平阳（今临汾市）向晋阳方向逃窜。他们怕被周军咬着不放，星夜兼程，不敢走大道，只拣冷僻的小路潜行。

这时春寒料峭，每次好不容易碰到一处荒舍废庙，刚刚埋锅做饭，还没等举起筷子，听到远处马蹄渐进，这百余人如惊弓之鸟，哪里分辨是敌是友，慌不迭地上马夺路而逃。刘崇已至花甲之年，衰老力惫，称帝后的几年里养尊处优、锦衣玉食，哪想到会落到这般田地。如今一路鞍马颠沛、餐寝无着，连惊带吓，十成挥斥方遒的精气神倒丢了九成。等挨到太原城，刘崇又悔又恼，又气又苦，从此一病不起。北汉至此元气大伤，再无力南下，只能坐等被吃掉的最终命运。

后周的中路军乘胜追击北汉军，而错过高平会战的东路军和西路军闻讯改变计划继续挥师北进，三路大军马不解鞍，人不卸甲，一口气撵着败退的汉军直奔刘崇经营多年的老巢太原城。

高平之战的结果由一系列偶然事件触发。刘崇的狂傲制止了辽军的积极参战，何徽、樊爱能的怯战溃逃，南北风向的逆转，以及之后郭荣、赵匡胤等人的爆发，张元徽的意外坠马等，兔起鹘落，时机稍纵即逝。这些偶然造就了历史，同时成就了名垂青史的将帅。

高平一役也是殿前军取代侍卫亲军原本禁军第一劲旅位置的转折点。郭荣事后回顾自己冲锋的经过，开始后怕，要不是赵匡胤拼死挡住了射向自己的那一箭，后果不堪设想。他再想起冯道之前的劝阻，自己身系全军甚至国家之安危，以后委实不能再冒箭矢之风险。郭荣心底感激，占领高平城之后亲自来查看赵匡胤的箭伤，好在有御赐锁子甲的保护，箭镞入肉不深，未伤及骨头，经过军医的处置已无大碍。

“元朗，此后你就紧跟着朕！看来朕离不开你的护驾啊。”郭荣半开玩笑地说。赵匡胤眼圈一红，同时意识到自己在本场战役的后半程可能没有机会上阵厮杀，只能旁观其他战友们再立新功了。

在攻克高平城的当天，为了以儆效尤，郭荣经过慎重考虑，当众处斩了差点葬送整支中路军，甚至会导致大周颠覆的樊爱能、何徽二人及其他七十多名临敌溃逃的侍卫亲军高、中级军官，主要是各厢、军、营的都指挥使、指挥使、都虞候及监军，这里面就包括了当场率众向汉军投降的刘守忠。同时论功行赏，自士兵和中、低级军官中破格选拔了一大批英勇善战者填补这些空缺。赵匡胤等义社成员只能私下殓葬了刘守忠的尸体，心里替他无比惋惜。

最重要的当然是重新控制侍卫亲军这支目前最重要的野战部队。官家特意调任留京的宿将赵弘殷由殿前铁骑第一军都指挥使改为侍卫亲军龙捷右厢都指挥使，任命京娘的哥哥赵彦徽为虎捷右厢都指挥使，韩令坤由殿前都虞候转任龙捷左厢都指挥使，侍卫亲军中高层就此实现了大换血。为了安抚将功补过的李重进，郭荣拜他为归德节度使、同平章事，同时正式提升为侍卫马步军都指挥使，让李重进成为他们同一辈里紧随自己第二位得到“使相”地位的佼佼者。

而殿前军内部，除赵匡胤由禁卫副都指挥使扶正外，张永德以战功加检校太傅，授义成军节度使，仍执掌殿前军，故齐王高行周之子高怀德因参与攻克高平升任铁骑右厢都指挥使，兼果州团练使。其他参加高平之战的义社兄弟中，石守信由禁卫都虞候迁禁卫左厢第一军都指挥使，李继勋由散员都指挥使升殿前都虞候，王审琦由东西班都虞候升任铁骑右厢第二军都指挥使，韩重赟由左班殿直副都知直升铁骑都指挥使，刘光义也由内殿直押班迁侍卫亲军龙捷左厢第一军都指挥使。此外相对表现平平的杨光义、刘庆义、王政忠三人也各有升赏。

郭荣指挥的周军在夺取高平后乘胜追击，一连攻陷北汉数州之地，包围了北汉都城太原城。天雄军节度使符彦卿与天平军节度使郭从义、义成军节度使向训等率步、骑兵一万余人奔赴太原正北一百五十里的忻州，防止耶律敌禄回师南下救援刘崇。

太原城下，一天的战斗结束后，御营的牙帐前，没有参加攻城的赵匡胤闷闷不乐，静静地看着一群沙陀兵围着一堆篝火在跳胡旋舞。他深深思念父母、妻子和弟弟妹妹，对母亲杜氏和妻子贺氏为他们父子的长期无怨付出感到无比歉疚。这时候另一个妙龄少女的影子总是跳入思绪，不过赵匡胤似乎并不想努力把她赶出去。

他感到自己面颊发热，回头看了一眼牙帐内还在伏案处理文件的官家，耳边不由得回荡起官家临出征前的豪言壮语：

顷自有唐失御，天步方艰。巢、蔡丧乱[①]之余，朱、李战争[②]之后，中夏多故，六纪于兹。海县瓜分，英豪鼎峙，自为声教，各擅蒸黎[③]。连衡而交结四夷，乘衅而凭陵上国。华风不竞，否运所钟，凡百有心，孰不兴愤！朕自缵[④]承基构，猥承先训，统御寰瀛，方当恭己临朝，诞修文德，岂欲兴兵动众，专耀武功？顾兹昏乱之邦，乃举吊民之义。指日鹰扬建业，海内澄清。

再想起刘崇及其所部北军的狼狈相，赵匡胤不禁豪气顿生：“我们这些军人的使命，不就是让像以前京娘妹妹这样的弱女子不再流离失所、孤苦无

① 指唐末黄巢、蔡结两次规模比较大的农民及少数民族起义。
② 指唐末梁王朱温、晋王李克用之间多年的战争。
③ 指黎民百姓。
④ 缵（zuǎn）

依吗？！”

转眼到了显德元年（954）四月中，因太原城城防坚固，周军此时已经是强弩之末，围困了月余竟久攻不克，而且先后折了符彦能、史彦超两员名将，再加上粮饷不继，在符彦卿等诸将的苦劝下，郭荣最后只好下令撤军回京。事后官家由衷感激符彦卿及时阻止自己一意孤行，任命符彦卿为河东行营都部署，知太原行府事，并赐彩帛、配鞍勒的骏马等，让他回归本镇大名府，继续镇守北方要冲，威慑辽国。

几乎就在显德皇帝郭荣撤军的同时，太祖孝皇帝郭威的灵驾按原计划由东京出发，简葬于新郑的嵩陵。

不过高龄的冯道，因为担任山陵使主持郭威的丧事，过度操劳，一病不起。

率军回京的官家在途中听说冯道病重的消息，下令抓紧回京，并派肩伤已经痊愈的赵匡胤率先骑快马回汴梁通知冯道——官家随后就会回京到太师府看望他。

赵匡胤奉圣谕赶到冯府，直入冯道的卧房，看到八九位紫袍、绯袍的文官正围在冯道床前。卧房里十分简朴，家具仅一桌、一椅、一床、一几，书桌上是文房四宝，椅子上搭着一套居家的便服，床上的卧具同样寒酸，茶几上是一碗凉透的汤药。此外就是沿东、西墙摆着两大排书架，最显眼的是新刊印的《九经》一百六十卷。卧榻所靠的北墙中间挂着一幅看不清题款的古画《风尘三侠图》，两边的行书对联曰“视草北来唐学士，拥旄西去汉将军”，看落款是杨凝式的手迹。

冯道是正一品太师兼行正二品的中书令，是当朝的首相，百僚之长，赵匡胤正赶上枢机重臣都来探视病情，同时向冯道请示机要。虽然只是刚升为正六品的殿前军禁卫都指挥使，但因为身为天使，且甲胄在身，赵匡胤并没有给众大臣行跪拜礼，只是在宣读官家口谕后，分别叉手致意。

“这位赵匡胤……赵元朗，乃岳州防御使……赵都帅之子，请诸君……好生看待。”病榻上的冯道虽然面容憔悴，气息短促，神志却异常清醒。

赵匡胤平日负责皇帝的禁卫，面前二、三、四品的朝廷大员，他虽然平时都认识，不过并没有资格跟他们平起平坐，当然不确定这些大臣们都记得作为中级的禁军都校的自己。

病榻前的范质、王溥、郑仁诲、李穀、景范、魏仁浦、杨昭俭、陶穀、窦仪等人纷纷降尊朝他叉手还礼。“真是虎父无犬子啊！”其中几个老资格的宰臣在几年前的历次政治动荡中都得到过赵弘殷的护卫和照顾，而且已经从每日的战报中略知赵匡胤舍身救驾、荣立首功的事迹，是官家身边的第一红人，即钦佩他的勇武，现在见他彬彬有礼，言辞儒雅，不类行伍，加之听出来首辅的特意托付，因而都显出亲近之意。

众枢臣看出来赵匡胤还身衔官家其他重要的机密任务，都识趣地纷纷告辞。等人声渐消，赵匡胤从怀中取出玲珑阴符，冯道也从枕下掏出自己的玲珑阳符，赵匡胤接在手中，双符一合一转，只听“咔嚓”一声轻响，赵匡胤的玲珑阴符开启，一封用白绢卷成的细条落入冯道手中。冯道颤巍巍地展开密信，官家在信中简短叙述了诛杀叛逆的用意和整顿禁军的打算，并请冯道考虑樊爱能、何徽的继任者，还有整军的负责人选。看着看着，冯道的目光逐渐锐利起来。

“樊、何二将是官家身边的小人，李重进失察了。”彼时李重进担任侍卫亲军都虞候，是樊爱能、何徽的直接上司，故冯道有此指责。

冯道让赵匡胤从书架上找出一本自己编著的《荣枯鉴》，书页上密密麻麻填满了评注。“世人都说……‘亲君子、远小人’，但普通人在乱世……更容易把持不住道德的底线，堕落为小人。‘无忧则患烈也’，元朗世侄，你一定要提防……身边的‘伪君子’！此类小人往往会坏大事！老朽……别无长物，这本书赠你……做个旁鉴。”赵匡胤千恩万谢之余，隐隐感到自己身边就有这种‘真小人’，而此刻不敢再深想，怕答案会让自己更心痛。

冯道又用自己早年的《偶作》激励赵匡胤：

“莫为危时便怆神，前程往往有期因。

须知海岳归明主，未必乾坤陷吉人。

道德几时曾去世，舟车何处不通津。

但教方寸无诸恶，狼虎丛中也立身。”

“元朗世侄，日后倘若执掌权柄，勿忘当年汝与老朽及杨少师之誓约！”在赵匡胤告辞时，冯道寄托了极大的期望。赵匡胤虽然此时并不知道太师为什么如此重视自己的承诺，还是坚定地点了点头。

两天后，郭荣一抵京就亲自到府探视冯道。

“太师……”等屏退左右，官家紧紧握住冯道孱弱的双手，一时哽咽。

“官家……”冯道倒是一片坦然。两位大周的掌舵人冰释前嫌，一切尽在不言中。

“官家勿以老臣生死为念，千万要……秉承先帝遗愿……和咱们青门的愿景。整顿禁军……是当务之急，赵匡胤资历虽浅，却有胆有识，堪当重任。”冯道顿了顿说：“元朗、国华……都是好苗子，请官家和卫王……着意栽培。”喘息了一阵，又道：“老臣这个玲珑符先交官家保管，官家和卫王……你们……尽快选定……一位新名首……”

这一番交代颇费气力，隔了好一阵，等喘匀了呼吸，冯道喃喃道：“官家务必谨记……亲征之举……事不过三。”

“太师——”郭荣还要凑近请教究竟，只见冯道已合上眼，微笑着安然入睡。

官家离开冯府的第二天，下圣旨酬庸伐汉的功臣。排在首位的是天雄军节度使、守太尉、卫王符彦卿进封魏王，改守太傅，这是除了外藩、在朝中仅次于皇帝的最高封爵。

另外一长串拔擢的名单中，有一条不起眼的任命，只有参与机要的廷臣和禁军将领才清楚其重要意义：赵匡胤被任命为正五品的殿前都虞候，领严州（今广西壮族自治区来宾市东南，时为南汉辖地）刺史，已步入高级将领的行列。官家另有一道通过枢密院秘发的诏敕，指派赵匡胤负责整顿殿前军。

四月末，自号“长乐老”的冯道病重不治，享年七十三岁，与孔圣人同寿。郭荣痛失国柱，废朝三日，赠冯道尚书令，追封瀛王，赐谥文懿。“文”是文臣最高级别的谥，“懿”当然是指品格高贵①。五代时期重武轻文，非有武功不封王，止于国公。文臣即便是官至极品，死后追赠王爵的空前绝后。冯道虽然任过节度使，不过都是贬谪时短暂的闲职，并未统兵打仗。他死后追封瀛王是异数，可谓极尽哀荣。

---

① 至宋代司马光才主张“文正”是文臣最顶格的谥号。

如果从唐昭宗天祐年间，冯道被幽州节度使刘守光辟为掾①属算起，他的仕途历经了唐、后梁、后唐、后晋、后汉、后周六朝，如果再加上辽主耶律德光，一共服务了十几位皇帝；他曾在三朝为相，在相位二十余年，辅弼过后唐明宗、闵帝，后晋高祖、少帝，今朝的太祖孝皇帝和今上显德皇帝。“尚书令”这个名衔比“中书令”更为尊崇，因为唐太宗李世民在继位之前曾任尚书令，以后臣下为了避嫌，无人再敢任此职，只有唐德宗李适在继位前被拜为尚书令，而郭子仪被唐代宗任命为尚书令时坚辞不受。五代时期只有十国的国主如钱镠、钱元瓘、钱俶、马殷、高季兴生前被中原王朝拜为尚书令，高从诲死后才被追赠此位。其他追赠尚书令的名臣不过后梁罗绍威、后唐的安重诲和符存审、后晋杨光远、后汉桑维翰和后周的高行周、赵晖寥寥数人而已。

除了冯道，同一年赵匡胤还失去了另一位忘年交。十二月，原以从二品左仆射致仕的杨凝式去世。之前官家以其人品清贵、文藻脱尘、翰墨入妙，临终前改为以从一品太子太保致仕，去世后追赠太子太傅。

寒风萧萧，赵匡胤独自一人回到樊楼那间视野最佳的稳便阁儿里。故壁仍在，店家至今还特意保留着当年赵匡胤手书的《朝中措》一词，中间杨凝式亲自改的几个字仍然历历在目，只不过旁边写满了过客的题跋和仿作，也多了几片不堪的污垢。

赵匡胤认识到，冯道以一己之力维系着中央文官集团的权威、体面和运作，而没有中央文官集团的承认和协助，武力集团的政权更迭就不能合法化，更不能正常地运作政府系统。当然冯道少不了另两位强人符彦卿、郭威的尊崇，互为犄角，才实现了政治、军事、财政大权的平衡和合力。

以往文官集团是政权的维系者，武力集团是破坏者；梁、唐、晋、汉、周的君主都试图把这两种力量调和，彻底实现“将相和”而不得，最终这个任务将落到文官家庭出身的武将赵匡胤和他的谋士们的肩上。

五代时期的特点是“铁打的江山流水的皇帝”。从某种意义上，冯道和他领导的文官集团对国家的管理，是独立于军阀们的政权更替的一种超然存

---

① 掾（yuàn）

在，在乱世中延续了中华的文化和道统，并推动盛唐时代璀璨的中华文明在宋代再次登顶。而由望族把持的门阀政治在武则天统治时期开始瓦解，经五代十国时期的不断打击，将在宋代开始正式被寒门或庶民出身的文官集团所代替。

赵匡胤要了三副杯箸，依然按当年的座位摆好，叫了同样的一桌酒菜，把三盏酒盅斟满。“前途漫漫，哪能再得这两位参透人世的良师益友啊？”他肃然对着空空的两个座位敬了酒，然后仰头一饮而尽。

正是：

千军权释杯中计，十朝伏枥老臣心。

父子耕耘成霸业，鱼水相得有知音。

# 11　平边策

显德元年（954）的六月，盛夏。

郭荣正在中兴殿批阅赵匡胤草拟的殿前司和殿前军的改制方案。官家今年刚刚三十四岁，似乎总是有用不完的精力。他身着一身清凉的便装，漆黑的胡须，鱼尾纹和法令纹已悄悄爬上面庞，更显成熟睿智。

郭荣并不好丝竹珍奇之物，中兴殿里陈设简约。他闭起眼，边盘算改制方案中各条目的利弊，边随意摇着一把洒金川扇纳凉。御案一侧的茶几上，摆着七八样夏天的时令水果——有天雄军节度使、魏王符彦卿带来的高唐桑葚，侍卫马步军都虞候、领许州节度使李重进上贡的许州御李子，京兆府醴泉县进奉的御桃和御杏，西京留守武行德进奉的洛阳樱桃，还有永安军节度使折德扆进贡的“海红果”[1]。最特别的是官家的故旧、吐谷浑商人颉跌氏进奉的拂菻国[2]的鹘莽蜜枣。而当年让杨贵妃翘首以盼的荔枝，因为产地偏远，政权割据，无法以快马接力及时送到汴梁，所以在宫中已难得一见。

官家揉揉眼睛，站起身，伸了个懒腰。他扭脸看看案上摆放的果品，并没有品尝的兴致。只见殿门口竹帘翻动，一位俏生生的女官领着两个宫女走了进来。

“官家，皇后命臣送来冰镇的西瓜。”来的女官正是皇后的妹妹，改名符琬琰的京娘。当年正月，太祖孝皇帝驾崩，今上入宫即皇帝位，当天就册封符璎珞为皇后。此时小皇子宗训才出生不满一年，正是嗷嗷待哺的阶段，而符璎珞产后体虚，既要喂养幼子，又要主持内宫大小事务，还时不时需要

① 又称“林檎”，也就是《千字文》里说的“柰”。

② 拂菻国是中国古籍中对拜占庭帝国的称谓。

规劝急性子的官家不能对臣下过于苛责，一时身心俱疲，急赖一个信得过的娘家人入宫帮她操持杂务。本来应该由晋王府回符府待嫁的符琬琰自告奋勇，入宫当了尚宫司负责皇后起居的正八品典闱，成为姐姐离不开的副手。

符琬琰先递上热毛巾让官家擦手净面，然后接过属下宫女端着的一盘冰镇西瓜，一扭腰呈到官家面前。“这西瓜是昨日由定难军节度使、西平王李彝[①]殷进奉的，已经用冰水镇过，最是降温解暑。皇后请官家尝尝鲜。原本皇后要亲自来关照官家的，不过她怕动了胎气，特地命臣来‘监督’官家小憩一会儿。”

当时受科技的制约，皇宫里用的冰还是在严冬时节采集并储藏在冰窖里的自然冰。考虑到融化损耗，每年冬季的采冰量必须是夏季用冰量的三倍。在盛夏时节，冰块绝对称得上是稀缺资源，只有皇家贵胄、富商巨贾才能享用。

“官家还是喝准备好的雀舌茶？”符琬琰一边拿了一条毛巾替官家擦去嘴边红色的瓜汁，一边随口问道。

虽然已经吃了几块冰镇西瓜，心中的燥火并没有平息下来。面对身姿婀娜、吐气若兰的符琬琰，官家忍不住执住了她如葱的玉指。符琬琰羞红了双颊，瞥了一眼身后低着头的宫女，被官家牵住的手，却再没有力气抽回来了。

“赵匡胤送她千里投亲时能坐怀不乱，况我为天子乎？”官家也碍于有其他人在场，终于松了手。为了掩饰失态，他清清嗓子柔声说：“小符，还是给朕沏‘横源雀舌’吧。另外替朕好好感谢皇后！”

大周疆域虽广，域内并不产茶，所以宫中储存了当年各国进贡的名茶供皇族饮用，或赏赐勋臣近宦。南唐国主李璟进奉的宣城山阳坡横纹茶、鸦山瑞草魁，吴越国王钱俶进贡的婺州（今浙江省金华市）有举岩茶，南平王、守中书令高保融上贡的荆门晒青茶。而后蜀国国主孟昶进奉的种类最多，有紫笋、明月簝、碧涧簝、茱萸簝、蒙顶甘露等诸茶。其中郭荣最喜爱蜀州晋原（今四川省崇州市）出产的“横源雀舌”，都是取其嫩芽制成，状如鸟嘴，有麦粒大小，色泽绿中带黄，遍体白毫，沏出来的茶水甘爽、清香，余

① 彝（yí）

味悠长。

符琬琰走后，过了一小会儿，两个宫女捧着一壶茶和茶具进来，再不见符琬琰的身影。郭荣有点怅然若失，强自收了心。他用嘴吹开茶盅里飘着的几片茶叶，思绪由远在西南的后蜀国、泼皮无赖的南平小藩、荒淫无道的南汉国、屡表忠心的吴越国、心有不甘的北汉、雄踞幽燕的辽国，一直想到偏安东南的南唐小朝廷。茶叶在茶盅里打转，仿佛是十几个国家在纵横捭阖，一时难分上下。

“看来委实需要广开思路，谋划一套行之有效的全面战略。且等元朗那边整军有了眉目再说！”

显德元年（954）十二月，隆冬。

大内，殿宇嵯峨，宫墙高耸。

官家之所以选择在中兴殿起居和在东侧的延义阁接见阁僚，是因为他喜爱这组宫城里仅剩的大唐风格的宫殿建筑。屋顶舒展平远的脊线，雄浑有力的斗拱和檐柱，色调简洁明快且朴实无华的门窗，厚重的砖墙，一切都让他联想到盛唐的气象。不像近年来正在翻建的其他宫殿，更加繁复的斗拱支着略显拘束的屋面，雕梁画栋，虽然更加精巧华丽，但是完全不符合官家的脾性和审美。当然建筑风格的嬗变也是迫不得已，因为连年战火，长安、洛阳等都城的宫城几经焚毁，高大的木材实在不够用了。

当然，官家钟爱中兴殿和延义阁，也是因为这两座殿阁冬暖夏凉。宫城内帝后冬天起居的宫殿都是“暖殿”，墙壁砌成空心的“夹墙”，俗称“火墙”。墙下挖有“火道”，添火的炭口设于殿外的廊檐底下。由专门在此负责的太监烧火，炭口里烧上木炭火，热力就可顺着夹墙温暖到整个大殿。为使热力循环通畅，火道的尽头设有气孔，烟气由台基下出气口排出。而且“火道”还通过地面的架空层通向帝后的御床下面，形成“暖炕”。另外，“暖殿”以花椒、香桂和泥涂内壁，表面披挂锦绣。御床四周以屏风和鸿羽帐围合，地上铺着西域毛毯，造成房中之房的“暖阁”。

张永德、李重进和赵匡胤在早朝后应召到延义阁向官家汇报军改的情况。延义阁内虽然没有围合成“暖阁”，仍然与严寒的室外是两个世界，三人分别脱下裘氅交给门口侍立的太监。进门迎面是一张犀皮的御案，官家闲坐在紫檀木御座上，御案上铺着南唐进贡的“澄心堂”宣纸，右手依次摆着李廷圭制的歙墨、龙尾石砚、朵云纹单柄玉笔洗，几支大小不同的紫毫诸葛笔架在犀牛角笔山上。御座后是一幅巨大的全国山川舆图。御案前一边一个铜鹤香炉，旃檀微烟贡香，香气清幽，沁人心脾。阁内北侧贴墙立着樟木书架，陈放着各种史籍、文选，还有新刊印的《九经》；另一侧靠南墙是沉香木的雕龙御床，垫着落花流水锦褥，床头摆着玉枕。御床背后竟同样挂着一幅吴道子的《风尘三侠图》。

因为没有外人，三人以参见主帅的军礼向官家单腿跪拜，拱手称：“臣李重进、张永德、赵匡胤参拜官家！”

官家抬手示意三人起身。李重进此时是侍卫亲军的都指挥使，而张永德、赵匡胤分别是殿前军的都指挥使和都虞候，李、张两人是禁军的主帅，而赵匡胤是本轮整顿禁军的第一责任人，两个月前已升领永州（今湖南省永州市，时为武平军辖地）防御使。能到延义阁与官家一起商议国是的才是真正“入阁”的近臣，平时除了当政的宰执，只有几位内廷的学士如王朴、陶穀和窦仪。而张永德、李重进和赵匡胤，加上皇后的父亲、魏王符彦卿，是仅有的在延义阁被官家召见过的武臣。

三人起身时，官家发现李重进腰间挂着一柄连鞘尺许长的短刃。他不动声色地问道：“二哥，腰间所悬是何稀罕玩意儿，朕怎么从未得见，呈上来让朕一观。”

此话一出，李重进身边的张永德和赵匡胤才低头看见李重进腰间的利器，不禁脸色大变。他们二人是殿前司的首脑，最重要的职责就是确保宫禁的绝对安全，虽然这柄短刃刚才一直掩在李重进的裘袍内，他俩并不知情，但是现在出现在官家的视线里，两人都脱不了失职的重罪。

二人情急之下，就要作势一左一右架住李重进的双臂，不容他有所异动，然而被官家镇定的目光止住了。但是二人并不敢托大，还是保持戒备的姿势，随时准备扑身护主。

只有李重进还是浑然不觉周遭冰点般的紧张气氛。他大大咧咧解下刀鞘，不无得意地说：“此乃我前几日——”，刚想上前顺手交到官家手里，才意识到此举不妥，一时不知所措。

官家对张永德使个眼色，张永德伸手接过短刃，双手端着刃鞘，躬身垂首把短刃放在御案中央的宣纸上。

官家从刀鞘里拔出短刃，饶有兴趣地把玩起来。只见刀刃长约六寸，刃宽寸许，薄如蝉翼，刀刃上密布形如鱼肠的细纹，随着手腕转动，刃口寒光四射，夺人心魂；轻拗之下柔中带韧，用手指轻弹，铮铮之声不绝。缠着牛皮条的刀柄、鱼皮刀鞘都稀松平常，并没有金玉宝石镶饰。官家捏起一张宣纸，用刃口顶住，然后低头猛吹一口气，雪白的纸张迎刃而分。

“好刀口！”郭荣、张永德和赵匡胤三人都不禁倒吸一口凉气。

“此乃我前儿日从御街的‘匠心堂’重金购得的鱼肠匕首，据说是春秋时越国的铸剑大师欧冶子所造，专诸曾藏此刃于鱼腹中，刺杀了吴王僚……”说到这里，李重进才觉出该典故并不合时宜，连忙住了口。

官家反而轻松地说：“端的是不同凡响的宝贝！朕就收下二哥这份心意。”他随手把匕首连鞘插到腰间，没有再看一脸尴尬的李重进，转脸询问赵匡胤殿前军的整编情况。

赵匡胤方才来得及擦去额上的冷汗，开始向官家详细汇报。

禁军战斗力强弱与其控制权之间的矛盾一直是五代历朝君主的心病。

唐安史之乱之前，号为“六军”的中央禁军与地方府兵并存。从安史之乱开始，中央禁军的控制权逐渐落在宦官集团手中，而且战斗力与地方藩镇部队相较逐渐落于下风。

后梁、后唐兵制一度非常混乱，后梁、后唐的开国君主分别以起兵的藩镇武装为基础，取代了原有六军，但基本沿袭六军的军号。五代时期的六军编制逐渐空壳化，到后晋开始，其各军首领的职位成为亲贵的虚衔。

从后梁开始，侍卫亲军崛起，成为禁军的主力，并外驻镇守或外派征讨。后梁初次建立侍卫亲军时，其最出名的部队叫控鹤军，相当于特种部队，是由装备重装连发机弩的厅子都为主力组成的。后晋时期设立“侍卫亲军马步军都指挥使司”，简称“侍卫司”。短命的前朝后汉是侍卫亲军的鼎盛时期。

按赵匡胤的建议，殿前诸班正式组成“殿前军”，其指挥权统一于新设的“殿前都指挥使司”，与侍卫司并列，同样设三主官，即从二品的都指挥使、例兼节度使，正四品的副都指挥使、例兼观察使，和正五品的都虞候例兼防御使。惟侍卫司下面再分设马军司和步军司，保留从四品、例兼观察使的马军和步军都指挥使，正五品、例兼防御使的副都指挥使，和从五品、例兼团练使的都虞候[①]，而殿前司并不分设马军司和步军司。

改制后，殿前司下辖外出作战的铁骑、控鹤二军号，与侍卫亲军马军司和步军司下龙捷、虎捷四厢八军类似，两支军号也分为左右两厢，下面再辖第一军、第二军，每军两千五百人，设正六品、例兼州刺史的都指挥使，另有从七品的副都指挥使和从八品的都虞候，而左、右厢三主官的品阶介于"二司"[②]和诸军主官之间。军下面设"指挥"一级，就是所谓的"营"，每营有五百士兵，设正九品的指挥使和从九品的副指挥使；指挥下面有五"都"，设不入流的"都头"为官长。都下面再设二十人的"队"和五人的"伍"，各有队长、伍长。至此，殿前军与侍卫亲军按编制各有作战部队马步军约两万人，侍卫司的龙捷马军、虎捷步军，殿前司的铁骑马军、控鹤步军，是中央禁军的四支作战主力。

而殿前司另辖有殿前诸班直，专门扈从宿卫皇帝和宫城内的皇族，设都知、都虞候、左右承旨和东西班行首等官职。殿前诸班都指挥使，也就是"都知"，虽然只管辖五百人，但是责任重大，所以官阶与各军都指挥使相平。殿前诸班直由五百名侍卫组成一班，有招收、散员、散指挥使、散都头、内殿直、大剑直六班共三千人，各班轮流负责两个时辰的宿卫。另外殿前军特地保留了一支千余人的厅子都。所以殿前军兵员超过两万四千，单论数量已经碾压了侍卫亲军。

如此一来，大周的禁军总兵力经过精简，除了主力部队四万人，宫城的宿卫部队三千人，加上军事机关、各将帅的亲兵、特种部队、后勤辎重部队、仪仗部队，一共不超过五万人。五代时期常年战乱，朝廷治下的总人口从大唐天宝年间的七千万左右锐减到目前的不足千万，兵源无法与盛唐时期相比；而且民生凋敝，军饷、军需供应严重不足。郭荣这段时间的"灭佛"行动——缩减寺院数量、强令僧尼还俗，其出发点就是财政开源，为了解决劳动力不足、生产生活资料被挤占、逃避兵源徭役、税收粮饷不足，所以才

---

① 世宗和赵匡胤的军政，没有留下完整的史料，此处参考了《宋史·职官志》。

② 入宋后取消侍卫司，以殿前司和侍卫马军司、侍卫步军司并称"三司"。

得到政权各方面包括军队的支持。整编后的禁军加上地方藩镇的正规部队约五万人，使后周军队的总兵力控制在十万人以内，符合官家“兵在精不在多”的要求，这就大大减轻了国家的财政负担。

“选拔殿前军须去芜存菁，强化殿前军的纪律性和战斗力乃关键所在。重点是以雄健州兵置换老弱的殿前军，各级长官必须亲自到现场选拔镇兵、州兵送殿前军。”赵匡胤目前就是分批亲自验收从各地征调上来的精壮兵士，官家也会偶尔莅临选拔现场，对赵匡胤的选拔标准十分满意。

“以上殿前军改革的新编制深谙朕意！二哥，侍卫司那边请你比照殿前司精简兵员。”

“官家，侍卫亲军是否亦可从各镇、各州挑选军健啊？”李重进觉得需要争取同样的特权。

“侍卫亲军可以考虑招募草莽豪杰。”官家不置可否。

李重进还要有所争执，却见官家抽出了腰间的鱼肠匕首把玩起来，他再次意识到自己刚刚有把柄落在官家手里，只好把后面的话生生咽了回去。

回顾前朝，后梁、后唐时期，六军与侍卫亲军并存；后晋开始，六军空壳化，侍卫亲军成为中央禁军作战主力，内卫移交殿前军；到郭荣指令赵匡胤整军后，殿前军与侍卫亲军并重，甚至殿前军的战斗力更胜一筹。同时，地方藩镇武装很快被中央禁军蚕食，沦为无足轻重的治安部队。

“张永德，赵匡胤，从今日起，值守宫门的殿前诸班须对所有人等搜身，勿令一刀一刃入宫！从你二人以下，到今日当值之都知、行首、侍卫等，均罚俸两个月！”官家甩下黑着个脸的李重进和故意作哭丧状的张永德、赵匡胤，转身踱出延义阁。

显德二年（955）二月，隆冬未尽。

官家“思逆耳之言，求苦口之药”，降诏征求谏言，命担任翰林学士、两省侍从、御史台官的内臣二十余人分别撰写《为君难为臣不易论》和《平边策》各一篇，要求“朕躬之有阙失，得以尽言；时政之有瑕疵，勿宜有隐”。

宏文昭昭，其言殷殷，众臣受到鼓舞，跃跃欲试。官家此番是对中低层的内臣开放言路，而治国方针或军事战略这种大事，官家平时只跟宰执们交换意见，一般是不容宰执以下官员置喙的。

翰林学士与端明殿学士一样，实际上都是皇帝的私人政治秘书，廷臣们私下称之为“内相”。此时在官家身边任翰林学士的是两大才子陶穀和窦仪，而前任翰林学士王朴已升任端明殿学士，另一位前任翰林学士兼中书舍人杨昭俭则刚刚升任御史中丞。翰林学士、端明殿学士都是宰相的苗子，故太师冯道就曾先后担任过这两个职务。

隋唐以来，中书省是中央起草和发布政令的机构，门下省负责审核、审议政令，而尚书省则是执行政令。五代通称门下省与中书省为“两省”，而把尚书省排除在外，是因为门下省与中书省是决策机关，属于“内省”，所以中书、门下两省的属官亦皆算是皇帝的侍从官；而尚书省是执行机关，是所谓“外省”。御史台是代表中央监察各级官员的机构，广义上说，御史台的官员也是朝廷的内臣。

四月，初夏。

经过两个月的殚精竭虑，近臣们的策论统一由中书省呈达御前。官家开始逐一细览厚厚一摞将近五十篇宏文。

景福宫内的御案前，扔了一地的“官样文章”，多以“修文德、招远人”为主题，内容空泛。

御案上只留下了翰林学士陶穀和窦仪、御史中丞杨昭俭、左散骑常侍充端明殿学士王朴四人的《平边策》。此时官家正第五遍品读王朴的力作：

唐失道而失吴、蜀，晋失道而失幽、并。观所以失之之由，知所以平之之术。当失之时，君暗政乱，兵骄民困，近者奸于内，远者叛于外，小不制而至于僭，大不制而至于滥，天下离心，人不用命，吴、蜀乘其乱而窃其号，幽、并乘其间而据其地。平之之术，在乎反唐、晋之失而已。必先进贤退不肖，以清其时；用能去不能，以审其材；恩信号令，以结其心；赏功罚罪，以尽其力；恭俭节用，以丰其财；徭役以时，以阜其民。俟其仓廪实、器用备、人可用而举之。彼方之民，知我政化大行，上下同心，力强财足，人安将和，有必取之势，则知彼情状者愿为之间谍，知彼山川者愿为之先导。彼民与此民之心同，是与天意同；与天意同，则无不成之功。

攻取之道，从易者始。当今惟吴易图，东至海，南至江，可挠之地二千里。从少备处先挠之，备东则挠西，备西则挠东，彼必奔走以救其弊，奔走之间，可以知彼之虚实、众之强弱，攻虚击弱，则所向无前矣。勿大举，但以轻兵挠之。彼人怯弱，知我师入其地，必大发以来应，数大发则民困而国竭，一不大发则我获其利。彼竭我利，则江北诸州乃国家之所有也。既得江北，则用彼之民，扬我之兵，江之南亦不难而平之也。如此，则用力少而收功多。得吴，则桂、广皆为内臣，岷、蜀可飞书而召之。如不至，则四面并进，席卷而蜀平矣。吴、蜀平，幽可望风而至。唯并必死之寇，不可以恩信诱，必须以强兵攻，力已竭，气已丧，不足以为边患，可为后图。方今兵力精练，器用具备，群下知法，诸将用命，一稔①之后，可以平边。

此时郭荣的宰相班子是：守司徒兼门下侍郎、平章事、宏文馆大学士范质，守司徒兼门下侍郎、平章事、监修国史李穀，中书侍郎兼礼部尚书、平章事、集贤殿大学士王溥，中书侍郎、平章事、判三司景范；侍中、枢密使、检校太保、同平章事郑仁诲，以及官家新近破格提拔的枢密使魏仁浦。尽管这些人都是处理政务的能臣，深为世宗倚赖，但是养成了因循守旧的习惯，不愿轻启战端，每逢战事暂时不利，便力主退兵，更不曾提出切实可行的统一国家的大政方针。郭荣“慨然有包举天下之志，而居常计事者多不喻其旨”，所以他看到王朴的《平边策》后如获至宝，真如醍醐灌顶，甘霖沁腑。

“此篇堪称当代之《隆中对》，而王文伯则为今日之孔明！”郭荣忍不住急宣王朴到中兴殿议对。

朝野总有人妄言郭荣因为即位以前没有领兵出战、建立战功的经历，所以御驾亲征北汉，只是为了树立个人威望，一展统领大军的夙愿。高平之战结束后，其强兵的目的绝不是如此肤浅。直到今日之前，郭荣一直困扰没有清晰地重新统一中华的战略规划。

等王朴匆匆赶到中兴殿，发现除了官家居中而坐，去年七月由卫王进封魏王、加守太傅的符彦卿大马金刀坐在上垂首，下垂首站着殿前司都虞候赵

① 稔（rěn），原意是庄稼成熟，代指一年。

匡胤和引进使曹彬。“冯太师故去后，能在官家面前有座位的，恐怕就只有这位四朝元老、官家的岳丈了。”王朴心想。

官家示意王朴免礼，笑着说：“文伯先生且喘口气、喝口茶，先听听国华汇报本次出使吴越的经历。”

曹彬此番出使吴越国，来往都是化装穿行南唐，作为方领，途中都有青门窝主接应保护。不过这些青门的机密，门外的王朴并不知晓。

曹彬先介绍南唐的虚实：“官家，魏王、文伯先生、朗帅，前朝晋天福八年（943），南唐先主李昪[①]薨，继位的李璟重用佞臣冯延巳、冯延鲁、陈觉、魏岑、查文徽等五人，民间号为‘五鬼’。此五奸怂恿李璟穷兵黩武、扩张领土，先是于前朝晋开运二年（945）发兵灭闽国，再于本朝广顺元年（951）趁乱攻灭南楚。不过因楚地兵祸连年，国力受到很大削弱，府库空虚，民不聊生。南唐伪相冯延巳竟然加重南楚之赋税以养南唐军队，致使楚人纷纷起义，南楚复为楚将刘言所割据。李璟劳师动众，然而一无所获，由此南唐国势日薄西山。”

然后曹彬简短汇报了吴越国的情况：“前朝汉天福十二年（947），钱俶被拥立为吴越国王。在位期间休养生息、奖励耕垦，且承袭其祖武肃王镠、父文穆王元瓘尊崇天朝、保境安民之国策。此次微臣奉旨出访吴越，国主钱俶已同意奉官家号令，与我军一道夹击南唐。另吴越国贡品若干正用海船换漕船辗转运来汴京。”

符彦卿听后一拍大腿：“好！看来收拾南唐小朝廷之时机已在眼前！”王朴和赵匡胤同样振奋不已。于是官家请王朴给大家详细解说《平边策》的论点。

然后几个人就王朴的《平边策》各抒己见，初步拟定了南征北战的具体战略。赵匡胤和曹彬聆听官家、魏王与文伯先生的讨论，见证了统一策略的制定，受益良多。

王朴虽然不在青门，不知道官家、魏王和赵匡胤、曹彬身在“青门”的秘密，但直觉告诉他，在场的君臣几人才是当朝最核心的决策圈子。官家对符、赵、曹三人的信赖无疑在另外两个国戚李重进、张永德以及几位宰执

---

① 原名徐知诰，五代时南唐国的建立者。昪（biàn）。

之上。

日近中午，皇后差符琬琰来请符彦卿到坤宁宫吃便膳。符琬琰见几人犹自余兴未尽，不容分说拉起符彦卿的袖子就走：“官家，文伯先生，几位恕罪，皇后安排的午膳都上齐多时了，母子俩就等魏王殿下了！”从进门起，符琬琰就刻意避开官家和赵匡胤的目光。

“文伯的主张说到孤心里去了。官家，元朗，你们慢慢商量细节。”符彦卿也着急与久日未见的女儿、外孙相聚，忙告罪起身赴宴。

官家并没有离开，而是留在中兴殿与王朴、赵匡胤一边吃便餐，一边继续完善国家统一的战略，还有敲定汴梁城改扩建的规划细节，曹彬则负责在旁执笔记录。官家见王朴直躬密勿①，更倚为上辅之器，下决心不久后大用。

这顿“工作餐”，官家与几位臣工的伙食标准相同，都是：一大盘煎肉，一盘子面，加一大碗浇汁。今天官家心情大悦，吩咐御厨在正膳之后，又各上了一碗鱼羹，甚至还有零食——四盏银穿心金碟裹面分别盛着香茶木樨饼儿、蒸酥果馅儿、果馅椒盐金饼等点心。餐后没有吃完的点心，官家还特意安排宫女用食盒“打包”，让王朴带回去给家人品尝。

官家吃完便膳仍然兴奋不已，对王朴、赵匡胤和曹彬说：“咱们君臣散散步，去看看滋德殿修缮得怎么样了。”几人没有穿行内宫，而是经阁门道，转中门道，从滋德殿的正门进入施工现场。

负责督修宫舍的内供奉官孙延希急忙上前迎圣。因为滋德殿等处的工程进展顺利，孙延希不免自得，就等着官家夸赏。哪知官家四处逡巡，看到有工匠用瓦片盛饭，用削剩下的木片作勺子吃午餐，顿时勃然大怒，认定孙延希贪墨，当即命有司斩孙延希于都市，御厨使董延勋、副使张皓、武德副使卢继升一并停职，并严令尚食司改善所有参建工匠的伙食条件。

见王朴、赵匡胤一脸错愕，似乎要上前为孙延希求情，曹彬偷偷对他们眨眨眼说：“文伯先生和朗帅勿惊，官家或有必杀其之隐情。”王朴、赵匡胤对视了一下，就不再作声。事后他们了解到，官家用重金抚恤了孙延希的遗属，可能这件事确实没有他们当时看到的那么简单。

---

① “直躬”意思是以直道立身，出自《论语·子路》；“密勿”指勤勉努力，出自《汉书·刘向传》。

几天后，从陇西传来谍报，秦、阶、成、凤四州民心思归，纷纷请愿呼吁朝廷派兵收复四州。这个突发事件，险些打乱了他们原本的统一大计。

正是：

帝悦平边策，嫔存暧昧心。
关中生战事，汴邑待翻身。

# 12 征淮南

有诗云：

扛鼎拔山谁长雄，八千号数夸江东。公家子弟又可用，要与父兄成大功[①]。

江东之称始于汉初，又名江左。因为长江在芜湖、南京间作西南至东北流向，习惯上称自此以下长江南岸地区为江东。三国时江东为孙吴根据地，现在则是南唐和吴越的主要辖地，也是五代时期历代中原王朝最为垂涎的财赋重地。

虽然王朴在《平边策》中明确建议，先攻吴地即南唐，特别是要优先夺取江北诸州，然后再攻岷、蜀，即后蜀政权控制的秦陇地区。在《平边策》里，“岷”并不是指此时被吐蕃政权占据的岷州（今甘肃省岷县一带），而是代指位于岷州东面和南面的秦、阶、成、凤四州[②]。这片原属中原王朝的关中富庶之地，是蜀后主孟昶趁天福十二年（947）后汉高祖刘知远立国未稳而窃据的。但是郭荣与他的参谋集团反复权衡之后，还是决定先利用民心盼归的大好时机，在攻南唐之前的准备阶段，先行收复陇西四州。

显德二年（955）五月，皇帝派褒国公、开府仪同三司加兼中书令、凤翔节度使、六十五岁的老将王景和宣徽南院使兼义成军节度使、四十四岁的宿

---

① 此诗为宋代仲并所作《送阎少隐同其弟伯子宣子赴试淮南为一月之别某以病起不及饯送为三绝 其三》。仲并，约公元1147年前后在世，字弥性，江都人。

② 这四州对应今天的地区是：秦州（今甘肃省天水市秦州区）、成州（今甘肃省成县）、凤州（今陕西省凤县）、阶州（今甘肃省陇南市武都区）。

将向训率军西征陇西。战役开始后，进展并不顺利，王、向被后蜀名将、北路行营都统李廷珪阻击在凤州城下，粮草的补给不够及时，战损也比较大。几位宰相和枢密院的正副院使对这个战略目标产生了动摇，甚至有人提议取消这次“持久无功”的军事行动。官家并不想半途而废，更质疑向、王的战报不尽不实，所以在七月特地派遣二十九岁的殿前司都虞候赵匡胤，作为官家的替身去前线视察战局。

赵匡胤接旨后轻装简从，只带了贴身护卫张琼和王彦升、罗彦环两个都头就立即出发了。张琼是赵匡胤义父赵景清的关门弟子，今年刚刚奉师命来投军；王彦升、罗彦环都是本轮整军中，赵匡胤亲自在普通士兵中选拔的人才。

二十天后，郭荣君臣终于盼到了赵匡胤这位“侦察参谋”带回来前线的真实战况。

“官家，据微臣到我军各前线巡查所见——两位节帅稳扎稳打，各军、各营旗号严整，并未显露败象；反观敌军困守几座孤城，无将敢于出战，更不敢互相支援。故微臣建议调禁军精锐若干驰援，一则鼓舞士气，二则使前线将士得以轮替休整；另外粮草补给应及时到位。我军只要齐心勠力，克日必收全功。”赵匡胤从容复命道。

官家终于舒了一口气，坚定了继续用兵的信心。他派赵匡胤率殿前司铁骑、控鹤各两营火速奔赴前线，借此进一步考验赵匡胤担纲监军方面的能力；另派客省使昝[①]居润押运粮草随后出发。

果然，在赵匡胤的督战下，经“黄花谷大战”，王景、向训彻底击溃了李廷珪所部蜀军主力，以雷霆之势迅速收复四州。经此一役，后蜀小朝廷已成惊弓之鸟，再不敢觊觎秦陇各州。特别是收复了凤州，就扼守了川蜀从陈仓道出兵关中的要津，解除了后蜀对大周侧翼的威胁。

郭荣见好就收，并没有继续攻蜀。不过他感觉到这些勋高位重的节帅过于老成持重，特别是遇阻踟蹰不前，于是开始考虑在以后的战役中提拔青年禁军将领出任更重要的职位。

---

① 昝（zǎn）

在得到收复陇西四州的军报后第三天，显德皇帝郭荣就向全国发布了由宰相范质、王溥及枢密使魏仁浦共同草拟，自己御笔修正的征淮南檄文：

蠢尔淮甸，敢拒大邦，因唐室之凌迟，接黄寇之丧乱，飞扬跋扈，垂六十年，盗据一方，僭称伪号，幸数朝之多事，与北虏之交通，厚启戎心，诱为边患。晋、汉之代，寰海未宁，而乃招纳叛亡，朋助凶慝。李金全之据安陆，李守贞之叛河中，大起师徒，来为应援，攻侵高密，杀掠吏民，迫夺闽、越之封疆，涂炭湘潭之士庶。以至我朝启运，东鲁不庭，发兵而接应慕容，观衅而凭陵徐部。沭阳之役，曲直可知，尚示包荒，犹稽问罪。迩后维扬一境，连岁阻饥，我国家念彼灾荒，大许籴易，前后擒获将士，皆遣放还，自来禁戢边将，不令侵扰。我无所负，彼实多奸，勾诱契丹，至今未已，结连并寇，与我为雠，罪恶贯盈，人神共愤。

今则推轮命将，鸣鼓出师，征浙右之楼船，下金陵之戈甲，东西合势，水陆齐攻。吴孙皓之计穷，自当归命，陈叔宝之数尽，何处偷生？

尔淮南将士、军人、百姓等，久隔朝廷，莫闻声教，虽从伪俗，应乐华风，必须善择安危，早圆去就。如能投戈献款，举郡来降，具牛酒以犒师，奉圭符而请命，车服玉帛，岂吝旌酬，土地山河，诚无爱惜！刑赏之令，信若丹青，苟或执迷，宁免后悔。王师所至，军政甚明，不犯秋毫，有同时雨，百姓父老，各务安居，剽虏焚烧，必令禁止。自兹两地，永为一家，凡尔蒸黎，当体诚意。

檄文前半部分阐述了南征吊民伐罪的意义，历数南唐小朝廷拒绝国家统一等种种罪名；后半部分则劝告淮南官绅军民顺应大势，举州县归附大周天朝。此檄文骈韵工整，洋洋洒洒，气势磅礴，振聋发聩，展示了大周天子的博大胸怀、殷殷诚意和志在必得的决心。枕戈待旦的后周将士，无不击节称快、士气高昂；而南唐君臣上下则从此惶惶不可终日。

当然，统一的进程从来不是传檄而定的。郭荣君臣一开始把这件事想得太容易了。

显德二年（955）十一月，司空、右仆射、集贤殿大学士、门下侍郎李穀出任淮南道行营前军都部署，受命率侍卫亲军马军都指挥使领定武军节度使韩令坤等将领出征淮南，久攻南唐名将、清淮节度使刘仁赡坚守的寿州（今安徽省寿县）而不克，而且有南唐北面行营都部署刘彦贞部水军战舰二百余艘前来驰援，只好退守正阳（今属河南省驻马店市）等待援军。

大周的步骑兵都是第一次见到南唐水军的艨艟巨舰，如此大尺度的人造战争机器，仿佛可以吞噬世间的一切生物。己方的士兵和战马在它们旁边就像巨兽脚下的一群蚂蚁，这种对心理上的碾压是冷兵器时代的普通军人难以承受的。

淮河流域的气候特点是：冬春两季干旱少雨，夏秋两季闷热多雨，冷暖和旱涝转变急剧。特别是夏季梅雨时节，几乎见不到晴天，满地泥泞，一蹚一脚泥，进退两难，极端不利于北方步骑兵结阵冲锋。再加上当地河汉纵横，基本没有供大部队通过的桥梁，还有大片湿地湖泊阻隔。对于初涉江淮且没有舟船之便的大周军队来说，无疑是场噩梦。周军的优势，除了最初的士气，只剩下弓弩对射和单兵格斗能力的差距。不过，野战时弓弩的有效射程也就是百步左右；遇上宽阔的大河，敌我双方谁都不肯输了气势，就隔岸用南北各地口音对骂一整天。特别是，面对连接窄窄的河汊两岸最常见的独木桥，周军只能以龟速通过。

其实后周大军选择入冬后发起进攻，利用河流冬季枯水结冰的时间窗口，已经抵消了淮北地区河网对后周军队的限制作用。可是围攻寿州而不克，等拖到来年开春河水解封，就把战场的主动权送还给了长于水战的南唐军队。

接到李穀的请援奏章，郭荣再次动了亲征的念头。不过他决定出征前先只带着赵匡胤一人向文伯先生王朴私下求计。因为不是在朝堂之上，虽然话题非常严肃，三人的对话却十分轻松。

“官家，臣朴有五条对策，可供参详：其一，尽快疏通南北运河，确保粮草补给畅通无阻。其二，要备足医药，严禁官兵饮用生水，预防时疫。其三，要谨防敌军采用火攻。同时我军要熟习火攻。其四，总攻前要奇袭渡口，坚守对岸，尽可能抢夺渡船。其五，尽量俘获和招降敌方水军将士，择其善战者带回汴梁。”王朴对官家的征询早有准备。

“文伯先生莫非是想咱们大周也建立自己的水军？”赵匡胤替官家向王朴求证道。王朴拈须颔首，微笑不语。

“所谓火攻是不是用到那种‘猛火油’？”官家忍不住提问。

“古有周郎火烧赤壁，近有钱、杨之间的鸣梁海战，都是火攻战船的范例。而用火攻，‘猛火油’的储备固然重要，而临战时风向最为关键。”王朴点出了关键所在。

当时西北鄜、延两州（今陕西省延安市）境内产“石漆”，其中高奴县出脂水，都是色黄而黑，形如凝膏，点燃后极为明亮。海外的大食国（当时的阿拉伯帝国）出产同样的油脂，并且进一步提炼出一种淡黄色而透明的“猛火油”。把“猛火油”灌在铁筒里点燃，然后投向敌方，足可烧毁敌方舰船、攻城器械和城门、城楼；还可以用“猛火油柜”直接向敌方喷射火焰，甚至能让整支军队瞬间葬身火海，堪称超时代的“热兵器”。

离开王朴的府邸，官家命赵匡胤派人暗中收购大量“猛火油”备用；同时招募、培训和选拔“医博士”，为禁军各营配备随军的医官；此外就是配制大量治外伤和防时疫的军用药品。另外，官家还密令邢国公、加开府仪同三司加兼中书令、武宁军节度使武行德加紧疏浚六十年前被吴王杨行密淤阻的自汴口（今河南省荥阳市东北）至甬桥（今安徽宿州市城南）一段的大运河。

显德三年（956）春，郭荣留王朴在京继续主持扩建汴梁城，而他在符皇后的陪同下，自率李重进和赵匡胤亲征淮南。出征前特地设殿前都点检统领侍卫、殿前二司，并特地任命自己的妹夫、驸马都尉张永德为第一任殿前都点检，代替自己提调在京的禁军。

皇后符璎珞执意要随驾，是为了亲自照料官家的饮食起居，同时能随时规劝官家宽厚待人。像高平之战集体诛斩溃逃将校那种非常手段，委实有损官家的仁德。皇后性格和惠而明决，郭荣非常尊重她的意见。

此时的张、李、赵三人，在官家心目中的分量旗鼓相当，甚至表面上张永德、李重进比赵匡胤更受倚重。赵匡胤只是殿前司都虞候、领永州防御使，在殿前司还有都指挥使领义成军节度使张永德、副都指挥使领淮南节度使慕容延钊两位直接上司；而李重进已经是高他两级的侍卫亲军马步军都指挥使、归德军节度使，更兼同中书门下平章事，是尊称“使相”的军国大员。

不过面对沉厚有谋、轻财重士、法令严肃的刘仁赡，御驾亲征的郭荣也是无可奈何。久攻寿州不下，而斥候来报，南唐已派北面行营应援使皇甫晖部众号称十五万，从滁州西下增援，已至清流关一带。官家只好改变战术，采取“围城打援”，分兵五千给赵匡胤东进阻击皇甫晖。

赵匡胤没有逞匹夫之勇，而是先以诱伏歼敌之策，于涡口（今安徽省怀远县东北）阵斩南唐兵马都监何延锡，缴获战舰五十余艘，俘虏水军将士两千余人。“这回终于可以向文伯先生交差了。”赵匡胤的确有点沾沾自喜，不过接下来要对付的老将皇甫晖才是块硬骨头，而且兵力数倍于己，又占据滁州和清流关的地利，看来只能再行险招。

清流关位于滁州城西三十里的关山中段，地处要隘，南望长江、北控江淮，地形险要、山高谷深，有一夫当关之势，是金陵援军的必经之地，号称“金陵锁钥”。占领清流关，就能断绝南唐增援寿州。

皇甫晖的江州兵实际上有两万多人，已在清流关山下列阵，以逸待劳，准备以优势兵力击溃后周的前锋部队，然后西进为寿州解围。唐军眼巴巴地等了周军半天，周军却在当地村民指引下出其不意从两侧的山上冲下来。皇甫晖大吃一惊，从清流关狼狈后撤，而周军随后掩杀过来，他只能弃关而逃，仅带回万余步骑逃入滁州城中，打算毁断护城河上的木桥坚守城池。可是赵匡胤并不给他留下喘息的机会，指挥军队乘胜追击，一鼓作气涉水而过，直抵城下，开始架云梯攻城。

惊魂未定的皇甫晖堪堪来得及关上城门，他瞧着城下的旗号，在城上嘶声叫道：“对面姓赵之周将，本帅与汝各为其主，素不相识，远日无冤，近日无仇，何苦追迫如此？敢否让本帅出城布阵，你我先单打独斗，然后两军再阵决胜负如何？”他在城上看到自己是被人数明显更少的敌军追击得狼狈不堪，心有不甘，妄想重整旗鼓，挽回颜面。

赵匡胤带住辔[1]头，抬眼朗声回道：“皇甫晖，本帅在此奉陪！”皇甫晖见来将率部后撤了两百余步，心中稍定，大开城门，出来指挥部下摆了个

---

① 辔（pèi）

六花阵法[①]，自己提刀与赵匡胤一左一右相距五十步对峙。他哪知赵匡胤早已把“皇甫晖”这个名字熟记在心，心里正恨恨地想：“皇甫老贼，今日你的死期到了——”他知道两军对垒，而敌方人数占优，己方肯定会遭遇重大伤亡，所以同意与皇甫晖骑斗，反而利于速战速决。

隋末唐初名将辈出，如秦琼、罗士信、尉迟恭、薛仁贵之辈，都是以单挑决胜而尽人皆知的英雄人物。唐代后期至五代初期，北方游牧民族沙陀人热爱骑将格斗的风气更盛，人人都把骑斗当作军人间的荣誉之战，甚至不考虑这种冲动的后果。“十三太保”之一李嗣源大战燕将元行钦，晋军大将周德威单挑燕将单廷珪、梁将陈章，都是口口相传的名场面。不过这种主将间的对决从后晋开始已经十分罕见。就算是本朝老一辈的名将，如“四大令公”之“符第四”符彦卿、“高鹞子”高行周，都鲜有单挑的战例。

“十三太保”为唐朝末年晋王李克用的十三个儿子，基本上是收纳的义子，均为称雄一时、好勇斗狠的角色，都有着单骑对决的战绩。其中包括大太保李嗣源、二太保李嗣昭、三太保李存勖、四太保李存信、五太保李存进、六太保李嗣本、七太保李嗣恩、八太保李存璋、九太保李存审、十太保李存贤、十一太保史敬思、十二太保康君立、十三太保李存孝。其中只有三太保李存勖是李克用的亲子，即后来称帝的庄宗皇帝；大太保李嗣源就是庄宗殁后袭位的明宗皇帝；而九太保李存审，生前被赐国姓、死后追封秦王，乃当朝国丈、卫王符彦卿的父亲符存审。

而当代后周禁军英雄辈出，近来有津津乐道的“新十三太保”一说，禁军把他们心中最勇武的新一代青年将领都囊括其中。除了御赐绰号的“火龙神君”赵匡胤，其他还有“铁鞭驸马”张永德、“八目天王”李继勋、“泼命太岁”韩重赟、“铜锤大将”石守信、“金刀无敌”刘光义、“白马将”赵彦徽、“银枪将”高怀德，以及“黑大王”李重进、“韩瞠眼”韩通、“小王铁枪”王审琦、“穿云手”韩令坤、“小孟尝”荆罕儒。各军各营的

① 所谓六花阵，就是像“六出花”的阵型。中军居中，中军周围分布前军、左军、左虞候军、后军、右军、右虞候军。据《李卫公问对》记载，六花阵有圆阵、方阵、曲阵、纵阵、锐阵等阵形，这五种阵形各有五种变化，共有二十五种变化，可根据不同的敌情、地形、攻防等需要采用不同的阵型。

军人各有其偶像，为这十三将领的战斗力排名争执不休，但因为都是大周的将官，不可能彼此以性命相搏，所以难分高下。今天重现敌我主帅对决，双方万余将士兴奋多过紧张，都屏住呼吸，不撒眼地观摩这难得一见的场面。

皇甫晖到现在还不知道对手是谁，只是看旗帜知道对方主将姓赵，三十岁上下年纪，看军阶是五品，料来是新近提拔的籍籍无名的后辈，不免小觑对手，自信心开始回归。他按照对决的惯例在马上用刀头点指，故作倨傲地喝道："来——来将通名！"

"大周殿前司都虞候、永州防御使，赵——匡——胤！"

听到这个名字，皇甫晖才想起来对手是在周、汉高平之战中脱颖而出的勇将"火龙神君"，不禁心里发毛，锐气顿挫，颇后悔轻率地出城挑战。他硬着头皮继续完成决斗前的礼仪，妄图用自己的名头、履历震慑对方："本帅乃大唐北面行营应援使，奉化军节度使，加同中书门下平章事……"

不料还没有等他在一长串官衔后把"皇甫晖"从容地报出来，就看到红袍红马的敌手像一团火滚滚而来。他只好硬生生把自己的名字咽了回去，双脚的马镫子一磕马腹，挥舞大环刀迎了上去。

说时迟，那时快，二将已马头对马头。皇甫晖看准了对方头颈发了狠劲直劈下去——

"来得好！"赵匡胤抡圆了虬龙铜棍，借助马的速度和惯性奋力一搪，随着一声金属相击的巨响和皇甫晖的惊叫，他的大环钢刀脱手而飞。皇甫晖当年以力沉刀快著称，在战场上罕逢敌手，不然不会在枪林刀丛中生存到这把年纪。他方才估量双方的实力，自认为凭着多年的战斗经验，至少能跟年轻的赵匡胤打成平手。想不到由于年老力衰，而且事先生了怯意，竟然不堪一击。

此时两匹坐骑堪堪错身而过，一切都发生在电光石火之间，两边的鼓手看得呆了，持槌的手都僵在半截，忘了擂鼓助威。

皇甫晖用余光瞄见双方马尾对马尾，已超出对方长兵器的攻击范围，暗叫一声"侥幸"，正想逃回本阵，却听到背后破空之声，本能地侧身缩肩躲闪，只感到右肩一阵剧痛，低头看见一只剑锋已穿肩而出，然后眼前一黑，从马背上倒栽下来。

原来赵匡胤早就对怎么收拾皇甫晖胸有成竹，此时一搪得手，更不迟疑，腾出右手掣出腰间的龙骠剑，不等皇甫晖逃之夭夭，使出一招“流星追月”，回手把剑掷向他后心。听见皇甫晖的惨叫，赵匡胤立即调转马头，改为侧骑，在经过瘫软在地的皇甫晖时，俯身轻舒猿臂把他抄起，横担在鞍前，拔出佩剑入鞘，然后策马回归本阵。这一套操作干净漂亮，如行云流水，一气呵成。

直到皇甫晖“砰”的一声被赵匡胤掷在张琼、王彦升、罗彦环等部下面前，周军震天的鼓声和喝彩声才同时扑面而来。

眼睁睁看着主帅被擒而不知死活，观战的应援都监姚凤以下唐军无心进行下一步的结阵厮杀，四散溃逃，一部分回头涌入滁州城门，而城门处的守军来不及关闭城门。赵匡胤见机不可失，带兵疾扑城门，卷着南唐的败军冲入城内，乘势一举占领滁州。

等赵匡胤亲自押送，张琼、王彦升、罗彦环三人架着毫无血色的皇甫晖到官家面前献俘时，皇甫晖忍痛趴在地上摇尾乞怜道：“大周皇帝陛下，老夫……微臣经营江州多年，愿为英主——愿为官家效命……”

郭荣截住他的话冷笑说：“皇甫匹夫，你当年煽动魏州兵变，以致后来庄宗孝皇帝为叛贼戕害，可知有今日之下场！”

皇甫晖正是三十年前导致庄宗皇帝被叛军谋害的罪魁祸首，后来辗转投奔南唐，积功升到“使相”的位置。皇甫是复姓，此人骁勇无赖，杀人如麻、无恶不作，诨号“滚刀将”，算是南唐少有的久经沙场的宿将。皇甫晖并不知道，他自己是青门上上下下的大仇人，人人得而诛之。

“念这老贼戎马一生，就给他一个痛快吧。”郭荣冲着赵匡胤一摆手。

赵匡胤早就等官家这句话，他伸手拽着皇甫晖的发髻，手起剑落，只见血光四溅，已把皇甫晖的人头举在高处。全军将士的欢呼声此起彼伏。只有官家和赵匡胤知道，今日生擒并手刃皇甫晖，终于能慰藉庄宗英灵，是他们作为青门名首和方领的夙愿。而经此一战，所有人都公认“火龙神君”赵匡胤是大周禁军的第一猛将。几乎每一个参加过滁州战役，甚至没有在对决现场的两军将士，都绘声绘色、添油加醋、神乎其神地把赵匡胤一个回合生擒“滚刀将”皇甫晖的事迹传颂出去，没几年就家喻户晓。

赵匡胤与皇甫晖作战的同一时间，在另一条战线，赵匡胤的父亲、殿前司铁骑右厢都指挥使赵弘殷与侍卫亲军都指挥使李重进、侍卫亲军马军都指挥使韩令坤合势进击，在正阳大败南唐军，斩首两万余级，阵斩其主帅刘彦贞。韩令坤顺势攻占了扬、泰二州，不过南唐顽将陆孟俊乘其不备收复泰州，并在海陵（今泰州市海陵区，在扬州东）击败韩令坤，逼近扬州。韩令坤孤军在外，担心唐军另外在六合（今南京市六合区）截断他的退路，于是通报行营他准备弃扬州城西撤。官家急命刚刚占领滁州的赵匡胤率兵两千抢占六合，巩固韩令坤的后方。

赵匡胤斟酌再三，写了一封短信给韩令坤，“德帅吾兄：弟已兵趣六合，勿忧腹背受敌。向来情好款洽之谊，终有兄弟用命之时。今官家委弟督战，扬州兵将敢从六合撤退者，匡胤必断其足！望兄勇略如常，再立新功。”韩令坤有了赵匡胤在背后的支撑，坚定了固守扬州的决心。随后在三月，他于扬州东大败陆孟俊，并将其生擒斩首，从而一雪前耻。

六合在滁州东一百二十里，已与南唐的都城金陵隔江相望。周军诸路将领所向披靡，让南唐国主李璟惊恐万分，慌忙派使者到郭荣的行营求和，表示愿年年纳贡，并以兄长之礼侍奉大周皇帝。不过他仍在信中自称“唐皇帝”，郭荣愠怒他的狂妄，连回信都不写，下令诸军继续肃清淮南的唐军残部，同时摆出要渡江的架势。

李璟无奈之下，只能部署反攻。李璟的四弟、齐王李景达和枢密使兼监军使陈觉率仅存的精锐二万自瓜步（今南京市浦口区）渡江，在距六合二十里处扎下营寨。

“四哥，我愿打头阵！”

“大帅，让我们出战吧！”

部下刘庆义、王彦升、罗彦环等将纷纷请命出战，赵匡胤一改前一阵风风火火的状态，稳稳地靠在帅帐中央的交椅上，带着胸有成竹的语气说：“敌军之所以固守营垒，不过是畏惧我军之威。我部兵力不足两千，而且一路奔袭，尚未得到充分休整，若轻率进攻，恐怕会被敌军窥破虚实。不若养精蓄锐，以逸待劳，待敌以疲师来攻，我军再乘势反击，定能一举取胜。”

果然，过了三天，唐军开始畏畏缩缩地试探性进攻六合的周军。赵匡胤这才把憋了好几天的刘、王、罗这些勇将撒出去，一鼓作气斩获南唐前军近五千人。而唐军大部无心恋战，争抢舟船渡江南逃。周军在北岸乘北风用“猛火油”火攻唐军的渡船，慌乱中溺死甚众，从此南唐精锐尽失。李景达和陈觉带着残部逃回金陵后，南唐君臣上下震动，人人闻“赵匡胤”之名色变。

望着塞江的浮殍和在波涛中挣扎呼救的南唐士卒，赵匡胤实在不忍，命令手下驾驶缴获的舟船沿江救人，最后一共捞上来千余俘虏。五代十国时期的军阀，多有杀降的劣迹，不过郭荣已严令禁止。所以周军将士慢慢学会了善待战俘，而更多的俘虏被王师感化，加入并充实到这支钢铁般的军队中。赵匡胤知道——这些专门以杀戮生命为职业的军人，他们心中保留的人性，才尤为可贵。

清点战场时，赵匡胤发现义社的“老兄弟”刘庆义不幸牺牲，年仅二十六岁。他把参加南征的义社兄弟石守信、李继勋、王审琦、韩重赟、刘光义都聚到一起，单独为刘庆义举行了简单的葬礼。几人肝肠寸断，右手执拳当胸，默默地为战友行最后的军礼。战场上遗留的双方将士遗体堆积如山，赵匡胤只能下令属下监督几千名俘虏先把几十名己方军官的遗体土葬，近千士兵的遗体集体火化；然后实在没有足够的柴火，只能把敌军的上万遗体找几个干涸的大水塘掩埋了。

看着惨白的晨雾中密密麻麻、无边无尽插在荒野上，标识被乱葬的不知名军魂的细木条，虽说战场上生死无常，赵匡胤心下凄然，暗暗发誓：“绝不能因为自己回护不力，再让战友、兄弟、亲人枉送了性命！”他也开始思考——怎样才能让相互屠杀的两国军民放下仇恨，共同迈向和平的未来。他开始清晰地知道自己应该去做什么，而且坚信自己一定能实现。

# 13　捉妖

显德三年（956）的五月，淮南地区进入了梅雨季节。随官家亲征的符后不耐这种闷热的天气，终于染了时疫，浑身打摆子，精神时好时坏，随营的御医们用尽了手段，只能勉强维持。官家心急如焚，知道在这种湿热的环境下，皇后的病情难以好转，所以决定班师回京，只留李重进继续带兵围困寿州。

一路上车马颠簸劳顿，符璎珞的病情不缓反重。“要是有一艘大船载大符回京就好了！她能少受许多罪！”看着车辇上日渐形销骨立的皇后，官家懊恼不已。

半个月后，帝后的御驾返回了汴梁。忧心忡忡的官家情切之际，为了给符后祈禳，下诏善待退役的军马：“今后一应病患老弱军马，并送同州（今渭南市大荔县）沙苑监、卫州（今卫辉市周边）牧马监，就彼水草，以尽饮龁[①]之性。”

这一日大符后晚膳时胃口不错，居然喝了一盅三脆羹，吃了两口肉醋托胎衬肠，还有一个蒸卷儿。她饭后精神头大有改善，等官家离开，就留符琬琰在坤宁宫里说一阵体己话。

“琬琰妹妹，如若有一天姐姐不在了，宗训、宗让两个孩子就靠你全力呵护了。”看着床前符琬琰哄着两个皇子玩耍，皇后突然冒出这么一番话来。

“姐姐说什么呢！姐姐是万金之体，又在青春盛年，必定是与官家齐享永福！”符琬琰心疼衣带渐宽、清尊素影的皇后，只能说些宽心的话。

---

① 龁（hé）

“先不说这个——我现在最放心不下的就是你的终身大事。”皇后终于绕到了符琬琰最怕的话题。

“我不要嫁人！就在宫里陪姐姐一辈子。”符琬琰低着头，脸一直红到脖子根。

“不要使小性子！我知道你心高气傲，一直在等命中注定的那个‘盖世英雄’呢！”符璎珞当然知道妹妹的矢志不嫁是言不由衷，不由得打趣她。

“天下虽大，等闲哪里还有像元朗哥哥恁地英雄人物？如若没有，我是不是就此孤老终身呢——”姐姐的一番话引得符琬琰心底春水池皱，一时间不禁走了神。

她的思绪回到了显德二年（955），皇后诞下皇子宗让，就更倚仗符琬琰处理身边的琐事，包括照料两位小皇子，甚至符琬琰要打点官家的日常起居。官家感激她日夜操劳，提升她担任尚宫司负责宫人名册、廪赐的从六品司簿，换上了翠绿色花绫圆领窄袖公服。

皇后和两位小皇子住在坤宁宫正殿，符琬琰和一班宫女分别住在东西侧殿，随时轮班伺候三位主子。坤宁宫的后面是曾经奉养前朝李太后的太平宫。当年孝皇帝郭威黄袍加身，是由李太后颁旨禅让。郭威即位后，上尊号“德圣皇太后”，迁居于太平宫颐养天年。三年后的显德元年（954）春，就在太祖皇帝殡天后不久，刚过天命之年的李太后随后离奇地“因病”去世，身后留下许多“李三娘”的宫闱秘史。

此后太平宫一直闲置，符琬琰安排宫人每个月打扫一次。一年后的显德二年春天，太平宫开始在夜里闹鬼，连派去打扫的太监和宫女都不敢多停留，天一擦黑就急急忙忙退出来。

据太监和宫女们禀告，掌灯以后，太平宫里就能听到隐隐的哭诉声，空无一人的大殿内会有鬼影飘来飘去，甚至有多人同时目睹鬼影映在窗纸上。慢慢有服侍过前朝主子的太监宫女，听出来是李太后和儿子隐皇帝在对话。有时候隐皇帝的幽灵会在夜里发脾气，把白天收拾好的家具器皿甩得乱七八糟。

皇后和符琬琰一开始都不相信这种无稽的“鬼故事”。不过符琬琰带人打开太平宫各殿上锁的殿门查看，确见殿内一片狼藉，应该不是妄言。近来连住在坤宁宫的皇后、女官、宫女，还有宿在景福宫的官家等人都能在半夜里听到凄厉的“鬼号”。一时间谣言四起，人心惶惶，官家和皇后不能不认真处置。

“太平宫里不太平啊！”坤宁宫的正殿里，帝后二圣居中而坐。听着从太平宫方向传来的诡异的动静，官家终于开口对侍立在两旁的赵匡胤、曹彬和符琬琰说道。忽明忽暗的烛光下，五个人的影子在地上、在墙上、在窗上飘忽不定。要不是有官家姐夫、义兄赵匡胤、表哥曹彬他们几个顶天立地的英雄汉在场，她真会忍不住回头瞄一眼身后。

“莫不成真是李太后母子阴魂不散？”符璎珞紧紧搂着两个儿子说。而郭荣自从高平之战以来，自知杀戮过重，生怕冤魂会来纠缠自己的妻儿，心底不免惴惴。

“皇宫内院，哪里会有什么妖祟敢来冲撞天子的龙气？！”曹彬这番话连给自己壮胆都嫌不够。他没有注意到灯烛下官家的脸色微微一变。

赵匡胤没有把心里的担心说出来，他怀疑是不是宫中还潜伏着前朝隐皇帝身边的岩脱那样的轻功高手，对于负责大内宿卫的殿前都虞候来说，此类隐患必须根除。

“我曾听闻有一种野兽名‘山魈’，又称‘山鬼’，隐匿在深山密林中，形似鬼魅，时常下山骚扰村民。不过高阙深宫，哪来的山野畜类？”虽然官家、皇后、曹彬和赵匡胤知道曾经身为京娘的符琬琰，多年随负责传递密报、刺探军情的父兄辗转各地，见识远超足不出户的大家闺秀，不过听到她说出此番道理，还是啧啧称奇。特别是官家，少年时也曾走南闯北，自负见多识广，而今天不得不对符琬琰刮目相看。

“皇后近日听殿中省尚食司奏报，御膳房近日来也半夜闹鬼，常有荤素食物被偷吃。”官家随即下了口谕：“元朗、国华，你们两个负责宫禁，责无旁贷，今天务必替朕和皇后把这两个案子查个水落石出，以正视听。”

“臣等遵旨。”赵匡胤沉声应道。

“皇后放心，朕今夜就不回景福宫了，在此间陪着你们母子。”官家见符璎珞冰凉的手一直牵着自己不放，就命候在外面的宫女太监收拾被褥，准备和皇后、两个皇子挤在一张床上就寝。官家和皇后看出来符琬琰在一边跃跃欲试，二人相视一笑。符璎珞扭头对符琬琰说：“妹妹，你亦是执掌内务的女官，今天不用陪我们，就跟元朗、国华他们两个去‘破案’吧。”

郭荣作为年长许多岁的大哥哥，非常爱惜这几年自己看着成长起来的小弟小妹们，更愿意提供机会让他们不断历练，发挥出最大的潜能。同在青门，除了官家自己，他和皇后只放心赵、曹两个成年男子在宫中执行这个特别的侦查任务，而且相信赵匡胤、曹彬和符琬琰三个人有执行任务的身手。另外，官家总听皇后夸奖符琬琰机智沉着，而今正好可以印证她的胆量。

晚间宫城闭门后，除了官家和皇后各随身配有一柄护身的短剑，宫内没有其他任何人携带武器。官家想了想，吩咐太监从存放打马毬器具的兴安殿取了三根毬杖给他们护身。赵匡胤从太监手里接过白蜡木的毬杖掂了掂，感觉只有四五斤重，比不得军营里打毬用的铁制毬杖，更远远不如自己常用的四十斤重的“虬龙棍”称手，好在有聊胜于无。符琬琰回偏殿换了骑装，赵匡胤、曹彬则依然身着常服，三人都在腰带上系着能通行宫禁的金牌，符琬琰腰间另外挂着一串各宫殿大门的钥匙。

“明天没有早朝，我跟皇后就在坤宁宫等你们‘御前三大巡察’的消息。”官家看着整装待发的“夜探三人组”说。在忽隐忽现的月光下，兄妹三人出了坤宁宫后门，倏地一转身，隐入重重宫阙的黑暗中。

三人没有进对面的太平宫，而是在赵匡胤的带领下折身奔向尚食局御膳房的方向。待三人蹑手蹑脚开锁进入御膳房的院子，此时已过了亥时三刻，明月当头，房前四下里并无丝毫异常。赵匡胤左右一扫视，示意符琬琰、曹彬随他伏身隐入院角一口贮水的“吉祥缸”背后的阴影里，并示意他们不要出声。三人警惕地分别盯着左、中、右三个方向的动静，只听得见自己牙齿颤抖的微响。

赵匡胤左边的符琬琰不由得向义兄靠了靠。她再次闻到那种熟悉的男子汉气息，心荡神摇，好像又回到八年前的旅途中。赵匡胤右手的曹彬侧头看了一眼“带头大哥”，只见一双机警沉着的眸子，一眨不眨地注视着前方。

不知过了多久，曹彬开始有了困意，后脖子忽然觉得有一股凉气袭来。他不禁打了个寒战，只见地下树影一乱，忍不住回头，正瞧见一个黧面长毛的怪物，眼赛铜铃，晃着白森森的尖牙利爪，伴着一阵腥风劈头向自己扑来。曹彬出身贵胄，并没有短兵相接的实战经验，仓促之间僵在当场。

保护伙伴的战斗本能，让赵匡胤下意识地迅速做出反应。他左胯使力，用左肩撞开被山魈偷袭的曹彬，随后一个鹞子翻身，持毬杖护住了花容失色的符琬琰。那怪物一击不中，起了凶性，厉声尖叫中，拧腰再扑赵、符二人。

赵匡胤适才略略着慌，是因为毫无防备，且不知道偷袭者是鬼是魅，现在稳住身形，犀利的目光把对手瞧了个真切，见它有声、有息、有形、有影，心下已有了计较。他侧身让了个虚门，大喝一声“着”，使了一招“乌云盖顶”，符、曹眼前一花，只听“噗”的一记闷响，毬杖的一头结结实实打在怪物的前臂上。

那怪物极是凶悍，回身翻上墙头，在一阵凄厉的嗥叫中，窜入北面的宣威殿，接着穿过兴安殿和景福宫，向着黑黢黢的太平宫方向逃去。赵匡胤三人不敢怠慢，使出“神行”步法一路疾奔，寻声直追到太平宫正殿阶前，才没了怪物的踪迹。三人惊魂甫定，喘匀了气息，止住心头怦怦的狂跳，见天已开始放亮，他们低声计议好对策，当下分头行动。

符琬琰自回坤宁宫复命。曹彬去兴安殿借了十张备用的毬网。而赵匡胤出西华门赶回殿前司，调了厅子都行事妥帖的二十名军健，由王彦升、罗彦环两位都头领着随他入宫，都向官家请了通行内宫的腰牌。他们连曹彬共二十四人，穿了专门夜战的黑色软甲，头蒙黑巾，只露出一双眼睛。等亥时御厨的厨师、太监完工回宿舍，赵匡胤看好了进退的必经之路，用手势指挥部下围着御膳房四下埋伏起来。

这一夜，坤宁宫里的官家、皇后、符琬琰都屏住呼吸，凝神听着外面的动静。北面的太平宫里倒一直没有什么怪事发生。到了子时四刻，忽听得东面御膳房那边一阵骚乱，终于归于平静。

等天一亮，急不可耐的官家由符琬琰领着从坤宁宫赶来点验“战果”。只见御膳房院子里，一张毬网缠着一头类似猿猴的怪物。那怪物龇着尖利的獠牙，双眼灵光四射，体型粗壮，约有十岁孩童大小；全身毛发为深灰色，蓬松而茂密，夹杂着带状的黑色和红黄色毛发，尾部短粗。再看它脸上有橙色的胡须，口鼻是鲜艳的红色，细长的鼻突两侧则呈蓝色，倒真像戏台上的“大花脸”。

“符司簿，你料得不错，今天给你记首功！”官家认出来困在球网里的真个是一头山魈，恼它惊吓了皇后、皇子和其他宫眷，顿时起了杀心，努嘴示意王彦升、罗彦环二人把眼前桀骜不驯的野兽立毙杖下。

这只山魈原生于开封西北二百里的伏羲山中，自小被山民捉住卖给了演猴戏的供奉，被带到汴梁城里准备在大相国寺开场子卖艺。不料这山魈非常机巧，最会学人举止，趁供奉没留意，自己打开笼子逃脱了出来。走投无路之间，蹿房越脊，依着野兽的本能逃向繁华都市里最高大、人烟最少的宫城里。一年来，它白天蛰伏在无人居住的太平宫大殿的天花板里，夜里循着饭香出来觅食，狡黠的它后来摸清了御膳房的开闭规律，总是在半夜子时前后潜入御厨胡吃海塞。御膳房的厨房和库房高处都敞着窗口，为了防鼠和排烟、防火，没有设置天花板，而且一天内多数时间经常有人操作和出入，无处藏身，因此它吃饱后还是要返回太平宫闷顶里的老巢。御厨里几乎天天都少了些食料，打翻了些碟盏，厨师们彼此疑心，好在损失不大，只能暗叫"晦气"，很长时间都不敢声张。而太平宫的主殿是歇山顶，屋顶两侧山花处各留有一尺见方的通风口，山魈就是通过这两个高高在上的孔洞进出太平宫的屋顶，所以来去无踪。前夜它在赵匡胤手下吃了硬亏，手臂受了外伤，并没有偷到食物；而赵匡胤料定它昨夜必定饥渴难耐，会忍不住回到御膳房再次"作案"，结果被赵匡胤事先安排好的王彦升、罗彦环等厅子都武士们围上来用毯网兜头罩个正着。

"这山魈也是个生灵，无意中闯入宫禁，并未伤人性命，臣求官家施恩把它放生吧！"符琬琰跪下求情道。

官家看向赵匡胤、曹彬，二人赞同地点点头。官家想起皇后经常劝诫自己御下失之峻严，杀罚过重。他心里由衷赞许"探案三人组"的宅心仁厚。至少在这一点上，自己有所不及。

官家颇有深意地看了符琬琰一阵，居然点头同意了："也好。赵匡胤，你就按符司簿说的办吧——"

"——哪怕似赵元朗这般英雄人物，还不是由着官家指东指西？说到底，官家才是当今最伟岸的盖世英雄咧！"符璎珞话里提到的名字把符琬琰的心思拉了回来。"曾经沧海难为水，除却巫山不是云。"被姐姐说破了女儿家的小心思，符琬琰不禁又羞又慌，更加上几分不甘心，只好拉过宗训贴在脸上逗弄，不知是小外甥身上更热，还是自己脸上更烫。

符琬琰哪里想到，这次是姐姐最后一次有精力提示自己。

赵匡胤按官家口谕派人把闹宫的“山鬼”放归山林后，郭荣依然忌讳“太平”这个宫名，索性下诏把“太平宫”改名“庆寿宫”。而此后赵匡胤已升为殿前司都指挥使，领定国军节度使，他日夜督造战舰，训练水师，正在紧锣密鼓地组建大周自己的水军。因为按御前军事会议的既定计划，水师应该在第二年正月成军，届时赵匡胤必须按时向官家交差。

而组建水军与王朴受命规划的如火如荼的汴梁城改扩建工程一样，都是耗资动辄以百万、千万计。这就需要与三司使张美及其下属经常打交道。张美比官家还大三岁，比赵匡胤年长九岁，精于会计。郭威从澶州起兵反汉前，张美就在其帐下管理库务。郭威龙兴后，留郭荣镇守澶州，当时张美任澶州粮料使，与在郭荣身边任职牙内军的赵匡胤从彼时起就相熟，都算是潜邸旧人。今上即位后，张美逐步得到重用，此时已由枢密院承旨迁右领军卫大将军、判三司使事，负责全国的财政和禁军的粮饷物资保障，与赵匡胤同为皇帝最信任的左膀右臂。

张美原本按与其他军帅们打交道的潜规则，每次拨款都给赵匡胤留一点虚头，不过赵匡胤每次都仔细审计，把浮账一一驳回。张美由此更加钦佩赵匡胤的人品气节，二人惺惺相惜，渐成莫逆之交。

显德四年（957）春，官家第二次亲征淮南。攻克寿州后，郭荣开完部署下一步军事行动的会议，正准备回龙舟休息，李重进却神神秘秘地跟在后面，压低声音粗着嗓子说：“官家且慢回行在，臣有秘事禀告。”

李重进是来告发赵匡胤私自劫掠了大量府库和民间的财物，装满了几辆大车，准备偷偷运回汴梁家中。官家并不相信有如此荒唐的事情，但是见李重进言之凿凿，不由得产生了好奇心，决定亲自去查个究竟。

在李重进和殿前司宿卫们的簇拥下赶到赵匡胤帐前，郭荣直入主题对赵匡胤说：“元朗，听闻你在寿州城里搜罗了不少宝贝，都装在帐后的几辆大车上了，这就让咱们一起开开眼吧。”

对于官家等人的“突然袭击”，赵匡胤毫无心理准备。不过他想起冯道的教诲“谤而不辩，其事自明”，自忖平素行事端正，很快镇定下来，坦然地领着大家到军帐后的几辆大车前。

等侍卫们按官家命令掀开遮雨的油布，打开车上的十几口大皮箱子，发现所谓藏匿的“赃物”，其实是《修文殿御览》《艺文类聚》《文思博要》等书籍，足足有三四千卷之多。

郭荣颇感诧异，同时放下心来。他似乎是不经意地瞟了讪讪地臊在一旁的李重进一眼，继续问赵匡胤：“元朗，你是武将，开疆拓土、保家卫国才是你的职责，随营带这许多书何用？”

“臣承蒙官家超擢，忝列禁军主将。不过臣一直担心自己才丁不足，唯恐辜负了圣恩，所以需要随时学习上进。”赵匡胤回答道，“且臣父经常教导微臣：‘吾家累世儒臣，今虽父子同为武将，亦当熟读经书，可以广闻见，增智虑，存文脉，通治道。’”

“精进可期啊！”官家赞许道。他边随手翻阅边说：“真可谓移动的‘藏书阁’！朕路上也找你借几本书来看。”

“官家折杀微臣了。臣一切身物，尽官家取用。”赵匡胤倒有些惶恐了。

官家扭头对李重进说：“二哥，你也应该闲时向元朗借些书来看啊！可以‘广闻见，增智虑’！”后半句话还特地加重了语气。李重进涨紫了一张黑脸，无地自容。

赵匡胤这才意识到自己怀璧其罪，被人诬告了。“看来除了冲锋陷阵，还得提防自己人的‘明枪暗箭’！幸亏我坚持洁身自好，没有任何违法的把柄。”他多少有点后怕。

显德四年（957）入秋，官家第三次亲征淮南，赵匡胤担任前锋。在攻占濠、泗两州后，下一步就是东面的楚州。

出发的前夜，已过了亥时，秋凉袭人。亲随打开折叠的木制行军床，铺好被褥，赵匡胤熬不住一天的疲乏，正要倒下和衣而睡。亲将张琼掀开帐帘近前低声禀告：“大帅，……”

原来是南唐的“保大皇帝”李璟，畏惧赵匡胤的勇武，派密使携白金三千两来买通他。赵匡胤大致扫了一眼唐主来信的内容，无非是“如能羁縻不战，则请笑纳薄礼；倘能领军归附，则虚令、公之位以待；若能缚郭荣来献，则寡人与兄平分天下”云云。他忽地面色一沉，想起上次“大车装财宝”的乌龙告密事件，不禁心里狐疑——“这是不是官家的有意试探呢？”他打了个寒战，知道刻不容缓，喝令左右绑了密使，不及装束停当，就匆匆带着唐主的密信和贿金，押着南唐密使，连夜到行在的龙舟上觐见官家。

官家还没有就寝，正在批阅各军镇、州府和各部院呈上来的表章和战报，虽略有倦意，但目光依然炯炯。官家听完赵匡胤的禀报，哈哈一笑：“咱们正需要这笔钱来犒赏前锋部队呢。”他连看都没看这封密札，就扔进脚边的炭盆一焚了之。赵匡胤原本拘谨的表情顿时被燃起的火焰融化了。只听官家含笑对他说：“元朗，这三千两白金你仍然带回去，替朕慰问前军将士，具体怎么分配完全凭你自行决定。”

离开行在的赵匡胤暗自责备自己的多疑。他不由得回想起，在平定李守贞叛乱后，郭荣和赵匡胤收缴了很多朝中大臣与李守贞往来的书信，其中赫然就有窦贞固、苏禹珪等人的密札。但是郭威并没有追究，而是命令赵匡胤等侍卫把书信全部付之一炬，稳定了朝廷大后方的人心。他不由得钦佩郭威、郭荣的御下之术，庆幸自己跟对了父子两代明主。

当年十二月，周军自泗州（辖地大概在今安徽省泗县、明光市、天长市、泗洪县、盱眙县一带）沿淮水东下楚州（今江苏省淮安市淮阴区）。郭荣命已升任殿前都指挥使兼检校太保、领义成军节度使的赵匡胤领兵行于南岸，与自己率领的禁军夹淮而进。同时，由赵匡胤新组建的大周水师也齐头并发，水陆大军气势如虹。另外，吴越国王钱俶密告郭荣，为配合后周军队征讨淮南，他已派战船四百艘、水军两万人从通州（今江苏省南通市）出发策应周军的攻势。因为周军所至，刑赏有度，秋毫无犯，有如澍泽甘霖，淮南各州县守将纷纷投戈献款，举州郡来降，沿途父老摆好了牛羊美酒犒劳周师。

“民心可用啊！”在淮河北岸，被一众盔明甲亮的殿前司散员、散指挥使甲士簇拥前进的郭荣，其踌躇满志的心情溢于言表。

除李重进、赵匡胤、韩令坤外，几年来参加南征的青年禁军将领还有石守信、李继勋、王审琦、韩重赟、刘光义等。而义社兄弟中，除刘庆义战死沙场，各人表现有优有劣。既有王审琦轻骑衔枚夜袭再夺舒州城（今安徽省潜山市），随后再接再厉、高歌猛进，连克濠（今安徽省凤阳县）、楚两州；也有李继勋麻痹大意、疏于防守，为寿州守将刘仁赡偷袭营寨得手而损兵折将。

王审琦由战前的殿前司东西班都虞候，改铁骑都虞候，再转本军右厢第二军都指挥使、领勤州刺史，直到最近由散员都指挥使升任控鹤右厢都指挥使、领虔州团练使；而李继勋由侍卫步军都指挥使、领曹州节度使的高阶军职，因失职而被官家解除兵权，本已改任河阳三城节度使的地方官，再因舆情汹汹而降职为右卫大将军的闲职，留营听命，戴罪立功。

此外，石守信积军功由铁骑左右厢都指挥使升任铁骑、控鹤四厢都指挥使、领嘉州防御使，再升殿前司都虞候、领洪州防御使；而刘光义已由龙捷军左厢第一军都指挥使、领雷州刺史，累迁铁骑右厢都指挥使、领涪州团练使。在南岸挥师东进的赵匡胤因义社中多人积功位列将帅由衷地高兴；再想起已经不在世的刘庆义、刘守忠两位义兄弟，不禁暗自神伤。他决定回师后打听他们遗属的下落，尽自己所能馈赠抚恤。

此时两岸旌旗招展，大河之上千帆奋进，不绝于耳的马蹄声，领头龙舟船首的破冰声，伴随着北风的怒号，更催生了一众将士的万丈豪情。在这个背景下，淮河两岸的周军统帅郭荣和赵匡胤并驾齐驱，他们身后的禁军主力像滚滚洪流横扫江淮大地。直到多年以后，这个极具隐喻的画面依然深深印刻在人们的脑海中。

# 14 马毬

奔星乱下花场里，初月飞来画杖头。

显德四年（957）正月的元宵节刚过，午后宫城东北角的兴安毬场里，正展现着与大唐开元中的起居郎蔡孚在《打毬篇》一诗中描写的相同场面。虽然是寒冬时节，却是晴朗无风，难得的户外运动的好天气。场上两队共二十名妙龄女郎左手执马缰，右手执偃月形毬杖，个个骑术精熟，身姿轻盈，玉鞍金勒的坐骑盘旋宛转，而彩绣的皮制马毬不断被毬杖击起，或旋空飞越，或滚地疾走，令人眼花缭乱。正是人如彩云，杖赛闪电，蹄若疾风，毬似流星。

而在毬场南侧兴安殿的檐下，官家和故宣懿皇后符氏生的两位小皇子宗训、宗让，在一大群宫眷、贵妇、宫娥、内监的陪侍下，正津津有味地观看场中的比赛。

马毬比赛的用毬当时称为“鞠”，打马毬又叫“击鞠”。这项运动始于汉代，最开始主要用于训练骑兵与战马的配合。有唐一代，由于皇帝的大力提倡推广，马毬运动已经成为上至天子、下至庶民，人人都热衷的体育运动。唐僖宗李儇就是个中高手，比赛时常常能在奔驰不止的坐骑上用鞠杖持续在空中控毬，连击数百下而毬不落地。在唐、五代，打马毬除了有娱乐、竞技的目的，还是选拔将领的特别渠道，唐僖宗时，曾有禁军的低级军校靠出色的毬艺升任诸如节度使级别的高官。

隋唐以来，开国之君都是游牧民族的军事贵族或职业军人出身的马上皇帝，他们及其后代对于骑射和马上格斗的痴迷是溶解在血液里的天然基因，当今的官家，本名“柴荣”的郭荣也不例外。郭荣记得，据本族宗谱的记载，他的九世祖是唐初的名将谯国襄公柴绍，柴绍的祖父为北周骠骑大将军、开府仪同三司、冠军县公柴烈，父亲是隋太子右内率、钜鹿郡公柴慎。柴绍生有二子：哲威、令武。哲威六世孙柴孟端迁居太原，唐文宗开成初年，曾官至翰林学士，孟端生三子：柴玘[1]、柴玭[2]、柴玼[3]。柴玼在唐懿宗咸通年间屡举茂才不就，因战乱客居邢州尧山县，晚年得二子守礼、守义，另有一女嫁后周太祖郭威，后来追封圣穆皇后；而柴守礼就是郭荣的生父。从柴绍的妻子平阳公主论起来，郭荣还是大唐高祖的皇室血脉。

平阳公主是唐高祖李渊的第三女，具才识胆略不让须眉。隋大业末年，为了策应在晋阳起兵的父兄，她聚拢关中豪杰，招兵买马，统领著名的“娘子军”南征北战，屡建奇勋。平阳公主去世后被赐谥号“昭”，更是中国历史上唯一一位采用军礼殡葬的女性，成为一代巾帼传奇。当年的平阳公主是天足，所以可以骑马作战。直到五代末年，北方女子还都是天足，而缠足当时只流行于江南宫苑。所以不论是击鞠还是蹴鞠，大周一朝的女性都可以尽情享受户外运动的乐趣。

宫中的击鞠一般选在初一、十五大朝的下午各赛一场，当天天气不好就顺延甚至取消。击鞠不仅是宫眷们少有的强身健体的运动之一，更是难得的宫廷娱乐和社交场合。参赛的骑手和观众，除了官家的妃嫔御女、宫内执事的女官，也会经常邀请勋戚和禁军将领家的命妇和待出阁的小姐们出赛或观赛，甚至会有老成持重的高官显贵被官家召来在观众席中凑热闹。不论是在场上还是在场下，所有的宫眷、贵妇都竭力打扮得光彩照人，争奇斗艳，以引人瞩目为荣。除了争风吃醋、传播八卦，这也是年长贵妇们根据女孩子们的身形容貌、言谈举止，为子孙精心挑选满意的配偶的最佳场所，更是宫妇们一展身姿颜色，博得官家注目和好感的难得机会。前朝更是有命妇或官宦小姐在毬场上被皇帝看中而得沐君恩，直接鸾凤飞天的香艳故事。

从兴安殿望过去，兴安毬场非常宽阔，东西长五百步，南北宽三百步；除南侧的兴安殿外，另外三面是高大的宫墙。当时专门比赛击鞠的毬场亦称

---

① 玘（qǐ）
② 玭（pín）
③ 玼（cī）

“鞠场”，是在泥土中调入一些动物油脂，经夯打滚压，反复拍磨，建成平整光洁的高级油面毬场。毬场必须由内侍省奚官局派专人定期养护，赛前和比赛间隙需要仔细打扫。毬场用白石灰画出边界，沿边界均匀地用细竹竿插着上百面彩旗。毬场边界与兴安殿基座和宫墙之间各留有三十到五十步的缓冲地带，避免赛手和坐骑冲出边界后造成人员受伤。兴安殿内则摆列着刀枪、弓箭等诸般兵器。官家也时常在此由禁军的高级将领或教头陪着演练骑射和拼刺格斗。

向兴安毬场的东西两个方向看过去，两端各设有一毬门，此时的比赛双方正抢攻对方毬门。所谓毬门，是两根相距约两丈的木柱，柱根栽在莲花形石座中，柱头刻有龙头，柱身以彩绸环绕；毬门的门梁高约丈许，下面立门板，门板中央留一个一尺方圆的洞，后有绳网兜住打入毬洞的毬。赛手必须把毬击入毬洞才算得分，实属不易。

今天场上最拉风的坐骑当属“掠地云”“雪面娘”“天花落”三匹骏马，现在正由地位最高的秦、杜二妃和符琬琰驾驭。有诗赞曰：“玉勒回时沾赤汗，花鬃分处拂细缨。”不过因为宫眷们并不是天天比赛的专业赛手，这些赛马并没有固定的主人，比赛前宫眷们要按地位高低依次挑选坐骑。只有官家和大行的宣懿皇后有专属的坐骑，分别唤作“风騄骥”和“电紫骝”。自大符后去世后，“电紫骝”郁郁寡欢，一直不容他人染指。官家今天虽然不下场比赛，但还是命马倌把“风騄骥”和“电紫骝”拴在殿侧的树下候命。那“电紫骝”已多日不得出战，今天真是怪了，兴奋地喷着热气，不停地用四蹄刨地，一副跃跃欲试的神情。

今天再见“电紫骝”，郭荣不由得睹物思人。他和宣懿皇后符璎珞在广顺元年成亲后感情笃深，而爱妻为他相继诞下两位小皇子宗训和宗让。不料红颜薄命，皇后去年随自己亲征淮南的时候在南方染了时疫，等回师汴京后，尽管用尽了医药、冲喜、祈福等各种手段，还是在显德三年七月不治而离世，身后留下牙牙学语的两个儿子，让自己又一次体验痛失亲人的酸楚。两个爱子幼年丧母，现在一个刚过五岁，一个还不到三岁，恐怕都已经忘了生母的音容笑貌。幸而孩子们得到姨母符琬琰的精心照料，现在都养得白白胖胖、虎头虎脑，算是不幸中之大幸了。对于符琬琰，郭荣是无比感激的，他知道符琬琰历来喜爱击鞠，所以今天他特地诏命俗务缠身的符琬琰临时放下教养皇子的责任上场参赛。

看着眼前萦膝的两个骨血，郭荣思绪万千。他想起本朝太祖孝皇帝和自己在乾祐三年的惨剧中被屠杀的家人，特别是元配刘氏和三个同样是尚在幼年的儿子，禁不住咬牙切齿。他的一部分生命已经定格在听到噩耗的那个时刻了。几年来他一直努力封存这段噩梦般的记忆，只能用不断的征战和胜利来挤占记忆空间，否则会活在无尽的自责之中。他痛恨这个灭绝人性的时代，所以在六年前就决心亲自终结它。联想到南朝宋孝武帝刘骏第八子刘子鸾，和宋明帝刘彧第三子、宋顺帝刘準“愿生生世世，再不生帝王家”的悲鸣，他有时甚至希望自己的后代不会再卷入权力斗争而遭屠戮，在太平盛世体验平凡而安逸的人生。

郭荣把两个儿子搂得更紧了，他不断亲吻着他们稚嫩的面庞，孩子们身上的奶香味似乎让他暂时麻痹了内心的痛苦。

一阵激烈的马嘶声把郭荣的注意力拉回到毬场上的比赛。参加宫中马毬比赛的坐骑都是产自西域大宛和波斯等地的良种名马，由东京马政选派能力最强的马倌负责饲养和日常训练。为了避免因毬杆击打马尾所致的马惊，以及马尾对击毬视线的遮挡等意外事故，特别是防止比赛时马尾巴互相缠绕，或马尾把毬杖缠住，必须把马尾扎起来。对于击鞠的坐骑，都要经过严格的挑选和训练，除了速度和耐力这些基本要求，优秀的专业毬手和马匹必须长期磨合，做到人马合一，心意相通，随心而动，进止灵活，达到“步骤最能随手转，性灵多恐会人言”①的境地，实际上就是要求坐骑要具备较高的智力，与骑手一样对赛场上的变化有正确的理解和判断，能够自己跟着毬跑，并给骑手制造更有利的击毬条件。而骑手当然不能身形臃肿笨拙，必须腰身灵活，眼明手快，臂长力沉。如此说来，其实打马毬对骑手和坐骑的要求与骑战一般无二。

击鞠有多种击毬手法，有背身击毬、仰击毬、俯击毬、左右击毬等高难度动作，而著名的毬手都有自己花样翻新的招牌动作。传说唐德宗时一位夏姓的将领为了能飞黄腾达，苦练击毬技艺，最终熟能生巧。他在毬场中央摞起一贯铜钱，每次驰马经过时都能准确地用毬杖击飞一枚铜钱至六七丈开

---

① 引自唐代徐夤（yín）所作《尚书打球小骢步骤最奇因有所赠》。

外，如此往复千次，直到把地面上的最后一枚铜钱打飞。

当然，除了比赛双方展示的高超技艺，比赛中使用的毬具，即毬和击毬的毬杆也是不可或缺的重要角色。当时的马毬约莫有成年男子拳头大小；毬杆称作“鞠杖”或者“鞭杖”，长三尺至五尺，通常由蜡木、藤条或枫木制成，两端缠牛皮，因为顶端弯曲像月牙，所以也被称为“月杖”。由于力量、速度和对抗程度差别很大，军人之间的比赛一般采用醒目的、涂有彩漆的硬木空心木毬，正如唐代鱼玄机在《打毬作》一诗里所称“坚圆净滑一流星”，臂力沉猛的军人会特地选用铁制毬杆；而军队以外的比赛普遍采用外画彩纹的皮毬，称为“软毬子”，皮囊内填充动物毛发等轻柔的内容，普遍使用木制或藤制的毬杆击毬，这样一来毬体运动的速度稍慢，更具观赏性。现在兴安毬场上的比赛就用的这种“软毬子”，正应了“毬惊杖奋合且离，红牛缨绂黄金羁。侧身转臂着马腹，霹雳应手神珠驰”[①]。

看着毬场上赏心悦目、精彩纷呈的比赛，官家有点后悔赛前把赏格定得低了。

稍早在开毬前，由充任都教练使的故张太贵妃的外甥、西上閤门使曹彬宣布比赛的规则和赏格，并介绍两队的参赛骑手。每当介绍到一个骑手时，该骑手就要优雅地以一套独有的花式动作挥动毬杖向观众致意，场边的亲友同样会挥手响应。当由妃嫔组成的“云霞”队的队长秦、杜二妃和由女官组成的“芳菲”队的队长符琬琰出场时，不待曹彬报名，场边都爆发出雷鸣般的欢呼声。

故太子太傅和凝[②]有诗云“两番供奉打毬时，鸾凤分厢锦绣衣”，生动描绘了参赛两队的装束。两队分别穿着红、绿两色的骑装以示区别。队服是特别设计的，脚蹬玄色、靴尖上翘的软底“六缝靴”，两队分别头戴长脚幞头和卷脚幞头，身着圆领窄袖的团花或云纹锦袍，腰系镶满珍珠的玉带，与男子的骑装款式大体一致。

---

① 引自唐代韩愈所作《汴泗交流赠张仆射（建封）》。

② 和凝（898—955），字成绩，郓州须昌（今山东省东平县）人。五代十国时期宰相、文学家、法医学家。后面两句诗摘自其《宫词百首·其四十四》。

本场比赛总时长一个时辰，分成四个赛段，也叫四个“局”，中间休息三次；每个赛段都是以都教练使曹彬在场中央抛毬开始，比赛过程中由不上场的宫眷在兴安殿飞挑的檐下轮流擂鼓助威，鸣锣则收场。现在正进行第三个赛段，官家看得兴致来了，把膝前和怀抱的两位皇子交给身后的宫妇们照料，脱去貂裘，摘下狐皮暖帽，亲自擂鼓助兴。

此刻秦、杜二妃相互配合进攻，场边的加油声呐喊声此起彼伏，对面的符琬琰作势阻击，三晃两晃，毬已接近“芳菲”队的毬门，官家见状鼓声加急。当杜妃终于把鞠击入毬门时，官家照例擂鼓三通以示祝贺，得分的“云霞”队在兴安殿一侧再插上一面红旗。两队重新回到毬场两侧列阵等待都教练使曹彬重新开毬。数数殿前东西两侧的红、绿旗帜，恰好都是九面，两队正处在胶着状态，除了头筹、二筹已由秦、杜二妃拔得，至此还不知道结筹的赏格最终花落谁家。

在击鞠比赛中，进毬都叫“得筹”；而其中特别的是，打入第一个进毬叫拔“头筹”，第二个进毬叫拔“二筹”，最后统计两队进毬总数叫“结筹”。当然所有其他赛手都会心照不宣地把“头筹”让给出场的官家、皇后，或其他地位最高的妃嫔。

本次比赛官家原定的赏格分别是头筹赢得二十两的银元宝，二筹和结筹获胜的队各得十两银子。

后周沿袭唐制，皇帝有名分的妻御，在皇后以下设四夫人：贵妃、淑妃、德妃、贤妃；其下是九嫔：昭仪、昭容、昭媛、修仪、修容、修媛、充仪、充容、充媛；再下是二十七位世妇：婕妤、美人和才人各九人；最下是八十一御妻：宝林、御女、采女各二十七人。另外以尚宫、尚仪、尚服为首的有品秩的女官数十人。

像贵妃、淑妃等正一品的妃，每月可领到九贯多钱；昭仪、昭容、修仪等正二品的嫔、婕妤等正三品的世妇、正四品美人和正五品才人每月各可领到八贯多钱、六贯多钱、四贯多钱和三贯多钱的月俸；低阶的御妻们，如正六品的宝林、正七品的御女和正八品的采女只能按月领两贯多钱的俸禄。当时一贯制钱换不到一两银子，所以打马毬的赏格算是非常丰厚的额外收入了。

改名符琬琰的京娘于显德元年（954）入宫为女官。最初在尚宫司负责皇后起居，任正八品的典闱。一年后升任尚宫司负责宫人名册、廪赐的司簿，为从六品；去年大符后去世后因以姨母身份抚养诸皇子有功，又兼出身王女，官家加恩封正二品的安喜县主，食邑三百户，实封二百户，同时拔为正五品的尚宫。符琬琰除了正五品的月俸，还领有县主的岁入，并且有姐姐宣懿皇后丰厚的遗馈，所以打毬的赏格对她并不重要。

后周一朝，太祖和今上两代皇帝都励精图治，大大缩减了妃嫔的数量，除皇后外，妃嫔御女和女官各仅十数人而已，远远不足以上定额；其中会击鞠的宫眷并不多，很难凑齐“云霞”“芳菲”两队的上场员额。所以经常需要宫外的“外援”来补齐二十人的员额。而够格进宫参赛且骑术和毬技能与符璎珞、符琬琰一争高下的，只有同为将门虎女的符家六小姐玲珑和赵匡胤的妹妹引娘。可惜她们都在去年六月先后嫁作新妇，现在除非是官家特旨征召，婆家一般不会让她们出来抛头露面了。

又是三声锣响，比赛终于告一段落，赛手们可以利用这段两盏茶的间歇喝水、解手、补妆和整理服装，同时由马倌饮马、喂马并整顿马具；两队的队长可以趁此时机商定战术、替换队员。应召候在阶下的新任殿前司都指挥使赵匡胤趁隙上前向官家禀告水军二征淮南的整备情况。赵匡胤被官家视为“自家人”，是少数有资格进宫城面见官家，甚至在兴安毬场见到宫眷的近臣。

最后决胜的一局开场了，恰好官家听完赵匡胤的简短汇报。他余兴未了，一手用汗巾擦拭额头，一手指着场边的战鼓说道：“元朗，你也来出出汗！”

“微臣遵旨。”赵匡胤躬身行礼。在兴安毬场和兴安殿这个特殊的场合，所有的军人和参赛的毬手都不必向官家跪拜，只需要行军礼。他转身跨步到鼓前，利索地除下棉氅，接过内侍递过来的鼓槌，开始击鼓助威，紧身的箭衣更衬出他虎背熊腰的精猛身形。不知道是不是因为赵匡胤的鼓点比官家更专业些，本局开毬后，本该是体力透支、强弩之末的双方毬员个个奋勇争先，比赛进入了白热化阶段。

“云霞队十毬！”“芳菲队十毬”“云霞队十一毬！”“芳菲队十一毬”……两队的比分交替上升，观众们的心都提到嗓子眼儿了。

眼看都教练使曹彬已举起了锣锤，只见毬门前的符琬琰疾驰中眼明手快，露了一手“牵韁绝尾施新巧，背打星毬一点飞”[1]的绝活，反身击毬。此时锣声响起，在观众的惊呼声中，那毬以刁钻的角度，穿过毬洞应声入网，十三毬对十二毬！芳菲队堪堪以一毬制胜。

这一击，也似打入了官家的心里。

“直如此射得亲切！”郭荣霍地起身，带领场下观众齐声喝彩。芳菲队的其他队员一齐拥向符琬琰，互相击杖庆祝。然后二十名毬手慢催坐骑，列队绕场一周，趋至兴安殿前时，再一次颔首挥杆，向以官家为首的观众致意。

赵匡胤顺着官家的目光看向符琬琰，内心五味杂陈。十年前自己一路上教京娘骑马的场景历历在目，球场依稀是当年她在赤麒麟上的勃勃英姿。在官家和赵匡胤眼中，今天赛场上的主角都是只有符琬琰一人。他想不到京娘在宫中仅仅经过数年的历练，就能纵横捭阖，前后调度，不着痕迹地让两队所有人都皆大欢喜、尽兴而归，真有乃父大将之风，俨然已是后宫中的灵魂人物。

郭荣想象着先祖驰骋疆场的英姿，而眼前符琬琰飒爽的身影，莫不是当年平阳公主再世？这一刻，他竟然看得痴了。

自从乾祐三年（950）“广政殿事变”以来，是符璎珞把他已经僵死的那一部分生命重新点燃。但自从显德三年（956）七月宣懿皇后宾天以来，有符璎珞珠玉在前，郭荣决然不愿狗尾续貂，所以中宫一直无主。秦、杜等几位妃嫔虽然绿肥红瘦，各有可亲可爱之处，但是都不堪国母之位。正是因为符后产后体虚而染疫身故，所以郭荣对暗中遴选符后的继任者愈加慎重，除了必须出身贵胄、知书达理、品格贤淑、容貌出众这些基本的条件，他更需要一位体格强健的配偶继承符后的位置，免得再一次经历失去爱侣的痛苦。

另一方面，尽管郭荣不愿意承认，但是作为一位君主，他仍然摆脱不了政治婚姻的宿命。尽可能通过婚嫁笼络军事强人，是五代时期历任皇帝的传统。当年太祖孝皇帝撮合他与符璎珞成亲，固然是看中了符璎珞的无双品

---

① 引自南宋宁宗恭圣仁烈皇后杨氏所作《宫词》。

貌；而符家满门名将，符彦卿作为“四大令公”之一，手握重兵、执掌强藩，未始不是郭威促成这段婚姻的底层考量。对于符琬琰背后的亲戚关系所代表的巨大政治、军事能量，郭荣非常清楚。除了她的父亲，天雄军节度使、守太傅、魏王符彦卿外，她的亲兄，自己多年倚仗的亲信，虎捷右厢都指挥使、领岳州防御使赵彦徽，还有她的义兄赵匡胤，都是自己必须笼络的军界实力派。更不要说符、赵两家与自己同属青门，政治上绝对可靠，而早年走南闯北的经历相仿，有更多的共同话题。况且从故张太贵妃论起，符琬琰还是自己名义上的姨表妹，亲上加亲，本就是不差的选择。以上种种都已经使符琬琰成为中宫之主最有力的人选之一。

“官家，你好生相觑琬琰妹妹……”符璎珞临终前，执手缱绻[①]的托付历历在耳。郭荣明白皇后的意思，她是在竭力维系符家与皇家的姻亲关系，不愿这个位置旁落他族。按规矩，官家完全可以通过指婚，给已到花信年华的符琬琰一个完满的归宿。但是宗训、宗让两个幼子离不开姨母的哺育，这是他今后若干年内不能放她离宫的原因之一。时至今日，于情于理，郭荣都必须给她一个交代。不过现在符琬琰仅仅是女官的身份，还没有妃嫔一类的名分，甚至还没有被临幸，前面还有第一顺位的秦、杜二妃，这件事恐怕不能操之过急，否则难以服众。

郭荣渐渐心中有了眉目，就差最后的决断。他没有意识到，自己的目光一直追随着绕场驰骋的符琬琰。

“臣符琬琰代芳菲队谢官家的赏！”直等符琬琰来到郭荣面前，从他手中接过二十两的银元宝，开始婷婷袅袅地屈膝谢恩时，他的思路才从沉沉的筹划中跳出来。

二人手指相接，符琬琰由于剧烈运动而涨红的如花面庞，微微起伏的胸膛，青年女性运动后特有的汗香，都撩拨得官家在寒冬中起了春心。

在前面领到头筹、二筹赏格的秦、杜二妃喜不自禁，而符琬琰转身就安排把结筹的赏银平分给了队友。郭荣看在眼里，心下暗暗赞成。符琬琰今天的完美表现更让他刮目相看，不仅她在马上腰身柔韧，能左右开弓，而且只有她打满了全场四个赛段，显示出超出常人的体能和耐力；更兼能识得大

---

① 缱绻（qiǎn quǎn）

体，不争强好胜，实属难能可贵，确是母仪天下的不二人选！

郭荣暗暗下了决心。他马上宣布把宣懿皇后的专属坐骑赐给符琬琰。当内侍把“电紫骝”牵到面前，官家亲手把缰绳交到符琬琰手里。

“你且骑上跑几圈试试。”官家鼓励手足无措的符琬琰。

符琬琰轻抚“电紫骝”的面颊，轻轻地低语，马儿温顺地用鼻子在她身上嗅上嗅下，随后欢快地长啸，很快接受了它的新主人。符琬琰在所有人艳羡的目光注视下跃身上马，信马由缰，任由“电紫骝”在毬场撒欢儿跑了好几圈。红彤彤的晚霞映着她颀长苗条的身影，愈加光彩照人。

到了这一步，就连大开大合的军人赵匡胤都看出来官家意有所属了。“我今天应该替京娘妹妹高兴啊，就如同为去年成亲的弟弟匡义和妹妹引娘恁地高兴，为什么心里却着实堵得慌呢？”赵匡胤出宫后久久不能释怀。

# 15 冲喜

赵匡义及妹妹引娘的婚事都是在显德三年（956）六月操办的。

匆忙给两对新人同月举办婚礼的原因是给卧病不起的赵弘殷冲喜。赵弘殷多年的伤病迸发，京城几乎所有的名医都来出过诊，却束手无策。赵弘殷对自己的身体状况最清楚，他已预感自己时日无多。这位久经沙场的老军人，对自己的军旅生涯和长子赵匡胤的成就非常自豪。唯一放心不下的就是另外几个子女的终身大事。赵匡义这一年一十八岁，刚好成年，已由荫补入仕，担任殿前祇候、供奉官都知。符玲珑和匡义的妹妹引娘同岁，都是一十六岁，正到及笄之年。而要娶引娘为续弦的故齐王高行周之子高怀德比赵匡胤还要年长一岁，已过而立之年。高怀德近年随官家征淮南屡立战功，已由铁骑右厢都指挥使领果州团练使升任侍卫马军副都指挥使领兵州防御使。赵匡胤就与母亲杜氏及妻子贺氏商议，让已经订婚的兄妹二人尽快成亲，为病重的父亲赵弘殷冲喜。

不过这一娶一嫁的开销让赵弘殷、赵匡胤父子头痛不已。二人从军多年，虽然勋高位重，但是都以当年太祖孝皇帝为榜样，从不贪渎军饷，得到的赏赐也都分给了伤残的部下，或用来抚恤阵亡将士的家属，并没有什么积蓄。“长安居，大不易”，他们仅靠正常俸禄的生活捉襟见肘，一家人至今还是寄住在眷营里的“月光族”。

雪中送炭的是武信军节度使、驸马都尉张永德和右领军卫大将军、判三司使张美。两位贵人中，张永德在禁军将领中只佩服赵匡胤一人，把他当作自己的兄长，经常接济赵匡胤一家的用度；张美与赵匡胤同为今上潜邸旧人，更是知心的挚友，在多年整军备战的公事中一直密切配合。张美深知他父子不愿意铺张，所以只借给他们宋门外一套簇新的三进院宅子作为寓所。张永德则赞助了所有的聘礼、嫁妆和婚礼、婚宴的费用。赵匡胤深知二人的真诚，不便见外，在征得父母的同意后，就索性大大方方委托二张一手操办。于是在汴京城里的住所、聘礼和嫁妆都终于有了着落。

下面就是请司天监、检校户部尚书赵修己为两场婚礼定了吉日良时。在高怀德、引娘完婚的第二天，赵府接到宫里的通知，受新娘符玲珑长姐、皇后符璎珞的委托，符玲珑的二姐、尚宫司司簿符琬琰将代表官家和皇后在吉期当天出席婚礼并致贺。

因为新郎的父亲卧床不起，“长兄如父，长姐如母”，由张永德特别指定担任司仪的曹彬提前与赵弘殷、夫人杜氏商定，就由赵匡胤代替父亲当众接受新人的跪拜之礼。

六月里的午后申时，已经过了一天最热的时段。澄空万里，一朵朵白云迤逦而行，云影断断续续落在大梁城整洁宽阔的街道上。

显德二年（955）四月官家下诏开始扩建和改建开封城。在知开封府、东京留守王朴主持下，经过一年多的营建，外城即罗城已经初具规模，共有十五座城门。新的汴梁城南北长十四里，东西宽十里，周长四十八里，较之前扩大了四倍，有外城、内城、皇城三重城墙。城内主街宽达五十步，而次要街巷拓宽至二三十步。城市区划也以厢坊制取代了之前唐朝的坊市制。街道两旁植树种花，还陆续挖掘了一批水井，极大改善了首都的供水、防火和卫生条件，赢得官民人等交口称赞。

街道两侧鳞次栉比的商肆前面，挤满了逛街和看热闹的汴梁市民，纷纷指指点点，都用兴奋和艳羡的目光扫描着一列迎亲的队伍。

“这是谁家的大小姐出嫁啊？”

“你不知道吗？今天是魏王府的六小姐出阁，你们看那花轿前骑在马上的新郎官，他的长兄就是‘火龙神君’、领定国军节度使的小赵殿帅，他们的父亲就是‘独目天官’、侍卫马军的赵老都帅。”

“啧啧！怪不得有节帅的仪仗！真是门当户对呀！”

“最前面引马上的大官人，莫不是今上的亲戚曹阁使？”

“我瞧得真切，就是他呀！”

这阵仗正如唐中宗时的宰相张说在《安乐郡主花烛行》一诗中所写："绿軿绀幰[1]纷如雾，节鼓清笳前启路。"

迎亲的队伍是从御街西侧的符府出发，过州桥后右拐，沿相国寺街一直东行，用了约小半个时辰，出了汴梁内城的东南门——宋门，终于到了街北的赵府。

婚礼在当时又叫"小登科""小封侯"，是两位新人人生中的大事。张永德、曹彬安排的本场婚礼，尽量按赵家的意思操办，虽然不甚隆重，也不吹奏鼓乐，不过从到魏王府接新娘开始，"散利市钱""报吉时""跨马迎亲""拦门""接饭""踏席""跨马鞍""拜天地""拜父母""对拜""拜客"等步骤都不曾省去。按当时的习俗，都是在黄昏时分举行婚礼，所谓以"昏"为期。等新娘符玲珑在赵府门前下轿，赵匡胤和贺氏等新郎父母以下的亲人都要从小门出去，再踏着新娘的足迹从中门回到家里来。

按唐制三品以上文武官之母或妻都诰封郡夫人，所以赵府参加婚礼的亲人中，新郎的母亲杜氏已诰封为南阳郡夫人，贺氏也因为丈夫赵匡胤荣升定国军节度使，受封为会稽郡夫人。二人今天都按二品郡夫人穿戴，显得格外高贵。新郎十岁的弟弟匡美、六岁的侄子德昭，都穿着崭新的袍褂，屁颠屁颠绕着祖母、母亲跑前跑后。

宾客一半是禁军的将校，但是当着宫中派的天使，还有许多文官、女眷，不得不刻意收敛；特别是怕影响赵弘殷的休息，都忍着没有放声豪饮，一个个倒像规规矩矩的大姑娘，全然不似平日的粗放行径，让周围的其他人都瞧着有趣。

新娘符玲珑，因母亲杨氏是敕封的虢国夫人，所以这一日借用母亲一品国夫人的钿钗礼衣作为婚服，发髻上插着九枝金翠花钿；而新郎赵匡义借用了父亲检校司徒正一品的服饰，头戴三梁进贤冠。但因为赵匡义身材不如父、兄魁梧，额头也不够饱满，撑不起这套衣冠，多少显得有点委琐。赵匡胤则身着从二品的礼服，搭配紫袍、玉带、绣金鱼袋，他蓄起了长须，眼下

① 軿（píng），古指轻型的车。重车曰辎，轻车曰軿。軿，通屏，古时妇人所乘车四面有帷幔遮蔽。绀（gàn），指黑里透红的颜色。幰（xiǎn），指车上的帷幔。

已出现卧蚕，颇有将相的气度。

“天使到！”随符琬琰出宫的内监一进赵府大门就高声唱道。

赵匡胤和一对新人，以及母亲杜氏、妻子贺氏，慌忙率领全家及参加婚宴的宾客跪迎宫使。符琬琰身着从六品女官的青色官服，别有一番风采。她今天不仅带来皇后御赐的送子玉观音、流烟玉如意、涵毓玲珑镯、丝蝉祥芋团扇和缠枝牡丹熏炉等贺礼，更有皇后请官家特准的恩典——新娘符玲珑诏封宛丘县主，食邑三百户，实封一百五十户；新郎赵匡义的散秩由从八品上阶的御侮校尉，按典制加恩升授正七品上阶的致果校尉。于是一对新人从天使手中接过色背金花罗纸的叙封告身，赵府一家人重新再三叩谢皇恩。

待杜氏、贺氏亲自把御赐的贺礼摆在大厅居中的条案上后，亲朋好友才重新就座。因为新郎赵匡义和哥哥赵匡胤在前院陪着客人们喝酒；而符琬琰则和杜氏、贺氏扶着新娘步入新房，然后姐妹两人关起门在里面说了好一阵悄悄话。亲友们谁也不敢在天使面前放肆，所以最后的“戏妇”即闹洞房一节就不了了之。

后院婚房中，摆着一套作为嫁妆的崭新家具。靠窗的镂花红酸枝木梳妆台上，摆着真子飞霜铜镜和宝象花拣妆盒，梳妆台前放着香椿木春凳，墙角的七宝屏风后藏着檀香木的恭桶，墙边摞着八口红漆描金樟木箱子。最里面是一张红漆欢门描金床，垂着大红罗圈金绣幔帐，鸳鸯枕，合欢被，红烛锦幔，映得屋内一派喜气洋洋。

“这几年难得有几次与引娘一起进宫与两位姐姐打马毬，不知道出嫁以后还有没有见面的机会。”洞房里，符玲珑拉着二姐不肯放手，初到一个陌生的家庭里，她特别需要自家的亲人作为适应新环境的倚靠。在赵家，她只和经常一起击鞠或蹴鞠的引娘相熟，可惜引娘已经在前几天出嫁到高府了。姐姐符琬琰的音容，比此时温柔的烛光更亲切，更宝贵。

“还想着玩呢！你本性好动贪玩，而你的夫君是个稳重好学的相公，你务必尽快改掉大小姐脾气。”符琬琰知道小妹妹天真烂漫，自小千般宠爱集于一身，对婚姻生活一无所知，所以特地叮嘱她。“我们还等着你明年生个大胖外甥呢！”

“还说我，姐姐你什么时候寻个如意郎君把自己嫁出去呀？”

妹妹的话又戳中符琬琰的心事。今天只偷睃[1]了义兄赵匡胤几眼，又亲眼看到赵匡胤一家人其乐融融，她不禁怅然若失。符琬琰并没有注意到，赵家的两位主妇杜氏和贺氏都留意着她的一举一动，并且刻意不让她与赵匡胤有单独相处的机会。

“事已至此，我是不是应该按姐姐的意思，就把身子许了官家呢？”符琬琰在回宫的途中，不断地问自己。

等送走符琬琰和参加酒席的多数宾朋，赵匡义踉踉跄跄由母亲和嫂子搀入了新房。红靥临烛，眉隐轻纱，男左女右坐在床沿上的两人都充满了期待和遐想。赵匡义和符玲珑是彼此初见，等新郎揭开新娘的盖头，才各自由衷感激父母亲安排的好姻缘。等完成合卺[2]之礼，也就是喝完交杯酒后，一对新人洞房花烛，自是无限风光，当然想不到这场婚姻背后的重要意义。

在赵弘殷、赵匡胤的谋划中，赵匡义娶符玲珑、引娘嫁高怀德，绝不是单纯给病人冲喜。这两段与仅存在世的“四大令公”魏王、齐王两大王族的联姻，不仅了却了大家长的心事，对于职业军人家庭来说，更是莫大的荣耀，和政治上的重要奥援。不知不觉中，以赵弘殷、赵匡胤父子为首的赵氏家族已经成为大周朝除皇族外最为显赫的门第之一。

夕阳乍落，红霞满天，已是戌时六刻。

赵匡胤代表家人陆续送别张永德、张美等贵客之后，赵家府邸中逐渐安静下来。只剩下十几位最亲近的禁军将领，他们因为有特殊的身份，并不急于在亥时二更开始宵禁前赶回住处。现在他们横竖要进内宅看望卧床不起的赵弘殷。

这其中有赵弘殷的老战友、老部下殿前都虞候、镇淮军都部署、领淮南节度使慕容延钊，侍卫亲军马军都指挥使、领定武军节度使韩令坤，虎捷左厢都指挥使、领常州防御使张令铎，京娘的兄长龙捷右厢都指挥使赵彦徽；同为赵匡胤的义社兄弟的铁骑左右厢都指挥使石守信，控鹤右厢都指挥使、

---

① 睃（suō）
② 卺（jǐn）

领虔州团练使王审琦，刚刚因疏于职守而被免军职、改任右武卫大将军的李继勋，殿前司铁骑都虞候韩重赟，龙捷都指挥使、领雷州刺史刘光义；另外两位义社的成员杨光义、王政忠则因为有城防职守不能出席，只是派人送来贺礼。赵弘殷的乘龙快婿、龙捷左厢都指挥使领兵州防御使高怀德也赳赳然在列。

盛夏初夜，赵弘殷不知从哪里讨得一壶酒，已经喝得半醉，微闭双目，显然酒量不比当年。他斜倚在床榻的靠背上，脱了上衫，露着一身的伤疤。杜氏领大家进屋后怕大伙见着不雅，先把搭在床边的短袖凉衫给丈夫披上，然后劈手要夺他手里的酒壶。不知怎的赵弘殷瞪起眼睛，使力把酒壶护在怀里，发脾气道："我也喝不了几天了。今天大喜的日子，你们就让我痛痛快快一回吧。"

因为赵弘殷重病卧床，又有医嘱，母亲杜氏和赵匡胤一直劝阻他饮酒。看见赵弘殷嘴角微颤，显是忍着肝腹的疼痛，而母亲杜氏忍不住在一旁暗暗抹泪生气，赵匡胤就上前对父亲说："爹爹，慕容节帅、韩节帅、李节帅他们特地看望您来了。"赵弘殷老人终于放下酒壶，正了正衣襟，勉力坐直了身体，向众人拱手致礼。在场的除了杜氏，以赵匡胤为首都是魁梧彪悍的军人，把不大的东卧房挤得满满当当的，说是集中了当时禁军高层的半壁江山也毫不夸张。

赵弘殷来了精神，他左手拉着赵匡胤，右手拉着除他外资历最长的慕容延钊："各位兄弟，匡胤、匡义以后就靠你们大伙儿帮衬了！"慕容延钊回头扫了一眼众人，然后紧紧握住赵弘殷的手说："老长官，你就放心吧！"看到其他将领纷纷附和，赵弘殷满意地咧嘴而笑，不知是鼻涕、眼泪还是残酒，把一副花白的胡须粘得乱七八糟。

赵匡胤心疼不已，他从床边水盆架子上取了干净的湿毛巾，把父亲的头脸擦拭干净，扶他躺好，并替他盖上薄被。赵匡胤明显感到父亲原本壮硕的身躯今天却轻飘飘的。看着老人因醉酒而涨红的瘦削面庞，他不禁回忆起数月前征淮南期间父子仅有的一次见面。

当年的春天，殿前都虞候赵匡胤夺滁州数日以后，时任侍卫马军副都指挥使的赵弘殷，半夜领兵到达滁州城下，传令呼喊城上的周军开门。守城军校不敢擅自做主，马上禀告主将赵匡胤。赵匡胤立即赶到城门上，在城上城下明晃晃的火把的照耀下看得真切，认得确是多日未见的父亲。他初时也想大开城门，放这支部队进城好好休整，同时父子相见。不过军人的本能还是驱使他对着城下大声说：“父亲大人恕罪！父子虽是骨肉至亲，但夜间开启城门有违军律，儿实不敢从命，请父亲在城外扎营。”赵弘殷见不得便，没有再多说话，只点点头，向城上行了军礼，然后指挥部下在城外安营扎寨。

等第二天天亮后，赵匡胤第一时间出城迎接父亲率队进城。只见五十八岁的赵弘殷明显苍老许多，加上眇[①]了左目，原本挺拔的腰身略显佝偻，两人站在一起，自己已经明显比父亲高出半个头。“平生河北淮南，归来华发苍颜”，赵匡胤心下酸楚，一肚子的话要说，然而只能抱住征尘染鬓的父亲低声呜咽。铁汉柔情，周围的将士被这一幕感染，无不动容。

在后汉乾祐三年（950），赵弘殷随凤翔节度使、西南面行营都部署赵晖征讨反叛的凤翔巡检使王景崇，奉命在陈仓阻击后蜀派来救援王景崇的军队，赵弘殷被敌军乱箭射中了左眼，但是他用佩剑斩断箭杆，带伤冲锋，最终击溃了蜀军。经此一役，他在军中获得了“独目天官”的美誉，并积功而升迁为护圣军都指挥使。

赵弘殷用满是厚茧的大手温柔地抹去儿子的泪水，轻声安慰道：“胤儿莫哭。为父知道你近来屡建奇功，心下欢喜得紧呢。”他把儿子高大的身躯扶正，上上下下仔细端详了个够，随即正色叮嘱说：“你也是禁军的主将了，以后切莫孤身犯险，冲锋陷阵不是你的主要职责。”赵弘殷想了想，命随身的虞候从驮马背上的书箱里取出几本书交给儿子：“这是为父从火中抢救出来的几本魏太祖武皇帝所著《孙子略解》，颇为难得，我已经熟读了三四遍，现在给你带在身边，务必时时研习。”

“儿谨遵父亲教导。”赵匡胤只来得及帮父亲掸掸战袍上的征尘，然后递上一碗热水。赵弘殷忽地一拍额头说：“真是上岁数了，差点把这件最重要的事给忘了——”

赵弘殷向儿子推荐了一位远房同宗赵普，字则平，他比赵匡胤年长五岁，是已故鲁国公、太子太傅和凝的女婿，此前曾在河阳节度使刘词手下为

---

① 眇（miǎo）

从事，沉毅果断，慎罚薄敛，精通治道，是不可多得的干才，目前据说流落在滁州，以教蒙童子为生。赵匡胤想起来出征前宰相范质也曾向官家推荐过这个人，于是下定决心把他搜访到。

父子二人军令在身，无暇盘桓，只能匆匆而别。此后赵弘殷忍着伤病坚持到两个月后得胜班师，累功获封从五品的天水县男，同时加授正一品衔的检校司徒。司徒是与太尉、司空并列的“三司”之一，不过检校司徒是荣誉性的加官，并不是实际的职务，而且不享受一品的俸禄。而赵匡胤也被官家任命为殿前都指挥使，不久被加授定国军节度使。父子二人分典禁军，一时传为佳话。只是没想到父亲随后就一病不起。

赵匡胤虽然在征淮南的战争中失去了一位义社兄弟刘庆义，却意外收获了赵普这样的王佐之才。他开始注意网罗治国安邦的人才，除了赵普，身边陆续聚集了吕庆余、王仁赡、楚昭辅、窦仪等幕僚。

赵弘殷终于满意地沉沉睡去，鼾声如雷。赵匡胤多么期望时间永远凝固在这个和平、安详的时刻，自己依偎在双亲身前，周围是弟弟妹妹、结拜的兄弟，还有一起出生入死的战友们。

赵弘殷临终前的托付，巩固了赵匡胤在禁军中的领袖地位。其实在纷乱的唐末、五代时期，很多门阀士族都很难保全家人的周全，更不要说赵家这种中层的文官家庭了。赵弘殷、赵匡胤父子弃文从武，反而凭借有勇有谋的特质，实现了阶层逆袭。赵家不仅在今年同时与高、符两家结亲，赵匡胤还特意先后与执政的宰辅王溥、魏仁浦，自己的义兄弟石守信、王审琦分别定下了“娃娃亲”。

后梁时期以主要出自河南地域（指黄河以南的中原地区）的军人集团占据统治地位，到后唐、晋、汉时期以河东（主要指今山西省）的军事集团独具优势地位，再到后周时期以河东、河北（指黄河以北的中原地区）的军人集团把持禁军，最终形成宋初以出自河北地域的职业军人在政权中独当一面的崭新军事、政治格局。

职业军人的家庭总是聚少离多，美好的日子又是如此短暂。赵家的人以后才回忆起，赵匡义的婚礼，是全家人最后一次的团聚。很快匡胤、匡义兄弟二人就随官家第二次出征淮南。兄弟二人在征战途中得知，婚礼的一个月后，父亲于七月二十六日在家中去世。二人恸哭不已，官家也颇为伤怀，后来追赠赵弘殷太尉、武清军节度使。

官家更痛绝的是，二征淮南期间，皇后于七月二十一日薨于滋德殿。官家回京后，谥符璎珞为“宣懿皇后”，葬于新郑的懿陵。

符琬琰这几年都曾请赵匡胤和赵彦徽分别派专人去天龙山接赵景清来东京养老。怎料人去观空，当地人都说老道长已经成道飞升了。

符琬琰想到几个父母辈的亲人都已相继离世，现在只剩养父符彦卿和哥哥赵彦徽二人，而自己二十有五，还是孑身一人。近来亲眼看着玲珑、引娘两个小妹妹欢天喜地有了归宿，不禁心下空落落的。她一个人躲在自己的房间里顾影自怜，铜镜中恍惚间浮现了另一个人的面容，再定睛细看，赵匡胤的影子已了无痕迹。

宫中女官们一般只能有两种最终的选择：过了一定年龄告老出宫回家，以及终老宫中。以这样的年龄，回家后的结局，好的不过能嫁为续弦，差的就是出家修道，青灯古佛，同样是孤老终身。

符琬琰想到这里，心里更没了着落，终于开始认真考虑姐姐符璎珞的劝导了。

“守得云开见月明”，第二年即显德四年的春节后，符琬琰在获赐“电紫骝”的当天就被官家临幸，随后被封为正三品婕妤，开始了她作为官家宠姬的新篇章。

这个消息让赵匡胤的妻子贺氏、母亲杜氏彻底舒了一口气。赵匡胤不知道，他的妻子和母亲一直对京娘抱有戒心，生怕她以任何一种方式，破坏了这个家庭。

“弱水三千，只得取一瓢饮！”赵匡胤终于也斩断了那不切实际的一丝妄念。

正是：

符家芳菲三尚主，赵氏桥梓频封侯。

容色由来荷恩顾，意气平生事侠游[1]。

---

① 后两句摘自唐诗人蔡孚的《打毬篇》，前两句也是用该诗中前两句所改。

# 16 清风驿

南唐中兴元年（958）年底，离元旦还有三天。

“六朝古都”金陵城内的清风驿，这是南唐小朝廷接待四方使臣的馆驿。

此时刚刚入夜。对于北方的城市，比如汴梁城，已经长街宵禁、家家闭户，人们都准备上床入睡了。可是在繁华的六朝之都江宁府，正是华灯初上，附庸风雅，歌舞艳宴的开始。

装修奢华、近乎庸俗的清风驿里，更是灯红酒绿，弹丝吹竹，莺声燕语。主厅里主随客便，按辽俗撤了桌椅，宾主都席地而坐。客人们有时用带着浓重契丹口音的汉话与主人交流，不过十分生疏，再加上酒精的作用，他们大着舌头、结结巴巴的表达让主人们穷于应付，经常需要旁边的通译来救急。劝酒声，调笑声，猜拳行令声，不时打断歌伎们的演唱；舞女们也要不停闪躲宾客不知从哪里抓过来的油腻的大手，被逼得舞姿扭捏走形。

“辱没斯文，辱没斯文啊！”本场酒宴的主陪，南唐国主的第七子、太尉兼中书令、十九岁的南楚国公李从善，还有两位副陪——礼部侍郎、判尚书省事钟谟和客省使陈觉，几个人都暗暗摇头。尽管一肚子嫌弃，但是他们不得不耐住性子，特别是专职迎奉的陈觉使出浑身巧言令色的本领，不断地劝酒、凑趣、陪笑，竭力把酒席上的气氛不断推向热烈。

主宾则是辽国的国舅萧古都奴，时任南宰相府的知军国事、宣徽院使。他是辽主耶律璟、契丹名耶律述律之母彰德皇后萧温的弟弟。

这十几位做客的契丹使臣都是髡发短须。髡发的式样不尽相同，主要是剃掉头顶部的头发，只在两鬓或前额部分留少量余发作装饰，或将耳边鬓发披散下垂，或编成小辫。北方草原民族髡发的原因，主要是由所处的生存环境造成的。大草原冬天寒冷多雪，夏天湿热多雨，一年四季都有风沙、跳蚤、虱虫的侵袭，索性髡发以免梳洗之劳。同样原因，契丹男子很少有蓄长须的，或为三绺小胡须，或为八字胡须，还有一种是只在鼻下嘴上之间蓄一撮短须。契丹人只保留短小胡须的做法，明显有别于中原人以长髯为美的传统文化习俗。

南唐的王公官员，都戴着前低后高的圆形幞头，身穿右衽的方领长袍，衣袖宽大，内衬窄袖，垂带飘飘，举止儒雅。反观契丹贵族的服饰，本与中原大不相同，跟江南的风格更是迥异。其主要特点是左衽、窄袖、紧身的黑紫色缂[①]丝圆领长袍，胸前绣着锁子纹、连珠纹或球路纹团窠，内衬毛皮里子，下身穿套裤，足蹬高筒皮靴，腰间按品级不同束着玉、金或银带，腰带上挂着匕首、火石，还有玉佩、豹尾等佩饰。一时觥筹交错，主客糅杂，辽国贵宾们的彪悍粗野，南唐陪客们的文弱拘谨，倒是相映成趣。

只听得歌女在筚篥、琵琶等乐器伴奏下曼声唱道：

“晓妆初过，沉檀轻注些儿个。

向人微露丁香颗，一曲清歌，暂引樱桃破。

罗袖裛[②]残殷色可，杯深旋被香醪涴[③]。

绣床斜凭娇无那，烂嚼红茸，笑向檀郎唾。”

“这首《一斛珠》，是咱们吴王千岁的新作，秀洁清雅，现在满金陵城都在传唱，最是应此刻的景！”陈觉不放过这个吹捧东宫储君李从嘉的机会。李从嘉是李从善的六哥，号称“词情第一”，兄弟二人都是当时南唐最出名的风流俊俏人物。

“端的……高明，端的……高明！”萧古都奴随口敷衍道。以他为首的辽国使者们哪懂得欣赏轻歌曼舞，倒是这许多江南的红粉佳人，“龙脑香调水，教人染退红[④]”，纤裳高髻、淡扫蛾眉、遍插珠翠花钿，身着低胸露腹的圆领舞衣，腰下左右开衩，露出里面的内衣，让宾客们目不暇接，垂涎欲滴。此时酒到酣处，个别辽国的使者浑身发热，已经分开衣襟，袒胸露乳，

① 缂（kè）

② 裛（yì），通“浥”。“裛残殷色可”，指衣袖上沾湿了残酒，原本的颜色变深。

③ 醪（láo），指醇酒。涴（wò），污染、弄脏。

④ 摘自唐末五代十国著名诗人王贞白的《娼楼行》。

浑身散发着膻味、口臭、酒气，金珠点缀的毡冠都抛在一边，不时寻机上下其手，臊得女伎们直往两边躲闪。一片狼藉中，全然没人注意那位给萧古都奴斟酒的相貌平平的婢女，她的左手在袖子的遮挡下一晃，暗暗转动了酒壶的机关。萧古都奴左手搂过一个教坊歌女，又色眯眯盯着婀娜多姿的舞女，右手接过酒盅不停地啜饮甘醇的佳酿。

又一巡酒过后，萧古都奴不仅酒意上头，肚子里更是翻江倒海。他敞着前襟，腆着肚子对主人们说："七……皇子，钟……相公，告……告罪，本使……肚子吃紧，哪里……能净手哇？"李从善对萧古都奴的粗鄙无礼哭笑不得，钟谟则强压住内心的鄙夷，转向陈觉一抬下巴，机巧的陈觉马上扭脸低声吩咐通译带萧古都奴去上厕所。

清风驿的溷[①]所因为不雅，且有异味，所以设在后花园的一处角落。通译挑着一盏昏暗的灯笼，引着萧古都奴七拐八拐，来到这个曲径通幽处。萧古都奴一泻千里，刚从厕所里出来，觉得余意未消，不得不转身返回。通译等得烦了，听见大厅里有人大声叫他回去做翻译，于是把灯笼撂在溷所前的小路旁，一溜小跑出了后花园。

萧古都奴坐在厕所的横档上，醉眼蒙眬，哼着北地的小调，根本没有觉察一个黑影从面前一尊"瘦、漏、透"的太湖石背后闪出来，悄无声息、迅捷无比地扑向他。

他最后看到的是眼前的一道寒光。

过了两盏茶的工夫，几位主人以及辽国的其他使臣，发现萧古都奴久去不归，都觉得蹊跷，连忙叫通译去查看。

然后他们就听见通译歇斯底里地惊叫："不好了！杀人了！"等大家都捂着鼻子赶到溷所，看到的是一具无头的尸体坐在厕位上，双肘还撑在大腿上，鲜血已染透了敞开的前襟。

李从善、钟谟和陈觉哪里见过如此惊骇的场面，都僵立在当场。

他们尚且不知道，这是青门精心组织的秘密刺杀行动，主谋是大周泰州团练使荆罕儒。荆罕儒是冀州信都（今河北省冀县）人，少年时曾为侠盗，轻财好施，后晋天福年间从军。广顺元年（951），内调为率府率，即郭荣的

---

① 溷（hùn）

侍卫长。曾随官家北讨太原、南征淮南，是官家最信任的将领，也是青门秘而不宣的方领之一。

石守信刚刚绘声绘色地跟阁内的众人讲完清风驿事件的经过，猛抬头见引进使兼枢密承旨曹彬一掀门帘，官家抬脚跨过门槛进来笑着说："卿等都听说了——"

此时是显德六年（959）元宵灯节过后第三天的早朝后，地点是中兴殿旁的延义阁内。

因为不是朝会，礼节从简，大家只跪拜一次，由首相范质带头齐称："臣等恭问圣安。"官家回："朕安。"并抬手示意大家起身。

这是一次最高规格的军事会议。参加会议的文臣除了首辅、宏文馆大学士范质，集贤殿大学士王溥、枢密使魏仁浦，被官家提拔的另一位枢密使王朴，以及三司使张美等殿阁重臣之外，奇怪的是，还有近期督办河工的右监门卫大将军、宣徽南院使吴廷祚在场。

宏文馆大学士、集贤殿大学士都是当时宰相的加官，表示其学识渊博，足以领袖百官群伦。现场另有太祖孝皇帝的妻甥曹彬旁听会议，虽然他之前曾任晋州（今临汾市）兵马都监，也算当过地方军政主官，但与其他在场的军政大员相比资格尚浅，大家都明白官家在特意一步步培养他。不过在场除了官家和赵匡胤，其他人对曹彬身在青门的秘密都毫不知情。

出席的将帅除了殿前都点检张永德、殿前军和侍卫亲军的统帅赵匡胤和李重进外，还有侍卫马军都指挥使韩令坤、侍卫步军都指挥使袁彦、侍卫亲军马步军都虞候韩通、殿前司都虞候石守信；连之前受责罚降职、改任右武卫大将军这种环卫散官的李继勋也出人意料地被召来，看来官家是准备重新起用他了。此时延义阁内将星熠熠，基本上聚齐了当时禁军中最骁勇善战的几位将帅。

外面正是天寒地冻的时节，但在皇宫的这座暖阁内却温暖如春。进门前，几位宰执把裘衣脱下交给门外侍立的太监们，将领们都按军队的规矩把脱下的裘氅叠好，整齐地摆放在阁门外两侧廊下。这个场所通常只有官家和心腹大臣们密商国事，军事将领中只有殿帅张永德和赵匡胤、李重进三人以前曾经偶尔出席。所以韩通、韩令坤、石守信、袁彦、李继勋等今天都显得分外兴奋和骄傲。

官家叫曹彬和几个武将合力把紫檀木御座搬过来正对着屏风上的全国山川舆图，然后一撩便服的下摆，昂然居中而坐。群臣自觉分文武、按品阶侍立两侧。几年来，郭荣已经逐步把军队的发兵权收归枢密院的文官，军队将领只有领兵的职权，皇帝、宰相加上几位枢密院的长官才是平时决定军政大事的班底。有心细的人注意到在场文武大臣各有七八人，都在猜是不是官家要平衡文武两方的意见，特别是他特意安排了主战的武将们出场，这实际上是战时内阁的扩大会议。

“清风驿之变”正是这次御前会议要决定的军事行动的导火索。萧古都奴被刺杀后，辽国和南唐方面很快明白，肯定是他们共同的敌人策划的刺杀。不过因为遇害的是辽主的亲母舅，辽主耶律璟和萧太后震怒，责怪南唐君臣保护不力；再加上南唐近来屡战屡败，已经丢了淮南十四州，辽国根本瞧不起南唐的实力，所以双方彻底决裂，短时间内没有重新联盟的可能性。

会议由宰相范质主持，他拱手对王朴道：“先请文伯先生分析周边各藩国的形势。”在场所有人都跟着官家尊称王朴“文伯先生”，一是因为其年纪最长，二是其地位在官家心里类似客卿，对他格外客气。

王朴叉手回礼，然后直入主题：“官家、各位同僚，毋庸多言，幽云十六州对我大周社稷的安危至关重要……”

二十六年前，后晋高祖石敬瑭为了击败后唐，登上皇帝宝座，不惜以认契丹主耶律德光为父、每年向契丹纳贡为代价，更严重的是割让了河北地区的十六个州给契丹。这个协议被称为“瀛州之盟”，它实际上是中国历史上中原王朝主动向少数民族割让土地的少数事件之一。这十六州，统称为“幽云十六州”，指以幽州（大约今北京城区一带）和云州（今山西省大同市）为中心的十六个州，具体指的是幽州、顺州（今北京市顺义区）、儒州（今北京市延庆区）、檀州（今北京市密云区）、蓟州（今天津市蓟州区）、涿州（今河北省涿州市）、瀛州（今河北省河间市）、莫州（今河北省任丘市北部区域）、新州（今河北省张家口市涿鹿县）、妫州（今河北省张家口市怀来县）、武州（今河北省张家口市宣化区）、蔚州（今河北省张家口市蔚县）、应州（山西省应县）、寰州（今山西省朔州市东部）、朔州（今山西省朔州市市区）和云州。

在冷兵器时代，全民皆兵、善于骑射的北方游牧民族的大队骑兵始终是中原王朝的噩梦。连绵不断的燕山山脉、北太行山山脉，和从战国时期开始不断修葺的长城，都曾有效阻断了游牧民族的侵扰。幽云十六州是中原大地的屏障，丢失门户后的北方再无宁日，中原腹地直接暴露在了北方游牧民族的铁蹄之下。而且该地区还是重要的农业、畜牧业生产基地，是原先中原王朝战马的主要牧场。此后十数年间，契丹主、辽太宗耶律德光，两进中原，后唐、后晋皆被其覆灭，中原沃土竟沦为异族的跑马场。近年来，虽然大周国力日盛，横扫南北，但占据幽燕地利北方的辽政权始终是朝廷的心腹大患。

王朴接着逐个分析周边各割据政权的态势。

“自官家亲征淮南，收复江北之地后，南唐元气大伤，畏惧天朝军威，且有我朝盟邦吴越国掣肘其后，从显德五年春以来，已无力单独北犯。

南平蕞尔小藩，不足为虑，反为我朝与南汉间之屏障。

显德二年（955）五月，官家遣兵攻蜀。是年闰九月收复了秦、成、凤、阶四州，将蜀国封在了川蜀盆地之中，使其无法再威胁我西南边陲。

显德元年（954）正月，朝廷加封陇西郡王、定难军节度使李彝殷为‘西平王’，该藩一直对朝廷忠心耿耿，暂无异动，不足为边患。

经高平之战，北汉刘崇于当年十一月病重不治，其子刘承钧伪袭。不过北汉力竭气丧，已成必死之寇。”

在郭荣的影响下，几位武将屏息听讲，因为都知道这是难得的学习机会。

“本朝最大之威胁，莫过于北方之契丹。目前，本朝仅凭磁州、固镇一线水系遏止辽骑南牧。显德二年（955），官家忧虑绵延数百里的胡卢河（古河流名，今称滏阳河）无法迟滞辽兵南下，特命仲达前往疏通。在击退辽军后，朝廷设静安军，驻兵李晏口（今河北省深州市乔屯乡李官村，北面就是当时的瀛洲）。”

仲达是韩通的字，皇帝和宰执大臣对下级官员可以称其字表示亲近，也可以直呼其名表示自己的权威。王朴说到这里的时候，韩通见大家都看向自己，不免扬扬得意，把胸膛拔了拔。

王朴用手中的笏板指向全国山川舆图的相应位置说：“由地形图可见，

幽州以南的瀛州、莫州相对突出，楔入我朝疆域，距离京师过近，胡卢河一旦失守，则仅余黄河天险可守。正如朴在《平边策》中所言：‘吴[①]、蜀平，幽州亦望风而至。’所以愚以为，目前我方首要目标应该是，先拿下瀛、莫二州，然后相机而动。”

范质见王朴说得累了，忙道：“文伯先生暂歇口气。”然后转向魏仁浦：“请魏枢相替文伯先生讲讲辽国最近的情况。”

魏仁浦当仁不让，向皇帝和同僚致意后直入主题：“据线报，当今辽主昏聩，不欲坚守幽州……”

此时的辽国皇帝耶律璟，契丹名耶律述律，是辽国的第四位皇帝，辽太宗耶律德光的长子，生母就是前面说的在清风驿被割头的萧古都奴的姐姐靖安皇太后萧氏。耶律璟耽于玩乐，嗜酒好杀，不理朝政，人称“睡王”。特别是他不在乎幽云诸州，曾多次放言幽云十六州“本南朝之地，南朝尽可取之”。而镇守辽“南京”即幽州的辽国北院枢密使兼北府宰相、加尚书令、魏王萧思温徒有其表，只是因为娶了辽太宗长女燕国大长公主，身为当今辽主的姐夫，才获此重任。

听到这里，文臣们忍俊不禁，武将们更是笑出了声。

这时郭荣突然插入话题：“众卿悉知，仅最近一年，辽国的政事令耶律寿远、太保楚阿不、辽主四弟耶律敌烈、前宣徽使耶律海思及萧达干、辽主三叔耶律李胡和耶律喜父子等纷纷谋反，证明该邦朝纲紊乱。朕前数次攻淮南，辽主曾命萧思温趁机攻占本朝黄河以北州县，但萧思温怯战畏进，仅攻陷边境数座小城交差，足见此人非将帅之才。经清风驿刺杀事件，辽、吴互生嫌怨，已失其掎角之势。朕观今日之势，四月北伐，收复幽燕，正当其时，此乃天赐良机也。”

见官家对敌方内幕了如指掌，众人都从心底拜服。这些情报都来自青门系统的密探，除了官家、赵匡胤和曹彬，在场的其他人都不得其详。

王溥还有点犹豫：“伐辽正值春暖花开，我军虽占天时，却不占地利。尤其我军供应线过长，况且对方以逸待劳，奈之何？”王朴也附和了王溥的质疑。

① “吴”此处指南唐，笔者注。下同。

官家笑着回复："二位卿家勿虑。如今运河已修至沧州，只要动用水军，兵马粮草朝夕可至。诚如文伯先生在《平边策》中所言，'方今兵力精练，器用具备，群下知法，诸将用命。天时地利人和皆在我方。'"他招呼站在最后一排的吴廷祚，"庆之，你把修水道的真相跟大伙说一下吧。"

众人方才把注意力集中到一直沉默寡言的吴廷祚身上。

原来吴廷祚近期名义上是督办河工修堵汴河决口，实际上是按官家密旨利用冬季拓宽和疏通原先汴梁通涿州的永济渠河道，为攻辽做准备，目前大船已能直抵沧州前线。待四月河开，水军就可以派上大用场。

听了吴廷祚的汇报，大家才恍然大悟，同时对官家和吴廷祚在这出"明修栈道，暗度陈仓"之计中的保密措施之严密佩服得五体投地。

众臣见官家振振有词，显然决心已定，今年春天伐辽就这么决定了。

郭荣看向首相范质。范质会意，转向三司使张美说："如此请张计相通报朝廷的财政状况，以及三司对本次北伐的后勤保障。"

自唐代中期以来，财务行政渐趋繁杂，于是朝廷特简大臣分判度支、户部及充任盐铁转运使，分别管理财政收支、租赋与盐铁专卖事务。后唐明宗于天成元年（926）委任宰相一人专判度支、户部与盐铁转运使事务。后唐长兴元年（930），再把三使合并，称三司使，总揽国家财政。三司使的权力极大，在朝中的地位仅次于宰相和枢密使，尊称"计相"。三司使在军事行动的决策中同样有较大的发言权。

张美清了清嗓子，开始详细报数——

显德元年（954）官家继位后，立即着手进行大刀阔斧的经济改革：其一是搬用北魏的均田制，把中原无主荒田分配给逃亡人户耕种；其二是税收改革，取消所有权贵的免税特权，无论官爵大小，只要占有土地就必须向朝廷纳税，甚至包括孔子后裔；其三，最惊世骇俗的是仿照唐武宗灭佛，废除全国寺院三万多所，新增良田万顷，迫使六万多名僧侣还俗，同时收购民间佛像铜器大量铸钱，增加货币流通。由此，几年内人口和财政收入大增。至显德五年（958）年底，含淮南江北十四州、六十县，全国户口统计有两百二十九万一千四百五十一户，以户均口数五口计则有近一千一百五十万人。而显德五年当年的税收已超千万贯。

而且南唐臣服后，每年进贡朝廷银十万缗、绢十万匹、钱十万贯、茶叶五十万斤、米粮十万石。另显德五年，尽管杭州城南失火，烧到了内城，官府庐舍皆夷为平地，吴越王钱弘俶[①]只得出居都城驿，火灾损失惨重，吴越国当年还是向朝廷进贡了两万匹绫、三万一千匹绢、一万五千两银子、一艘龙舟、一艘天禄舟、一千贯贺正钱。……

听到这些数字，原先不了解详情的几位将领眼中都放出光来。

“这足够我朝养十万兵，每年打十场硬仗。”官家激动起来，“‘仓廪实，器用备。而间谍、先导已备。’正待我辈好男儿建功立业！”

看到赵匡胤等众将领依次加入热烈的讨论，一个个摩拳擦掌，群情激昂，甚至额头都微微见了汗，郭荣非常满意，与几位宰执互相点了点头。

郭荣的伐辽计划，有从青门系统得到的可靠情报作为底气。他事先已经与三位枢密院的首长碰过头，召开这次扩大的军事会议有以下几个目的：首先是听取全面意见，慎重决策；其次是争取所有文武大臣的支持；再次是落实各方面的准备工作；然后是战役部署和各统兵官任命。而接下来是他最没有把握的议题。

“朕决定本次伐辽仍是御驾亲征。”官家终于说出了这句让所有人大吃一惊的话。

“陛下万万金之躯，身系社稷，不可轻出。”对此文臣们坚决反对。

尽管武将们几年来习惯了在官家率领下征战，但还是纷纷力劝官家不要亲自冲锋陷阵。只有李重进和韩通互看了一眼，不动声色。

“朕意已决！”郭荣没有挑明真正的理由——以赵匡胤为首的殿前军和李重进、韩通领导的侍卫亲军一直互相不服气，而这必然会影响协同作战；而现任的殿前都点检张永德是个老好人，没有威望驾驭殿前军和侍卫亲军，不足以单独领导本次战役。李重进则野心勃勃，绝不能放心地把禁军主力的兵权整体交给他；而赵匡胤虽有能力，但是资望稍显不足，所以自己必须再次出征。

文武群臣见圣意难违，只有进入最后环节——讨论战役的部署。李重进、韩通强调传统的陆战，靠步骑兵的运动战取胜，赵匡胤则强调发挥水军

---

① 钱弘俶入宋后为避赵弘殷讳改名“钱俶”

的作用。众将帅各抒己见，会场的气氛十分热烈，就连一直蔫头耷脑的李继勋也加入进来。

郭荣做了个噤声的手势，众人顿时安静下来。他开始总结战略构想。

“我军的第一步，是今年春季，先由沧州北上，以骑兵突袭，先取乾宁军（今河北省青县），攻占独流口（今天津市独流镇）；然后以水军为主沿河道向东西两翼展开，夺取定州（属今河北省保定市）、行唐（今河北省阜平县）、文安、辽国之宁州（今天津市静海区），把防线推进到清水（今河北省之大清河及赵王新河一带）和白羊淀（今河北省白洋淀）一线；同时分兵包抄，回过头来吃掉瀛、莫二州。第二步，在今年秋高马肥之时，水陆并进，攻占涿州、固安、武清（当时的武清州，即今天的天津市武清区）、梁城（今天津市宁河区），把防线进一步固定在拒马河至永定河一线。然后以游骑抵近幽州扰敌，吸引敌主力出击，伺机与之决战，歼灭敌有生力量。最后一步，争取明岁或后年克复幽州，把我大周之边疆推回到长城一线，拒辽寇于关外，一举解决晋祖贻留之边患。”

郭荣环视一周，然后问：“诸卿或有其他见解欲补充者？”

赵匡胤犹豫了一下，还是出言提醒：“官家，各位相公，并州伪汉虽无力大举进犯天朝，唯其对辽主附称子孙，如我军攻辽，辽主必命刘承钧出兵驰援。我方宜部署一支劲旅随时钳制晋军的袭扰。”

郭荣赞许地点点头。范质朝皇帝躬身请示：“请官家发布军令。”郭荣略一沉吟，已成竹在胸，正待开口，突然听到一旁的李重进插嘴说：“官家请恕臣有不情之请。近日臣母燕国大长公主身体欠安，臣须随侍左右，不便远征，恭请官家允许臣留京尽职。”

其实是李重进见郭荣坚持亲征，自己没有按预期取得北伐的最高统兵权，于是就找个借口留汴控制京师，实际上是想万一北伐战事不利，他就能与韩通里应外合，夺取中央政权。

郭荣心头不豫，但考虑毕竟燕国大长公主是自己名义上的姑母，这个理由不便驳回。况且麾下猛将如云，尽可以留李重进领部分禁军镇守京师，当然要留下得力的重臣制约他。

于是他开始朗声发布军令：“众卿听令——”

本次军事行动共调动三万禁军主力，包括由赵匡胤组建的水军五千人；

另有藩镇厢军两万作为后备部队。另谕令检校太傅、义武节度使、定州留后孙行友屯兵于定州，预防周军北进时，北汉出兵袭扰后路。

张永德为中军统制；韩通为陆路都部署，石守信为陆路副都部署；赵匡胤为水路都部署，李继勋为战棹左厢都部署，协助赵匡胤指挥水军；韩令坤为霸州都部署，作为后备队固守大后方；而官家是这次战役当然的最高统帅。

官家特旨侍卫亲军都指挥使李重进率其余禁军守卫汴京，但是同时安排三位大臣留守东京。以王朴为东京留守、张美为大内都部署；特别是任命吴廷祚为权东京留守，名义上是协助王朴，实际上因为他是太祖郭威身边牙军出身，在禁军中有广泛人脉，可以随时监控军队动向。对此李重进有点懊丧，却也无可奈何。

虽然本次会议达到了统一思想、鼓舞斗志的目的，但是参与决策的王朴心里总觉着隐隐不妥。他想起官家提到故瀛王冯道临终前曾有“事不过三”的告诫。官家亲征北汉是其一，亲征淮南是其二，此次伐辽应该是第三个以亲征的方式试图完成的战略目标。

“冯太师的预言最好只是危言耸听！”他会后匆匆回府，顾不上吃晚饭，马上焚香沐浴，在书房用竹签摆了一卦。等卦象出现后，王朴靠在椅背上呆看了半天，作声不得。

# 17 最后的北伐

在北伐的大军出发前，郭荣还有一件酝酿已久的事情要完成。

大内，延义阁中，《风尘三侠图》前。郭荣和符彦卿一左一右端坐在檀木太师椅上，严肃的目光都注视着面前这位三十三岁的青年。

“勤俭廉政，律兵爱民；勇于任事，严守机密；削除强藩，恢复天朝。”赵匡胤按门规用左手护右肘，右手中间三指朝天，庄严地宣誓。原誓词中“诛斩元逆，祭慰庄宗”，因三年前大仇已报，所以略去。

在官家和魏王的见证下，通过重重考验的赵匡胤，正式接掌冯道遗下的玲珑阳符。五年之内，青门三大名首中先后亡故了郭威、冯道，又陆续补充了郭荣、赵匡胤二人，终于完成了世代轮替。

元宵灯节后的扩大的战时内阁会议结束后，大周军政各方面动员起来进行战役准备，枕戈待旦。显德六年二月，义武节度使孙行友按计划率部扼守定州西山路，阻击北汉救援；侍卫亲军都虞候韩通等率先锋部队出沧州，趁冬季还未结束，继续督导民夫疏浚通往幽州的水道。到了四月初，郭荣和赵匡胤亲率水陆军主力北上。

因为不需要与辽军进行水战，所以此次水军出动的主要是征用的漕船，用于运输步兵和粮草辎重。在绵延数十里的船队中，最大的是供皇帝专用的龙船，长十二丈，宽两丈余；甲板以上建楼三重，高三丈六尺，楼顶是三道高桅巨帆，桅端高高挂着明黄色的龙旗，中间白月牙绣着斗大的“周”字；甲板以下两侧有两层水手划桨的桨舱。龙船前后各有一艘略小的战舰，周围是几十艘轻快的战棹护卫；再往外是两岸随扈的骑兵，左岸是高怀德指挥的龙捷左厢精锐，右岸是赵彦徽指挥的龙捷右厢重装骑阵，都是旌旗鲜明，刀戟严整。

四月的春风正暖，船队顺风顺流，直下幽燕。郭荣屹立在高高的龙船船头，头顶上北飞的征鸿，眼前雄壮的军容，一切都让他意气风发。身边的赵匡胤细看他在夕阳中的侧影，发现尚未到不惑之年的皇帝，鬓角已有了微微的白发。他最近越发感到，官家好像要把无数宏大的目标都塞进有限的生命里，只争朝夕。

一路关山飞渡，眼望断云残阳，赵匡胤心中隐隐有与现实不协调的感觉。有时他胡思乱想的时候会质疑："自古以来，征大白发，师老边陲，甚至白骨累累，到头换来的只有短暂安宁。王侯蝼蚁，终付尘土，我们这些一生征战的军人，包括官家在内，其生命的意义何在？而这样的战斗生涯又何时是尽头呢？"

不过他此刻再次被官家一往无前的意志所感染，只能硬生生地把不祥的预感压在心底。

战役进程比赵匡胤的预想要顺利得多。

面对大周水陆大军的汹汹来势，沿途州县望风而降，周军几乎兵不血刃，在四十余天内接连攻克益津关（今河北省霸县）、瓦桥关（今河北省雄县西南）和淤口关（今河北省霸州市东信安镇），收复三州共十七县的土地、一万八千三百六十户的人口。

等大军到了幽州城下，萧思温及麾下两万多步骑兵闻周师色变，都龟缩在城内，连侦查的斥候都不敢派出城。

战舰只能行驶到幽州城外十里处。官家下了龙船，在大批将校和侍卫的随扈下骑马到城上硬弩的射程外视察。他志得意满，挥鞭遥指开阳门的楼阙，眼前的幽州城已不啻是囊中之物。

此时大周北伐的主力加上沿途收纳的降军，陆上的步骑兵已有五万余人，军威凛然，声势震天。五代末期，全中国各个政权治下的人口总和也不过三千万，所以说"兵有一万，无边无沿；兵过五万，彻地连天"一点也不夸张。城上的守军战战兢兢，只敢躲在箭垛后探头探脑。

大辽国的南京，是在唐幽州城基础上扩建而成，是辽国对后周的军事前哨，也是其经济、文化最发达的地方，更是辽国五京中最大的城市，辖一府、九州、三十二县。当时辽全国共有男丁近一百一十万，而辽南京治下就有超过五十六万，占了全国一半；其总户数竟达三十万，总人口甚至超过了当时的汴梁城。幽州城墙高三丈、宽一丈五尺，周长三十六里，城外还有完整的护城河体系，向来易守难攻。

五月丙午日（二十四日），在御营中央高大的、可容百人的牙帐里，从一早开始，郭荣和众将领一直在讨论是否要强攻幽州城。

几乎所有的将领都认为，要想围困幽州城、取得攻坚战胜利，以己方现有军力肯定严重不足，按经验至少要二十万兵力，而且还要准备大量的攻城设施。大家都提到后梁贞明三年（917），辽太祖耶律阿保机率十万铁骑围困幽州达二百余天而不得，最后反而被晋王李存勖三万援兵击溃，就是不久前的惨痛教训。目前萧思温龟缩在城内，不能通过野战消灭其主力；而且糜师日久，后续粮草也慢慢供应不足，眼下宜后撤至拒马河、卢沟河一线巩固战果，待兵马、粮草和装备补充齐备后再进行攻坚战。

不过郭荣坚持立即强攻幽州城。他提出反例：更早几年的后梁乾化元年（911）至三年（913），李存勖以围城打援、各个击破之策，率七万步骑攻取幽州，终于剿灭了燕王刘仁恭、刘守光父子的桀燕政权。他又补充道："我军士气正旺，宜一鼓作气拿下幽州城！一旦拖延不战，必成强弩之末；而一个月后即进入雨季，幽州城外将变为一片泽国，除水师外，步骑兵难以立足；彼时若辽主省悟，举全国之兵增援，我军反而陷于被动。"

尽管大家心里都承认官家的谋略胆识比肩后唐庄宗李存勖，而战功更为卓著，堪称一代战神转世。但是此事攸关整支军队的胜败、国家的存亡，君臣两方面一时争执不下。

众人见官家的脸色越来越难看，都对他的固执感到不解。只有离官家最近的赵匡胤和张永德注意到，大帐内只有官家额上一滴滴淌下冷汗，两人对了一下眼色，由张永德出列躬身行礼道："官家，已过午时了，咱们大家先开饭，午后再议定不迟。"

郭荣点点头没有说话，起身缓缓走向牙帐后面的御幄。

就在敌我双方都在焦虑的当口，皇帝真的病倒了。从这天下午起，他就再没有出过御幄，大家只看见随军的医官和近侍不断慌慌张张地进出，还经常端着脸盆或便盆。官家每咳一声，在御幄外等候探视的赵匡胤等将领的心就揪一下。

赵匡胤恨自己出征前的预感成了现实。他瞅个冷子把张永德拽到一边商量："张殿帅，是不是干脆把京里的赵御医或刘翰林马上请过来给官家诊治？"

刘翰林叫刘翰，沧州临津人，世习医业。显德初年，曾向官家捐献祖传的《经用方书》三十卷、《论候》十卷、《今体治世集》二十卷。郭荣十分看重，命为从七品的翰林医官，加卫尉寺主簿，他捐的书都下旨由史馆印刷刊行。而赵御医名唤赵自化，德州平原人，以医术高明称世。前一阵赵匡胤嫁给高怀德的妹妹引娘生重病，找遍京城名医也未治愈，最后有人举荐赵自化，果然妙手回春。所以赵匡胤保荐他做了从九品的翰林医学，后来因为官家对他的医术非常赞赏，把他补正了七品的翰林良医，再加尚药奉御。赵、刘两位都有当世"神医"的美称，赵匡胤坚信只有他们俩能救治官家。

这时已快过三更天，浓浓的夜色更令人惶恐不安。张永德知道刻不容缓，马上下令派一名虞候八百里加急回汴梁召两位御医前来会诊。几乎在同一时候，他还接到了枢密院发来的一个噩耗。张永德是皇帝的近亲，并且是官阶最高的将领，现场众将中只有他能够出入御幄，所以众人拜托他进去央求官家同意退兵。

张永德蹑手蹑脚走进充满药味的御幄，看见躺在交床上的皇帝身上盖着厚毛毯，额头敷着湿手巾，嘴里还含含糊糊地说："冷，冷……"张永德摆手屏退了医官和近侍，凑近官家耳边轻声唤道："官家，官家……"郭荣好不容易艰难地睁开了眼，仿佛一夜之间就脱了相。张永德心乱如麻，鼓起勇气哽咽地说："官家，圣躬乃社稷之根本，禁军数万将士生死所系。前线缺医少药，臣等怕耽误医治，故恳请官家暂时罢兵，待圣体康复，再图后举。目前战果已远超预期，且饶辽狗们苟延残喘一时吧。"他伏在床前，拉住郭荣冰凉无力的手，眼泪扑簌簌地落下来。张永德犹豫再三，为了不刺激重病的官家，把刚刚得知的有关王朴的凶讯生生咽了回去。

皇帝扭脸看了张永德许久，也不知在思考什么，然后仰头喃喃道："罢，罢……"

张永德出御幄后就和赵匡胤安排退兵事宜。

官家显然已经不能乘车马，因为一路过于颠簸，不能安静地养病。为了能以最快速度回京，次日天刚蒙蒙亮，赵匡胤决定撇下行驶较慢的龙船，选了一艘最宽大的、甲板上有船楼的战棹，把官家搬上船，掉转船头，命令加派划桨的水手，每一炷香轮一班，全力不停向汴京进驶。为防备辽军出城追击，等官家和赵匡胤一行离开百里之后，张永德才命令其余水陆兵马开拔，按部就班撤至涿州、拒马河、卢沟河一带巩固防线。

赵匡胤等人对郭荣都是出于真心的爱戴，不仅仅他是这支战无不胜的军队的统帅，更是宽厚的兄长、严格的导师和生死与共的战友。看着日渐憔悴的官家，赵匡胤心里觉得比自己生病还难受。

回京途中在李晏口遇到行色匆匆的两位御医。他们上船后，顾不得擦汗洗脸，分别以望闻问切四法给官家会诊，再看了之前医官记的脉案和处方，对视了一眼，一齐脸色遽变，心里埋怨道："苦也，苦也！"原来郭荣身体发冷，不停咳嗽，是严重风寒，属寒证；另外还有些痢症。但因为表征是发高烧，被随军医官误诊，错用了去湿热的药，耽误了病程。两位御医会诊后，开了麻黄汤的方子，另外增加了少量苦参、地榆、牛黄等药，以期收敛固涩、温阳助运、健脾益气。

卧床不起的郭荣睡在战棹中央最大的舱室里。赵匡胤原先住隔壁的前舱，现在腾出来安顿两位御医，方便他们随时观察官家的病情；而他自己搬到后舱，跟近侍们挤住一室，除了每日处理军务，剩下的时间亲自监督官家的起居、进膳和用药。

不几日官家的精神开始好转，两位御医趁便禀告了符淑仪已有喜三个月的好消息。官家听后精神大振，叫他们出舱时唤赵匡胤进舱来商议军情。此刻官家虽然仍对攻打幽州抱有执念，但理智还是占了上风。"萧部主力未损，且以逸待劳，若不顾一切强攻，后果不堪设想，所以朕才没有宸纲独断、下旨攻城。"郭荣这话，更像是在宽慰自己。

"天意如此啊！"赵匡胤走出官家睡的船舱后，听到皇帝轻轻一声喟叹。通过几次深聊，赵匡胤深知——其实官家也知事不可为，只是不甘心错失了难得的大好形势。

赵匡胤归心似箭，尽管两岸的田野树木飞一样向后退去，他还是觉得不够快，不断下到桨舱给水手们打气。幸亏赵匡胤当机立断，安排最快的船运送官家，由永济渠经五丈河，再由金水河入宫城，他们仅用了不到八天就赶回了皇宫。到景福宫北侧的后苑码头上岸时，由于赵匡胤和两位御医等人无微不至地照料，郭荣的状态大有起色，咳嗽已不那么频繁，手脚也慢慢暖和起来。

六月初，郭荣刚回汴梁，就得知了王朴的死讯。

王朴的辞世非常突然。五月十五日，王朴按常规视察汴口的河工和防务，现场有河工挖到上面刻有“点检做天子”字样的木牌，上交到他手里。王朴觉得蹊跷，在返城后不顾劳顿，立即匆匆上门拜访因风痹症致仕的前任宰相李穀，想印证自己的猜测。不料还未及深谈，王朴就蓦地昏倒在李穀眼前，猝然离世，年仅五十四岁。

朝廷的宰执重臣死在自己府中，李穀不敢怠慢，立即上报中枢，同时把王朴随身携带的刻有“点检做天子”字样的木牌也移交有司。没想到这件事过于惊骇，在汴梁城传得沸沸扬扬，各种版本的谣言满天飞。

郭荣获悉王朴的死讯后数次哭昏过去。他君臣二人相知相得，谊同鱼水。回宫后，心急如焚的他拖着病体第一时间连夜召集几位宰执大臣密议，接着就召张永德觐见。

这几天非常闷热，但是景福宫内并没有像往年那样用冰块降温。但是惴惴不安跪在皇帝榻前的张永德，依然感到森森的寒意。

官家斜倚在御榻床头，手边的床几上放着那块刻有“点检做天子”字样的木牌，还有一盏符琬琰刚刚亲自端来的热腾腾的汤药。他边咳边瞧了张永德好一阵，艰难地说：“驸马，你……你是朕的……至亲，理当最懂……朕意。文伯先生的……死讯，你们不合一直……一直瞒着朕！”

张永德以头抢地，直道：“恕臣死罪！恕臣死罪！”

世宗把目光抬起来，仿佛在透过宫墙看着遥远的地方。良久，他叹了口气说：“朕……固知汝之为人。然朕观汝禀赋浅薄，堪堪负责方面，难以统揽全局，安能接替朕……执掌指挥全国兵马……之重任呢？朕……和宰相们……商量好了，你就……卸了殿前都点检的职务吧。”

“臣遵旨。不论官家另外委臣什么差遣，臣必鞠躬尽瘁，报效官家和朝廷！”张永德顿首道。

郭荣的颜色缓和了许多：“驸马，你站起来回话吧。”他停了一会儿问道：“对接替该缺之人选，你有何建议？”

张永德用袖子擦了擦脸上的汗珠，让自己平静下来，然后坚定地说：“臣推荐赵匡胤！元朗谂[1]谋帷幄，功冠诸将，廉俭律身，忠厚宽和，知人善任，推诚厚抚，经过官家多年历练，资望已经远超微臣，实统帅之才。”

官家想找出赵匡胤的一丝缺陷，不过他最后认定，赵匡胤最大的缺陷是没有缺陷。官家挤出一丝苦笑，点点头吩咐道：“你……下去吧。”

张永德深舒了一口气，他再次叩头道：“官家切切保重圣体。”然后起身诺诺而退。

郭荣心中郁积的烦闷并没有彻底消散。对于把全国最高军事指挥权移交给赵匡胤这位毫无瑕疵的“完人”，他隐隐觉得哪里有点不妥，待要细想时，却头痛欲裂。良久，他端起御案上凉透的药盅一饮而尽。

两天后，皇帝没有按期召开朝会，但是连下了五道震动朝野的圣旨。

第一道是免去张永德的殿前都点检一职，改任同中书门下平章事，加检校太尉，领忠武军节度使[2]。同中书门下平章事是宰相之职，张永德名义上是升职，但是没有兼枢密使，明眼人都明白他是让出了中央的兵权。

让李重进、韩通大失所望的是第二道圣旨，殿前都点检一职并没有落在志在必得的李重进头上，而是任命了资格更浅，且不是皇亲的赵匡胤，同时加检校太傅。李重进的脸色固然不好看，不过可能除了李重进本人，很多廷臣和禁军将领都早就发现赵匡胤简在帝心的迹象了。老于世故的大臣们都能猜到，官家除了不看好张永德的能力，更不放心李重进的忠诚。

第三道圣旨则有点出人意料。他破例册立符琬琰为皇后，之前她仅仅是六仪之首、正二品的淑仪，而当时还有排在她前面的杜、秦两位妃子。

第四道圣旨立皇子宗训为梁王，领左卫上将军；皇子宗让为燕王，领左骁卫上将军。

---

① 谂（shěn），本义指规谏。

② 辖地为今河南许昌一带。

最后一道圣旨则是大赦天下。

这几道谕旨就有以防万一的意味了，就是再心宽的人也能觉出皇帝恐怕是大渐了。

王朴的死，对郭荣实实在在是一个重大打击。他这些天经常回想起三年前，他曾经问卦于精研术数的王朴，想知道自己的寿数还有多少年。王朴第二天回复说："陛下用心，以苍生为念，苍天有知，自当蒙福。微臣道学浅陋，以所学推之，三十后非臣所知也。"当时自己大喜道："若如卿言，寡人当以十年开拓天下，十年养百姓，十年致太平足矣。"不过现在回想起来，王朴似乎欲言又止。

"从朕即位到现在，正好是五年余六个月。文伯先生说的三十之数，难道是在暗示五六相乘的定数？"他的内心隐隐感到了自己的宿命。

六月癸巳日，景福宫。

天气更加闷热，压得人喘不过气来。虽然是午后，浓重的低云像浓墨染黑的棉团挤在一起，把天空罩得像夜一般黑。

一阵剧烈的咳嗽过后，宫室内静得可怕，所有人都不敢惊扰官家这片刻的平静。

榻前的御案上，按官家的吩咐摆满了近年来钦定颁行的《大周刑统》《显德钦天历》《大周通礼》和《大周正乐》等典籍，散发着书籍特有的纸墨清香。为了掩盖汗味和药味儿，暖阁里还点着幽幽的檀香。

新皇后符琬琰脸上没有一丝喜色，因为本来看起来身体好转的官家，病情突然急转直下。她汗透亵衣，不顾身孕，已经在水米不进的官家床前服侍三天三夜了，此时再也熬不住疲倦，昏昏欲睡。

是初次被官家临幸的那一夜。

官家捧着自己滚烫的双颊，眼中流露出无限爱怜，他柔声说着："小符——"

"——小符！"符琬琰一个激灵，猛然醒来。

官家的手依然轻拂着自己的脸，只是这手的温度在一丝丝化去。官家深陷的眼窝中，一双眼睛却比梦境中更加炯炯有神。

“小符，你把宗训、宗让……还有杜、秦二妃……他们都叫来；另外，也召几个宰执……进来吧。”官家吃力地吩咐。

符琬琰的眼泪夺眶而出。她强忍住彻心的悲楚，吩咐一旁的太监去召集等候在殿外的众人。

范质、王溥、魏仁浦、张永德、张美和吴廷祚几位宰执进来后，很快就按照回光返照的皇帝的意思拟好了遗诏。

遗诏非常简短：

诏曰：宗训，朕之嫡子，天资聪慧，仁孝悌爱，着即皇帝位，继承大统。尊皇后符氏为皇太后，临朝听制。以下：同中书门下平章事范质、王溥、魏仁浦、张永德，枢密使吴廷祚，三司使张美六人为顾命大臣。诸臣工须尽心辅弼，勿负朕望。凡葬祭之仪从简，一如太祖勿异。

特此昭告天下

大行皇帝

显德六年六月癸巳日

宰相范质极力控制住自己忧戚的情绪，以平静的声音把遗诏的内容读给官家和在场的所有人听清楚。郭荣听完，确认了遗诏中顾命大臣里没有列入掌兵的赵匡胤和李重进，眨眨眼睛表示同意，最后看了符琬琰一眼。

皇后轻轻地说：“诸卿都退下吧。”不一会儿，其他人等都依序退出，偌大的宫室内只剩下她和官家二人。郭荣抬手温柔地抹去符琬琰脸上的泪珠，然后把她的手放在自己心口。

“若……七个月后你诞下皇子，便取名‘宗诩’，朕愿此儿……一生无灾无难……平安顺遂。”官家喃喃道。

郭荣微睁着双目，已经处于弥留之际。他清楚，符琬琰并没有她姐姐符璎珞那样的威望和统御力，所以他刻意布置了文武相制和禁军内部分权的格局，并安排赵匡胤为符琬琰母子保驾护航。而现在想到赵匡胤，是那样不真实的存在，就好像由自己亲手打造的一个更完美的自己，而自己一直在拼尽全力与之赛跑，直到生命的终点。郭荣害怕，那些在比赛途中靠不懈和取巧赢得的奖品，在身后终会以意想不到的方式被剥夺。

他开始懊悔自己杀戮过重。暴死的前朝李太后，还有那些因小过被他处以极刑的官员，如内供奉官孙延希、刑部员外郎陈渥、左藏库使符令光，还有高平之战溃逃被处斩的将校，忽然都来到殿前，他们掉落的人头又滚回脖腔，然后猛然一挺，以不可思议的动作挺立起来，一齐伸着双臂，披头散发，瞪着黑洞洞的眼窝，直直地向他拥过来。霎时间他从噩梦中惊醒过来，浑身的内衣都被冷汗浸透。

"想不到太师一语成谶！"

他知道自己的大限到了，也深深体会到了对死亡的恐惧和无奈。他呼唤爱人，想挽住生命中难以割舍的最后一点依靠。

"小符……"

文武大臣们都在宫外默然守候。过了不到一炷香，传出皇后、皇子、妃嫔们的号啕大哭。因为之前没有官家的口谕，赵匡胤和李重进等大部分臣子只能一直等在景福宫外。又过了一炷香的时间，由引进使曹彬指引，几十位最重要的大臣排队进景福宫瞻仰大行皇帝的遗容。

皇后、皇子和妃嫔们都已换好孝服，跪在大行皇帝榻前不住地哭号。

直到现在，符琬琰的意识好像还没有从梦境中置换出来。一切都那么不真实，她只想从这个梦境中醒过来。

"我是谁？我这是在哪里？"

"哀家母子就全倚靠诸卿鼎力扶持了！"这句话仿佛是从别人嘴里说出来的。

而在赵匡胤等大臣们眼中，梨花带雨的皇后，三分楚楚可怜中更带七分的坚毅果决。赵匡胤抬头看向官家的遗容，最高统治者的壮志未酬，他也曾在太祖郭威临终前的眼中见过。只有在这一刻，郭荣这位杀伐决断、勇往直前的一代战神，终于完成了与这个世界的和解。

窗外的闪电映亮了阴沉沉的大殿，借着这一瞬间的亮光，不经意间，赵匡胤发现一旁的李重进脸上似乎露出一丝不易察觉的窃喜，他疑惑也许那只是自己的错觉。而他的思绪很快就被殿外的电闪雷鸣打断。

天空不知什么时候像被掀开了幕布，霎时间狂风大作，骤雨如注。暴怒中的大自然，像是要掀翻这个世界。

# 18　逼宫

显德六年（959）六月甲午日，接近卯时，这是盛夏里暴雨洗涤过后难得的一个清爽的黎明，整个汴梁城趁着凉意还在沉睡中。

宫城内，滋德殿，大行的显德皇帝停灵处。

殿外，一丛丛兵器在几十个火把的映照下，寒光夺目，摄人心魄。

“尔等再近前一步，哀家就把这国玺摔作齑粉！”一身素缟的符琬琰只身挡在殿门前，双手高高地把传国玉玺举在头顶。

殿内是哆哆嗦嗦的一群妃嫔、宫女和太监，围着懵懂无措的七岁皇储、梁王宗训。他们与殿外一群面目狰狞的甲士之间，只隔着那位凛然无畏的青年女性。

殿门外原本有恃无恐的将士，面对当今最高贵、最庄严、最冷艳的妇人，都慑于她作为皇后的气势，一时竟未敢造次。

一天前的六月癸巳日，显德皇帝崩殂。

这终于唤醒了太祖孝皇帝的外甥、时任侍卫亲军马步军都指挥使、检校太尉、淮南节度使李重进的勃勃野心。

本朝太祖郭威，因在后汉末帝刘承祐发动的诛戮中死了所有亲生的儿子，所以晏驾前指定养子郭荣继位。时至今日，在所有成年的皇亲国戚中，李重进是原称燕国大长公主、现称福庆大长公主的太祖姐姐郭氏的儿子；张永德是太祖的女婿，大行皇帝名义上的妹夫，从血缘上讲只是其姑表妹夫；另有曹彬是太祖郭威的妻甥。李重进认为自己是唯一与郭威有血缘关系的男性，理应排在继承大统的第一顺位。郭威当时立郭荣为皇储，自己出于对母舅的尊重还能容忍，而且事实证明，太祖的选择没有错，自己无话可说。但是现在既然郭荣已经死了，下一个就应该轮到自己当皇帝了。而且，李重进是大行皇帝名义上的姑表哥，实际上与郭荣没有血缘关系，如果目前不争取继承大统，以后就再也没有机会了。

在高平之战显德皇帝委派赵匡胤对殿前军整编之后，如果中央禁军没有远征作战，其主力部队都驻扎在汴梁城内外的军营里，除了日常训练，还要轮流承担京师的巡防。当时侍卫司的龙捷军、殿前司的铁骑军驻扎在东京城外，由虎捷军负责防卫罗城（外城）南薰门等一十六座城门及罗城内外的防务；殿前司的控鹤军左右两厢四军共十二营分别负责内城朱雀等各门及内城的守备；皇城及其宣德门等城门的宿卫由殿前司的六班内殿直负责。当天寅时恰逢控鹤左厢第一军第三营指挥使杨光义值守梁门，散都头西班都知王政忠率本班五百名侍卫轮班守卫皇城。

杨、王两人都在义社十兄弟之列，赵匡胤对他们绝对信任。但他不知道的是，杨、王二人对自己一直没有升到厢、军以上的高级军职心怀不满，怨恨赵匡胤没有尽力提携，近日已投效许诺他们高官厚禄的李重进，妄想成为李重进篡夺帝位的从龙之臣。

而早有异心的李重进、韩通得知今日早朝上，宰执大臣将会按计划宣读大行皇帝的遗诏，拥戴幼主宗训登基。他们知道只有这个时段可以利用，机不可失，失不再来。于是李重进暗中命亲信假扮辽、汉的小股斥候部队骚扰京畿外围，趁赵匡胤在早朝前出城巡防，赵的亲信韩令坤、张令铎等尚在睡梦之中，利用叛徒杨光义、王政忠值班的时机，放手一搏，率兵进宫向正在滋德殿守灵的皇后索要传国玉玺，准备矫诏篡位。为了不让内宫察觉，他们必须悄悄地一个一个挟持不听话的在外围值守的殿前侍卫和大内巡夜的太监，而且只能派军健挨次爬云梯翻过几道宫墙，再轻轻打开宫门放大队进门，这就颇费了一番周折，等最后进入滋德殿的大院，已经过了寅时七刻。

这一刻双方僵持着。一方是李重进、韩通、杨光义、王政忠率领的大批凶神恶煞般的禁军，另一方是手举传国玉玺、勉力支撑的小符后。

此时听钟声，恰是卯时亮更，天色已微明。

“好不识趣，休怪本帅无情了！”李重进凶相毕露。

李重进诨号“黑大王”，不仅是因为外貌黝黑，而且是说他为人心黑手辣；而韩通号称“韩瞠眼”，也是因为他平日就是杀人不眨眼的狠角色。时间一点点地过去，李、韩头上开始冒汗，此时见不能顺利得手，二人开始焦躁起来，彼此示意再无拖延的必要，且不须顾忌传国玉玺完好与否，作势拔剑上前，马上就要对皇后等人动粗。

突然听到一个洪亮的声音朗朗说道："李太尉，韩都帅，你们摆恁大的阵仗，不怕惊扰先帝英灵和皇后、幼主吗？"

滋德殿的院子里，不知从哪里转出来先声夺人的殿前都点检赵匡胤。他手按剑柄，由贴身护卫张琼手持开山巨斧在前开道，王彦升、罗彦环两位殿前司的指挥使各持长刀护卫左右。来的四将中，除了赵匡胤是天下闻名、勇冠三军的猛将，其余三人也都是尽人皆知的"万人敌"。李、韩二人带来的军士自忖不敌，加上赵匡胤本身是整个禁军的最高统帅，所以都不自觉地纷纷退在两侧，闪出一条胡同来。

赵匡胤四人快步上前，挡在皇后与李重进、韩通等人之间。他们身后陆续涌出大批殿前司厅子都的武士，有的持长枪大戟，有的持连环硬弩，把毫无准备的侍卫亲军又逼退了丈许。

李重进、韩通万万没有想到赵匡胤等人会在这个时刻出现，一时怔在当场。他二人注意到赵匡胤在甲胄之外的装束，才意识到自己一行人都没有按礼制为大行皇帝披麻戴孝，不免心下惶恐，在赵匡胤的逼视下如坐针毡。在李、韩二人背后的杨光义和王政忠，他们的殿前军服色在一群侍卫亲军中非常扎眼，此刻正想往其他校尉身后躲藏。赵匡胤其实第一眼就瞥到他们，虽然心中无比震惊，但是目光一扫而过，并没有理会杨、王两个叛徒。

刚才还喧杂的滋德殿前已经鸦雀无声，空气凝重，不亚于千军万马决战前的两军对峙。几百名战士的目光都集中在赵匡胤一人身上，他任何一个微小的举动和言辞，都可能点燃一场血雨腥风的混战。

赵匡胤一到现场，旋即看清了情势还没有到不可收拾的地步，李、韩及所部亲信尚未戕害人命，而自己必须投鼠忌器，所以临时变通了处置，决定优先确保皇后和幼主的安全，而不是歼灭叛逆。"事不可绝，言不能尽"，这是他从冯道《荣枯鉴》中学到的应付危机的准则。他强压住即将拔出剑鞘的龙骠剑，缓缓转身，向皇后躬身行礼，"臣——"他特地在这个自称后面停顿了一下，深吸了一口气，继续稳稳说道："归德军节度使、检校太傅、殿前都点检赵匡胤，恭请皇后陛下、皇储梁王殿下圣安！请恕臣甲胄在身，不便跪拜之罪。”他虽然是向着皇后说话，却特意把每字每句都清晰地传入在场所有人的耳朵。他笃定，在参与逼宫的侍卫亲军和少数殿前侍卫中，虽然李重进本部牙军营的五百人都是他的亲信死党，但大部分中低级军官和士兵应该不会认同李重进弑主的图谋，自己必须尽快以禁军最高长官——殿前都点检的身份稳住这部分军士的情绪。只要李重进、韩通的大部分手下不一拥而上，乱刃相搏，就不至于威胁到小符后和幼主的人身安全。

果然，他用余光看到侍卫亲军开始纷纷垂下武器，进也不是，退也不是，已无原先的凶顽之势。

他知道此时绝不能迟疑，就绕到符琬琰的身侧，对着大殿内大行皇帝的梓宫再次行礼。“臣赵匡胤恭请大行皇帝圣安！官家敬请放心，有臣和李太尉、韩都帅两位在，谁都不能以下犯上！臣等誓死保卫皇后和幼主，保证今日幼主顺利继承大位！”说完转身站在皇后身侧，严峻的目光扫视全场，最后停在李重进、韩通二人脸上。

现在已经约莫卯时三刻了，东方天际已经出现一抹晨曦。

周围兵士手中的火把忽明忽暗，映得李、韩二人的脸色阴晴不定。

他们刚才决意对皇后、幼主下手，掌握承袭大统的主动权，至少要劫持幼主以令天下，成为帝国实际上的最高统治者，然后全面清洗朝中以赵匡胤、范质、王溥等为首的对立面。他们算准了今日这段时间宫中无宰执和殿帅坐镇，可以乘虚而入，一击成功。没想到皇后是将门虎女，临危不惧，而赵匡胤如神兵天降，打了他们一个措手不及。眼看赵匡胤和他带来的殿前军已开始控制局面，李重进、韩通迅速在盘算，是当场发作，拼个鱼死网破？还是借着赵匡胤没有当众戳穿他们的图谋，维持不撕破脸的局面，寻机撤出，徐图大计？李、韩二人一时难以定夺。

稍早前的滋德殿内，昏昏欲睡的几行灯烛下，呜呜咽咽的抽泣声中，大行皇帝的金丝楠木棺椁周围，皇后符琬琰正领着幼主梁王宗训和一大群跪伏在地的妃嫔、宫女在守孝。

由于官家在盛夏季节宾天，所以梓宫四周的铜盆里摆放了尺许的冰块来降温防暑，由太监定时从冰窖里搬来新的冰块替换，把融化的冰水暂时移放到殿角，待盆里的水彻底丧失了凉意，几个太监就会把铜盆里的水抬出去泼在院子里。

大殿里阴气森森，没有一丝暑意。符琬琰年纪轻轻，遽然丧夫，失去了这座最坚强有力的靠山，悲痛欲绝的她已经哭哑了嗓子。从两天前官家步入生命的最后阶段，她就一直没合眼，凭着天生的毅力挺到现在，几乎到了精力和体力的极限。

大殿里弥漫着石灰、白酒、水银、香料与灯油、蜡烛的挥发物混合在一起的奇怪味道，窗外雨水沿着檐口滴落在台阶上的“嗒——嗒”声渐稀，这都使得符琬琰心神恍惚，渐渐不知身在何处。

泪眼蒙眬中，一个熟悉而陌生的身影在目前忽远忽近，不断提醒她——“拿好传国玉玺！不要离手！不要离手——”符琬琰打了个寒战，猛然间被殿外一阵铜盆摔落的巨响惊醒过来，然后外面是几声戛然而止的惊呼和一阵杂乱的脚步声。

自幼训练出的机警让符琬琰霍然起身，以周围人们眼中不可思议的速度抢到殿门口，把正要闯入大殿的李重进一班人拦在外面。

院子里，几个方才出去泼水的太监被刀剑架在脖子上，不敢出声，几个铜盆倒扣在地面上。李重进认出了一身孝服的小符后，如获至宝，狞笑着对她说：“符琬琰，本帅今日要你交出两样物事——传国玉玺和梁王！只要你乖乖照办，没耽误本帅的大事，本帅不会亏待于你。”

宫城内除了后妃、宫女、太监，只有已经晏驾的皇帝一个成年男子，没有殿前诸班的侍卫能够进宫，符琬琰身边一个帮手都没有，此刻被李、韩二人带兵逼住，已经来不及带着梁王携国玺从容逃脱。幸得她谨记官家临终前的叮嘱，知道传国玉玺是这几天最紧要的物事，一直随身携带。她刚才出殿门是想呵斥有谁这般无礼，打破了灵堂的肃穆，没想到会撞见生死攸关的剧变。

李重进见皇后把四寸见方的国玺从怀中取出来，以为他的恐吓已经奏效，正待上前接过，没想到看似柔弱的符琬琰不知道从哪里生出一股胆气来，双手把传国玉玺高高擎起，厉声喝道：

“谁敢无礼！尔等再近前一步，哀家就把这国玺摔作齑粉！”

赵匡胤及时救场，才让符琬琰狂跳的心渐渐平复下来。方才她是仅凭一时激勇，把心一横，做出了连自己都不敢相信的举动。身怀六甲的她，现在几乎虚脱的身体软了下来，只能靠在殿门的门框上勉强站着。

她扭转头，正好迎到赵匡胤满是敬慕的注视。两人目光相接，符琬琰立刻避开，作为守寡的皇后，她必须掩饰自己的虚弱和委屈，不能当众失态。

赵匡胤对眼前绝代风华的皇后，那个由京娘羽化的符琬琰充满了钦佩。“好妹子！这世上只有她才能配得上官家的英明神武！也幸亏有她，才能一直拖延到我来！”

另一个他必须赞赏和感激的是西上閤门使、枢密都承旨曹彬。

原来，是日更早前刚过寅时三刻，曹彬因为今天有幼主即位的仪式，特地比平日提早起床梳洗，把正五品的绯色官服穿戴整齐，外罩麻衣和孝巾，从浚仪街的住处出发，在寅时五刻就赶到西华门。平时他应该在寅时七刻到任，监督守门的殿前都知指挥侍卫们打开宫门，然后自己开始查验进宫城的文武群臣的鱼符，保证早朝在卯时准时举行。

几天来，因为大行皇帝刚刚宾天，诸事繁杂，曹彬总是早出晚归，睡眠严重不足。一路上听着巡夜的梆子声，睡眼惺忪的他边打着哈欠，边掐算着时刻。刚刚拐入殿前街，迎面就是巍峨的西华门。但是出乎意料的是，西华门已经宫门大开，一大队全副武装的军人，随着游蟒般的一长串火把鱼贯而入。他猛然想起，现在应该是散都头西班都知王政忠率本班值守，他们应该是在半个时辰前的寅时初刻换岗，而在一个半时辰之后的卯时交班。“尚未到打开宫门的时间啊？！此刻也并非殿直诸班换岗的时辰啊？！而且他们携带云梯意欲何为？！”曹彬怀疑起自己是不是还没有彻底清醒过来，揉揉眼睛，正准备疾步上前查看个究竟，猛然间发现进入西华门的都是侍卫亲军，顿时心中一凛，倦意全消，本能地闪身隐入街旁的黑暗处。

从长安到洛阳，从洛阳到汴梁，千年来在都城不断上演宫廷政变的戏码。熟知前朝掌故的曹彬不敢相信这一幕实实在在发生在自己眼前。同样是禁军，侍卫亲军只负责内城以外的守备，只有殿前诸班能进入皇城。侍卫亲军在错误的时间出现在错误的地点，只有一种可能——侍卫亲军的首脑图谋不轨！

曹彬脑中闪现出一个黑黢黢、恶狠狠的面孔——

“是李重进！”这个判断让他后背发凉，睡意全消。

曹彬毫不怀疑，如果李重进成功政变，掌权后第一批要除掉的除了赵匡胤、张永德、小符后母子和当朝宰执，自己同样逃不掉被诛戮的下场。他见事态紧急，只能当机立断——“必须马上找到赵点检！”

曹彬沿殿前街建筑的檐下向西狂奔，以最快的速度在寅时六刻之前赶到殿前司衙门，赵普正在起床。牙门内外站岗的护军都熟识曹彬。“都点检出城巡防了，只有赵书记在！”原来赵普已升任赵匡胤牙府的“掌书记”一职，殿前司上上下下习惯称他“赵书记”。

曹彬跑得满头是汗，直入赵普值班休息的后院东厢房，找到赵普说明情况。赵普脑门儿冒汗，立刻命令十几个值班的牌军持令符调动禁军各部包围宫城，特别调战斗力最强的控鹤军厅子都到西华门附近候令。二人骑马循赵匡胤巡防回城的路线迎了上去。

恰是卯时，夜色更浓重了。

赵匡胤刚刚进入内城的天波门，就撞见了迎上来的曹彬和赵普。听曹彬简短地说明情况后，他着实大吃一惊。

他昨日入夜后听浚仪县报告有辽、汉的小股斥候袭扰，可能后面会有大部骑兵南下犯京，所以连夜出城布防。但是赵匡胤心里一直狐疑，因为并没有得到负责辽国方面的青门细作的线报，而且没有收到边防各节度使和防御使的邸报。

赵匡胤出任殿前都点检这一全国最高军职后，李重进当然不服气，人前人后一直阴阳怪气。但毕竟李重进是皇亲，还是一起在沙场并肩战斗过的同袍，赵匡胤一直容让三分。赵匡胤和赵普对他的野心早有防备，不过没想到李重进孤注一掷，在实力对比处于绝对劣势的情况下暴起发难。

当时除了殿前都点检赵匡胤、殿前副都点检慕容延钊统领整个禁军外，在大行皇帝郭荣去世前对殿前司、侍卫司两大禁军系统统帅的布局中，殿前司以滑州节度使、检校太保石守信为都指挥使，王审琦为都虞候；侍卫司仍以李重进为侍卫马步军都指挥使，检校太尉、同平章事、归德军节度使韩通为马步军副都指挥使，韩令坤为马步军都虞候；再往下的侍卫马军司和侍卫步军司，赵匡胤的妹夫高怀德为侍卫马军都指挥使，张令铎为侍卫步军都指挥使。在官家眼中，他对禁军统帅的安排大致还是平衡的。

殿前、侍卫两司猛将如云，但除了李重进和他的死党韩通外，禁军大部分统帅都是赵匡胤的亲友故旧。其中石守信、王审琦同为赵匡胤的“义社十兄弟”之一，都是赵匡胤集团的核心人物。同时，李重进、韩通指挥的侍卫亲军中也有赵匡胤的内应，其中韩令坤、张令铎都是由殿前司升调过去的。韩令坤是赵匡胤在洛阳夹马营一起长大的发小，情同手足。特别重要的是，老成持重的宿将、领淮南节度使慕容延钊是大行皇帝特地安排制约赵匡胤的，不过他没有想到的是，慕容延钊与赵匡胤在以往历次合作中，特别是在高平之战中，结下了深厚的战斗友谊，二人彼此惺惺相惜，赵匡胤更是把慕容延钊当作兄长对待，事事请教，给足了这位军界老前辈面子。

此时与赵匡胤同阵营的级别稍低的禁军高级将领，还有义社成员控鹤军都指挥使韩重赟和铁骑右厢都指挥使刘光义，皇后符琬琰的亲兄、龙捷右厢都指挥使赵彦徽，以及殿前司散员都指挥使王彦升、殿前司散指挥都虞候罗彦环和龙捷右厢都虞候张光翰等。

赵匡胤内有以上禁军将领拥戴，外有天雄军节度使[①]、魏王符彦卿和安国军节度使[②]、加检校太傅李继勋等藩镇强援，已经对李重进集团形成碾压优势。而李重进可能的外援只有检校太尉、守侍中、同平章事、昭义军节度使[③]李筠而已。

赵匡胤原本认为万事无虞，没想到还是百密一疏；只是现在不知道到底殿前军里都有谁投靠了李重进。

赵普分析道：“李重进能顺利带兵进宫，说明他至少杀害、挟持或收买了把守内城某座城门之营指挥使，以及此时值班之殿直都知王政忠，且肯定已然占据了皇城。我们虽然兵力占优，但当务之急是尽快攻入宫城，控制住局面。唯恐李逆或已挟持甚至戕害了皇后和幼主……”

---

① 驻今河南、河北、山东交会处一带。

② 驻今河北省邢台一带。

③ 领有泽、潞、邢、洺、磁五州，也就是今山西省和河北省南部。

听到这里，赵匡胤双眼都要冒出火来，拧眉沉声怒道："本帅要活剥了李重进这厮！"

"事情或尚有缓急。皇后绝不是等闲女流，说不定尚在与李重进等周旋。有一个官家预留之暗道可以进宫——"曹彬说出了压箱底儿的秘密。

原来，这条从宫外通向内城的密道的几道暗门只有用玲珑符才能打开，阳符是从内侧打开的钥匙，阴符是从外侧打开的钥匙，阴符、阳符调换也不起作用。而这件事只有郭荣、他的两任皇后和他最信任的国戚曹彬知道。因为五代时期政变迭起，这是官家吸取历朝教训，为防不测而预留的遁门。密道的几道暗门是委派曹彬专门从南唐请了顶尖的待诏对照玲珑符制作了开闭机关。

密道是精密地分段、分工序设计、施工的，所有工匠都只了解自己完成的部分。前者，内供奉官孙延希因为督修滋德殿等宫舍，被官家以贪渎的名义匆匆斩首，事后用重金抚恤，其实就是因为除了官家、皇后、曹彬之外，只有孙延希全面掌握工程内幕，而官家对其并不绝对信任，因而只有在密道完工后，找了个由头把他灭口了。

听曹彬说出了这个皇家的终极秘密，赵匡胤和赵普都是眼睛一亮，两人迅速商定了平叛的部署，由赵匡胤带领最精锐的厅子都，在曹彬带路下从密道潜入宫城，直达停灵的滋德殿，保护守灵的皇后和皇储的安全，而赵普去接洽各禁军高级将领，布置军队的调动。

两拨人分开前，赵普对赵匡胤说："如果李逆已经戕害主上，请大帅除恶务尽，不留活口！"同时用左手斩钉截铁地做了一个砍头的手势，见赵匡胤点头应诺，赵普带着随扈拨马而去。曹彬心细，麻利地把自己穿的麻衣和孝巾给赵匡胤罩在盔甲上，然后二人也在牙兵牙将的簇拥下，与早在西华门附近待命的厅子都将士会合。他们远远看见西华门大门紧闭，一群不明就里的大臣和中低级官员被堵在外面，大呼小叫也无人搭理，而有些敏感的官员已经嗅到了政变的味道，开始交头接耳。此时听鼓声已经是卯时初刻了。

几乎是在符琬琰手举国玺堪堪不支的同时，赵匡胤率部随曹彬进入宫墙上金水河的闸口，由两道暗门穿过宫墙，先来到宫城的后苑，经过树木阴翳的皇家花园，沿太监宿舍背后的夹墙到达滋德殿北侧，再由一个暗门进入地下的暗道，最后从大殿基座侧面的暗门闪身出来。

厅子都相当于现代的特种兵，由经过严格训练的禁军子弟兵组成，虽说是“都”的编制，其实有近千人是殿前军中最骁勇的武装，单兵战力首屈一指，对付普通的禁军，至少能以一敌三。一行将士蹑踪潜行，整个行动迅速而悄无声息。

走到曹彬打开通往滋德殿后院的最后一道暗门时，赵匡胤派曹彬折返西华门，接宰执大臣随后入宫，务必在今日辰时主持幼主登基的仪式，免得夜长梦多。

就这样，在李、韩决定对皇后等人下毒手的关键时刻，赵匡胤及时出现在滋德殿前，出奇制胜打乱了李重进的政变进程。

就在赵匡胤慷慨陈词，压制了现场一触即发的事态后，天光已大亮，应该到了卯时四刻。符琬琰不动声色地退到滋德殿殿内，开始温柔地哄着被吓哭了的梁王宗训。

殿外的杨光义、王政忠目光游移，不敢与赵匡胤对视。眼看形势向政变计划相反方向发展，李重进、韩通不甘心就这么草草收场，他们手按剑柄，看样子打算做最后一番挣扎。

不待他二人发作，几个殿前司的行首陆续分开众武士朗声报信：

“赵彦徽、张光翰率本部龙捷右厢已在宫外听旨！”

“刘光义率铁骑右厢在宫外候令！”

“控鹤军都指挥使韩重赟率本部在宫外护驾！”

“侍卫马军都指挥使高怀德请都点检下令！”

众人听得宫城外面兵甲铿锵，阵阵马蹄声不断从四面八方向这里汇集，显然外围有大批人马已形成包围之势。

一个侍卫亲军的牙将匆匆赶到，他先对韩通偷偷耳语了几句，韩通脸色一变，倒吸了一口凉气，马上对李重进使劲眨眼睛，同时偷偷摇了摇左手。李重进顿时像泄了气的鱼鳔，把到嘴边的恐吓之语咽了回去。

不多时，在殿前军的护卫下，几位当朝宰执领着一大群参加继位仪式的大臣到来，滋德殿外人满为患，场面甚至有点滑稽。除了殿门前赵匡胤和李、韩二人中间有一小块空地，其他空间几乎都已经挤作一团，双方的甲士脸贴脸，盔碰盔，只能把兵器朝上抱在怀里，此刻不论是谁想动手厮杀都施展不开手脚了。

原先被堵在宫门外的众大臣，虽然已经先从曹彬那里得知了事态，但是亲眼见到双方剑拔弩张、刀兵相对，还是满脸惊愕，更有几个想起后汉末帝屠杀托孤大臣的往事，腿肚子直打弯儿。

只有卸任殿前都点检、尚未赴任忠武军节度使的驸马都尉张永德，一进场就作出了准确的判断。他与赵匡胤照面后，拱手打圆场道："二哥，赵点检、韩都帅，一班武臣怎到得恁般早！倒显得吾等文臣慵懒了。"张永德一直随着妻子晋国长公主称李重进"二哥"，他的到来进一步缓和了剑拔弩张的气氛。

应该在今天宣读大行皇帝遗诏并主持梁王即位仪式的托孤大臣、首相魏仁浦走到赵匡胤、张永德、李重进的中间，他缓缓巡视了一周，最后对着赵匡胤说："今乃是在大行皇帝灵前立新君的大日子，宫内无需如此多禁军护卫，请赵点检下令无关人等立即离场！"

赵匡胤马上躬身应道："谨遵相公谕令！殿前、侍卫两司所有将校听着——"

李重进突然声嘶力竭地喊出一句："主少国疑，宜立长君！"李重进先勇后挫，进退失据，现在已经是色厉内荏了。

魏仁浦、范质、王溥、张美等满朝文武大臣终于彻底看清了李重进这个野心家的真面目。大家也意识到，李重进平时刻意在言谈举止上模仿太祖郭威，就是为了这一刻有机会谋求大位。不过他的表演有其形而失其本——太祖孝皇帝永远是顾全大局，宽厚仁德，最后能开国称帝是众望所归。现在李重进那副急不可耐的样子，在众人眼中非常拙劣可笑。

赵匡胤看了一眼魏仁浦，他在魏仁浦的目光鼓励下，出列以饱满的声音反驳道："正因主少国疑，才需要吾等托孤重臣鼎力相持，此为不负君恩。"他双眼逼视逆党，李重进等人不由得目光闪躲，无地自容。

吴廷祚接着魏仁浦的话一字一句地说："先帝刚刚宾天，社稷悬于一线。吾等臣子，受先帝托孤，今不为皇家分忧，却争执于梓宫之前，惊扰先帝、幼主和太后，是何体统。今有先帝遗诏，请魏、范、王三位相公依诏执行。"

范质也站出来说："有官家的遗诏在，梁王作为皇储继位不容更改！"

王溥更是直斥李重进：“李太尉，你作为官家的近亲，国家的柱石，更应该明事理、知进退！”

李重进招架不住众人的指责，理屈词穷，张口结舌之余，还要有所辩解，张永德抢上一步，截住他说：“我二哥也是忧虑国事。今日咱们须得尊奉官家遗诏，这就请魏相公、王相公、范相公主持大事。”张永德看见在越来越多殿前军的裹挟下，侍卫亲军开始狼狈地退出滋德殿大院，知道尘埃落定——李重进已经出局了。

李重进也看到双方强弱逆转，自己讨不到便宜，已然没有翻盘的余地了。所以他干脆自己找台阶下，不尴不尬地跟周围的大臣们解释，声称自己是听闻有人要叛乱，所以特地率兵进宫护驾。不过其实现在已经没人在意李重进苍白的辩解了。赵匡胤冷眼旁观，还是忍住没有当众戳穿李重进。因为他知道，一旦李重进等狗急跳墙，自己虽不难全身而退，但是在场手无寸铁的帝眷和大臣们难免有闪失。

韩通见势头不对，在后面把李重进往后拽，生怕他言多必失，难以收场。李重进今天带来的牙军是他压箱底儿的保命本钱，他也不想在今天一把全输光。在众目睽睽之下，李、韩二人只能跟着自己的部属灰溜溜地离开滋德殿现场。

已经是卯时五刻，第一缕阳光开始照耀在不远处崇元殿正脊高耸的鸱吻上，光晕夺目。符琬琰、赵匡胤等人不由得精神为之一振。

魏仁浦、张永德等顾命大臣都非常钦服赵匡胤在接到曹彬的警示后临危不乱，每一步都对当前的形势做了最准确的判断，靠自身的威信和机智制止了逼宫。因为他们清楚，李重进带领的一营牙兵也都是久经沙场的悍勇，单兵作战能力与厅子都的士兵不相上下。况且对方已占先机，如果当场翻脸，必定是一场你死我活的火并。乱军之中，很难保全符皇后和幼主的安全，而且会继而引发开封府城内，甚至整个国家更大范围的政治动荡，就像乾祐三年的“广政殿事变”那样动摇国本。不如临时稳住李重进、韩通，让他们不至殊死一搏。另外，这也是为了保全皇家体面，不能让血淋淋的场面搅了新帝登基的重要日子。

赵匡胤当然知道李重进、韩通心有不甘，今日隐忍退却，是为了能东山再起，自己与李重进迟早要一决雌雄。在李、韩带兵离开宫城的同时，赵匡胤马上请示符琬琰和主管全国军政的三位枢密院长官——枢密使魏仁浦和参知枢密院事王溥、范质，该如何处置李、韩二人。他们五个人一致认为，李重进在禁军中的关系盘根错节，此时不宜轻起杀戮。只能先给李重进留下一条退路，以皇太后符琬琰的名义任命他为平卢节度使，并让他尽快移兵就镇，免得留在京师随时作乱。如此一来，朝廷可以先稳住局面，从容布置，再相机消除这个心头大患。

趁臣工们准备幼主继位仪式的当口，赵匡胤按照与皇太后、宰执们商定的方针，布置殿前军监视李重进率本部牙军出京移镇青州，同时在汴梁城内顺藤摸瓜，剪除李逆余党。不过为了不刺激李重进，并没有马上处分韩通，暂时保留其侍卫司副都指挥使职务，只是派王彦升严密监视。至于杨光义、王政忠二人，则遍搜内外城而不得，赵匡胤估计他们已经化装随李重进出城了。

“好险！”大局已定，赵匡胤方才发现冷汗已经浸透了内衣。如果当时赵匡胤不能及时出现在现场，李重进的阴谋很可能得逞。

今日的事变中，敌我双方都有几个没想到。赵匡胤方面没有料到的是，李、韩二人敢冒天下之大不韪，起兵逼宫；更没有料到杨光义、王政忠两个义社兄弟背义投敌。而李重进、韩通一是没想到曹彬提前发觉了他们的政变阴谋；二是赵匡胤神兵天将，彻底击溃了他们政变的信心。双方都没有想到的是，官家的遗孀符琬琰在关键时刻展现出巨大的勇气，影响了本次事变的走向。在场的人都暗赞小符后不愧是出自符老令公家的将门英雌。

辰时初刻，晨钟响起，阳光从东侧窗棂斜斜射入滋德殿，照在符琬琰和梁王的脸上。正是钦天监算准的吉时，仿佛一瞬间，外面的整个大梁城已一片光明。街巷中叫卖声此起彼伏，又是一天热闹的都市生活开始了。汴梁的老百姓们不知道，正是由于一男一女在黎明前的勇敢和机智，他们才幸运地逃过一劫。更没人能意识到，一个新的朝代即将拉开序幕。

此时按大行皇帝遗诏，梁王宗训于灵柩前即皇帝位。众臣分文武、依班次行三拜九叩大礼，齐声高呼：“恭请皇帝践祚登基！”“恭请皇太后垂帘听政！”

幼主宗训即位后，由宰相魏仁浦当场宣布新君的第一道、第二道、第三道诏旨：定大行皇帝的庙号和谥号合称为“世宗睿武孝文皇帝”；尊皇后符氏为宣慈皇太后，按制垂帘听政；魏王符彦卿加守太尉之衔；右羽林统军、权知邢州事、检校太保李继勋授安国军节度使，加检校太傅；还有石守信加领义成军节度使，王审琦领睦州防御使等对各大臣的一系列恩典。而李重进特地加中书令虚衔，罢侍卫马步军都指挥使，改任外藩，移镇青州，由韩令坤接掌侍卫亲军。李重进的宫变，弄巧成拙地使赵匡胤及其亲信全面掌控了禁军的实际指挥权。

按仪制身披深青色翟纹袆衣[1]、外罩孝袍、头戴十二枝花钿凤冠的符琬琰，隔着珠帘端坐在新皇帝后面的御座上。在刚刚过去的两个时辰之内，发生了几多惊心动魄的变故，竟如梦里走了一遭。直到这一刻，她悬着的心才有了着落，眼泪开始止不住扑簌簌地淌下来。

在庄严肃穆的礼乐声中，她透过珠帘看向西班武将之首的赵匡胤，而背后的阳光恰好转到赵匡胤身上，似乎焕发出一团红色的光晕。

在她蒙眬的泪眼中，眼前这位英武的统帅，依稀还是多年前那个莽撞的青年。但她不确定——他是不是像她一样，也宁愿用这一纪的浮华，去换回那初见的一刹？

而他在怜惜着——风姿无双的她，作为帝国的年轻孀妇，要孤零零地熬过多少不眠之夜？而垂帘听政的她，会不会成为大唐则天皇帝那样睥睨[2]群雄的女主？

赵匡胤蓦然醒悟，他们二人从相遇的那一刻起，一直就是彼此生命的倒影。

然后他的目光焦点越过了幼帝和小符后，穿过了大行皇帝的梓宫，透过了重重宫阙。

人世仓皇一梦知[3]。

二人各怀心事，透过珠帘的目光再次相触，十二年间的过往一齐涌向心头，恍如隔世。

---

① 翟（dí）纹袆（huī）衣

② 睥睨（pì nì）

③ 改自马君武《译嚣俄重展旧时恋书之作》，原句是“茫茫天国知何处，人世仓皇一梦如。”

# 19 尾声

大宋开宝八年（975）盛夏的一天午后。西京洛阳城外的开元湖畔。

那湖水澄澄滟滟，更映得叠叠青山无限灵秀。这“开元湖”的名头，也让人不由得向往大唐的开元盛世。

岸边探向湖水的几株垂柳下，一叶轻舟上独坐着一位手持鱼竿的老者。他头戴一顶遮日黑箬笠，穿一领银丝纱团领白衫，脚踏青白枭脚多耳麻鞋。虽然已经年逾古稀，但他仍然保持着军人魁梧挺拔的体态，神情更是一派洒脱。此刻湖面上风平浪静，正是垂钓的好时光。

七八个从人围着一匹矮马，远远地候着；三三两两的游人都识趣地绕开，谁也不敢打扰这位老人的清静。

船上的垂钓翁，正是六年前以太师致仕、曾经“上朝不名”的魏王符彦卿，当时主动放弃亲王的仪仗、服饰和俸禄，以普通节度使的身份迁居洛阳。近几年他终于有时间总结自己多年的战争经验，撰写了《人事军律》三卷、《五行阵图》一卷，颇为自得，正准备定稿后交兵部印发殿前司和侍卫司各军将领。

此刻，他听渔唱于烟波，闻荷香于柳荫，显是快意人生。柳枝上的蝉鸣正噪，望着眼前水出深源，波盈远岸，老人慢慢起了困意。深埋在心底的往事，随着一层层的山影，一幕幕地闪现在眼前。

最先回忆起的是，同光四年四月，洛阳发生兴教门事变，大厦将倾之际，自己和冯道、郭威在洛阳青门外立约，创建了“青门”这个秘密组织。是夜，四处都是喊杀声，空气中弥漫着呛人的烟雾，房屋木材燃烧时不时发出“噼噼啪啪”爆裂的声响，火光忽明忽暗，映在三人被熏黑的脸上，只能看清另两人的眸子在闪动。三人矢志为官家报仇，完成庄宗皇帝统一天下的遗志，泪别后匆匆分赴东西。

接着却倒回庄宗在绛霄殿遇难的那一幕。官家临终时浑身插满箭矢，每一处都不停淌着鲜血，染红了战袍，染红了大殿，更染红了整个天空。他们几个战斗到最后的卫士，围着官家死不瞑目的遗体，心底撕心裂肺地痛，感觉那天都轰然塌下来了。

然后再定格在初识冯道、郭威等人的场面。几个人都那么年轻，朝气蓬勃，每个人的面孔都发着光，一个个摩拳擦掌，准备在官家身边大显身手。

再一转眼，所有经历过的战斗如走马灯般闪回，催人的战鼓渐急，许许多多并肩的战友，狰狞的强敌，熟悉却又陌生，左右两列迎面而来的那些将士，都扭过脸去，随着一面面猎猎的战旗在眼前依次向两边翻倒，再也无从辨认出到底都是谁。

“符第四，跟我冲啊！……冲啊，……啊……”就连庄宗皇帝召唤自己冲锋的声音，也变得那么遥远而空灵。

不知怎的，恍惚间换了场景。满堂温暖的灯烛下，亲人团聚，儿女萦膝，一个梳着两个髽鬏[1]的小女孩儿咯咯笑着围着自己不停地转，转得自己眼都花了。他伸手想抱过来看清楚是哪个女儿，不想抄了个空，一片巨大的阴影随着不祥的呜咽声袭来，所有亲人的面容渐渐模糊，退隐在黑暗中。

霎时间他心下空落落的，孤苦无措的感觉像大山一样压下来，一下子竟然喘不过气来——

就在这时，一组马蹄声沿着大路由远及近，倏然止住。领头的一位器宇轩昂的中年相公，与迎上来的符府伴当们接洽了几句，留下随从的虞候和侍卫，下马直趋小船而来。

“魏王！魏王！”那相公朗声呼唤，“官家遣我来看望您老人家啦。”

符彦卿刚刚惊醒过来，稍有愠意，等看清楚来人，才颔首大声应道：“原来是国华。”随后符彦卿注意到来人神情凝重，知道他有要事相陈，遂压低声音说：“国华，你上船来，咱们方便说话。”

---

① 髽鬏（zhuā jiu）

符彦卿把小船撑到岸边，来人一跃而上，船身一沉，终于稳下来。中年相公接过符彦卿递来的船篙，把船向湖心撑去。

奉官家旨意来洛阳的，是在逼宫危机中立首功的曹彬，现在已经因为率军安后蜀、平南唐，积功擢为枢密使、检校太尉，领忠武军节度使。他与符彦卿在船上相对而坐，过了好久都没有开口。因为他要通知老人一个噩耗，虽然一路上已经把话想周全了，但是面对自己崇敬的长辈，还是不忍直言相告。

“越国夫人殁了。”曹彬哑声道，同时从袖袋里掏出一封老人女婿晋王赵光义的家书，用双手呈上。

老人呆坐在那里，没有接过信札，好像以他的年纪，已经承受不住这封信的重量。良久，两行泪水开始从失神的眼眶中滑落，高大的身体抽缩起来。

虽说是男儿有泪不轻弹，但是白发人送黑发人，最是痛彻心底。曹彬心下不忍，鼻子一酸，也陪着老人落泪。

作为父亲，符彦卿最以璎珞、琬琰、玲珑这三位嫁入皇家的女儿为傲。而他的三个儿子，长子昭信已于显德初年去世，追赠检校太保、阆[①]州防御使；而昭愿、昭寿目前的成就远逊乃父。

符彦卿问起符玲珑的死因，曹彬实在难以启齿。同前年离世的高怀德继室、燕国长公主、官家的妹妹引娘一样，都是所托非人，婚后生活不如意所致。两位同时出嫁的女孩儿，始终不得夫君的宠爱，都一直未生子嗣，年纪轻轻就先后郁郁而终。

“总是落花有意，流水无情！”曹彬心里叹道。他不知道眼前这位一直坚强豁达的老军人，能不能再次从悲痛中恢复。

“西宫宣慈太后圣安。”曹彬终于想起一句话来安慰老人。

显德七年（960）正月初三陈桥驿黄袍加身后，赵匡胤在开封崇元殿正式即皇帝位，时年三十四岁。由于他在后周曾任归德军节度使，其藩镇所在地是宋州（今河南省商丘市），遂以宋为国号，仍定都开封，改元“建隆”。

---

① 阆（làng）

曹彬口称的“宣慈太后”就是改名符琬琰，人称“小符后”的京娘。陈桥兵变后，今上十分礼遇，以兄嫂事之，尊称“大周宣慈太后”，迁庆寿宫恭养。

“前些天我还带玥儿进宫叩见了宣慈太后。”

玥儿就是曹彬的第三子曹玥，今年一十六岁，正是出生在显德七年，也就是建隆元年的正月。他降世在陈桥兵变的当天，当时大家都听说皇太后受惊后小产了。其实这个世宗皇帝的遗腹子，是当时产后极度虚弱的小符后为了以防万一，亲手交曹彬由秘道带出宫城抚养至今，并把世宗皇帝钦定的名字“宗诩”改为同音单字“玥”。作为表舅，曹彬和妻子韩国夫人高氏视曹玥如同己出，倍加疼爱，而且不打算让他成年后像两个哥哥曹玮、曹璨那样随父从军，征战沙场，只延请名师教他读书练字，终生做个太平公子。

而世宗皇帝的八个儿子里，前三个宗谊、宗诚、宗諴都在后汉末帝发动的大屠杀中惨遭毒手；禅位后封郑王的四子宗训，是前年离世的，年仅二十一岁，并未留下后代；五子宗让、六子宗谨、七子宗诲均早夭；而小符后生的宗诩最幼，是世宗皇帝最后的血脉。这里面宗训是符彦卿的亲外孙，当时官家同样是委派曹彬来洛阳报的丧。

“太后见玥儿健壮聪慧，甚是欢喜。”

该话题二人点到为止。符彦卿和曹彬都清楚，这个秘密哪里瞒得住英明睿智的赵官家，不过彼此心照不宣，而今上念旧情网开一面罢了。

上面这个消息可能是老人最后的慰藉了，符彦卿却心下黯然。嫁出去的姑娘泼出去的水，三个女儿虽都是嫁给皇家，光宗耀祖，但此后或因戎马倥偬[①]，或因宫禁森严，极少能再见面，反倒比不上寻常人家。如今父女、姐妹阴阳两隔，再无团聚的可能。

在太阳的炙烤下，蒸腾的水汽使两人觉得更闷热了。又是一阵长时间的沉默。因为离开了浓密的树荫，一身骑装的曹彬的脸上开始沁出汗珠，没奈何只好说了声“恕罪则个”，从袖中掣出一把洒金的折扇，展开看，上面是今上御笔亲题的“任得其人”四字。他调整了挥扇的角度，尽量让老人凉爽

① 倥偬（kǒng zǒng）

一些。

符彦卿这才问起其他人的近况。

今上登基后，仍以兄称呼慕容延钊，当慕容延钊于乾德元年（963）去世后，官家追赠中书令，追封其为河南郡王。至于赵匡胤的总角之交韩令坤，在建隆二年（961）被解除禁军兵权，出任成德军节度使、北面缘边兵马都部署。乾德六年（968）四月，韩令坤因背疽发作而病逝。今上闻讣讯，宣布辍朝三日，追封南阳郡王。而京娘的长兄赵彦徽在罢军职之后，出任建雄军节度使。乾德元年（963），官家遣赵彦徽和李继勋会兵进攻北汉。时任客省使、总领监军的曹彬上报赵彦徽在镇“不恤民事，专务聚敛，私帑[①]所藏钜万”，今上虽知晓其事，但看在旧情谊的分儿上并未予以惩戒。赵彦徽自晋州来朝请罪，官家还设宴款待，温言宽慰。不过赵彦徽因饮酒过度而引发肝病，遣送回镇后，一直病痛缠身，于乾德六年（968）五月病死在任所。

义社十兄弟中，除了在高平之战中因怯战溃逃被处斩的刘守忠，和在征淮南时殉职的刘庆义，陈桥兵变中有“翊戴之勋”的石守信、王审琦、韩重赟、改名“刘廷让”的刘光义四人都是本朝的开国元勋，国初时都执掌重兵，权倾一时，后来由于赵普设计的“杯酒释兵权”而去军职。官家与他们互通婚姻，最后都出任节镇，在地方上享受荣华富贵。其中王审琦、韩重赟已于上年病逝，分别追封琅琊郡王和追赠侍中。而石守信、刘廷让此时正分别担任天平军节度使和镇宁军节度使。李继勋虽然因恰逢外任没有参与陈桥兵变，现在领天雄军节度使。而死心附逆的杨光义、王政忠二人在逼宫失败后，弃职化装出逃，据说随李重进的亲随部队到了淮南节度使辖地，在李重进叛乱兵败后不知所终。

同样参与第二次“黄袍加身”大戏的本朝驸马都尉高怀德，也在“杯酒释兵权”后自请解除军职，出任归德军节度使。而与今上交情莫逆的张永德，被加官侍中，再授武胜军节度使，官家经常面咨军政要务，还是照旧称他“驸马”，不直呼其名。现在身体最健旺的就数这位前朝的驸马都尉了，他与晋国大长公主一直伉俪情深。而后汉的驸马都尉宋延渥更是圣眷正隆，他的长女于开宝元年（968）二月被年长二十五岁的今上册立为第三任皇后。

---

① 帑（tǎng）

当初与今上龙潜之时定下娃娃亲的几家人，魏仁浦之子魏咸信娶了永庆公主，石守信之子石宝吉娶了延庆公主，王审琦之子王承衍娶了昭庆公主。后汉昭圣太后李三娘的两个哥哥，李洪信几年前以左骁卫上将军致仕，在今年去世，享年七十四岁；因避讳周太祖而改名为“李洪义”的李洪威在本朝加兼中书令，移镇保大军节度使[①]。

当年在大周朝叱咤风云的其他重要人物，郭崇威因避周太祖圣讳改名“郭崇”，于乾德三年（965）去世，享年五十八岁，追赠太师。乾德二年（964）正月，范质与王溥、魏仁浦同日罢相。魏仁浦在开宝二年（969）病逝于梁侯驿，享年五十九岁，追赠侍中。范质于乾德二年（964）九月病逝，终年五十四岁，追赠中书令。王溥罢相后改太子太保，并于开宝二年（969）迁太子太师。吴廷祚于开宝四年（971）病逝，时年五十四岁，追赠侍中。张美则因预先储备粮草，支持平定昭义节度使李筠的叛乱有功而出任定国军节度使，目前改任横海军节度使，镇守沧州，一直得到官家的信任。

“造化弄人，造化弄人啊！”

二人谈起亲朋故旧的现状和结局，不胜唏嘘。

忽然湖上开始起风，沉沉素浪滚滚而来，船身随之上上下下起伏不定。

曹彬犹豫再三，还是决定不把宰相赵普和皇弟赵光义的政治角逐详细告诉魏王。

接近皇族的人都知道杜太后最疼爱本名“匡美”的小儿子光美，所谓“兄终弟及”的“金匮之盟”，其实是杜太后希望光美最后也能够轮上当皇帝。

曹彬一直对此不以为然。自古正统都是父子相继，如果传位晋王，晋王临终会按约定把皇位传给光美吗？就算几个兄弟都不曾毁约，光美把皇位传回给长兄的儿子，那么这位第二代的皇帝百年后，是不是还要遵循“兄终弟及”的约定？即便如此，他是应该立自己的弟弟为皇储，还是应该立叔父的儿子为皇储？没有人能回答这些问题。

宰相赵普则是出于维护自身权力的考量，坚决反对传位皇弟。不过今上

---

① 治所鄜州，今陕西省富县。

纯孝，又极重承诺，而且是母亲临终前当着众人发的大愿，最终还是把为避讳而改名“光义”、时任殿前都虞候的弟弟立为皇储，出任开封府尹、同平章事，不久后加封晋王，开始与宰相赵普分权。

明眼人都看出来，这几年晋王赵光义已经开始架空官家，当然首先是排挤赵普。乾德元年（963）二月，甫封晋王的赵光义推荐自己的岳丈符彦卿出任殿前都点检而执掌禁军，在赵普“勋戚不宜掌兵”的理由下作罢。不过经过十年的攻防易势，两年前赵普已然落败而罢相。

建隆二年杜太后驾崩的时候，曹彬当时位卑言轻，加上是前朝遗属，本身就容易受猜忌，所以不便置喙。现在官家春秋鼎盛，今年二十五岁的皇子德昭日渐成熟，已出任兴元尹、山南西道节度使、检校太傅、同中书门下平章事。看架势晋王绝不是会把皇位旁传的那种人，恐怕将来又是一场动国本、灭人伦的政治悲剧。

一阵神伤过后，符彦卿眼中忽然闪过一道亮光。

“国华，你此番来，不仅仅是来报丧，还有陪老朽拉闲散闷的吧。”

曹彬没有说话，从怀中贴身掏出一小包用黄绫紧紧裹着的物事。这才是他这次最重要的使命。

他默默把黄绫的四个角展开，紫黑的墨水已经把黄绫中心浸染了八九片，斑斑驳驳中是十几截断开的玲珑阳符和阴符。再看黄绫，上面墨迹已干结，连为一体。

符彦卿一怔，然后就明白了官家和曹彬的决定。

青门，作为秘密的谍报组织，在征南唐、伐北汉、灭后蜀的过程中起到了不可或缺的作用。其三大名首，几十年来，一直是左右政局的最高决策人。此时青门的三大名首已是赵匡胤、符彦卿和曹彬。他们手里的三枚玲珑阳符，代表着曾经洞察一切的全国情报系统的最高权力。

回首往事，在显德三年（956），曹彬时年二十五岁，就被世宗皇帝任命为西上閤门使，同时是青门的方领，负责接待各处方领及其上呈的情报。到了显德七年（960），时年二十九岁的他因在李重进逼宫那场政变闹剧中表现得有胆有识而被宣慈皇后符琬琰、赵匡胤和符彦卿所认可。

青门的名首除了要完成本兼各职，还要投入额外巨大的精力，所以最好年富力强。陈桥兵变后，符彦卿虽任天雄军节度使，但年届六十四岁，且已不掌兵权，基本上处于半退休状态；而赵匡胤已经称帝，日理万机，无暇顾及青门的日常运作。其实当初在同光四年（926），作为庄宗旧部的冯、符、郭三人初创青门时，冯道年纪稍长，是四十四岁，符彦卿不过二十八岁，郭威甚至年仅二十二岁。在显德六年（959）郭荣把冯道遗下的名首之位转给赵匡胤时，当时的赵匡胤刚刚三十三岁。

于是在建隆二年（961），赵匡胤和符彦卿决定破格提拔刚过而立之年的曹彬为名首之一，并把由小符后代持的玲珑阳符传给他，同时由阁门使升授为客省使。客省使表面上是专门负责接待外藩来使的职务，但是实际上他作为名首，开始成为负责青门的大总管了。官家特别需要这个高效率和独立于政府系统的情报管道，避免被官僚系统贻误和蒙蔽。

到了开宝七年（974），曹彬在四十四岁时升任枢密使，本身就是中央政府中掌握全国军令和情报的最高首脑，全国方领以下数百名青门的谍报人员，已由他陆续带入枢密院体制内，成为有职有任、领官俸的在编官员。鸟尽弓藏，至此青门已无存在的必要。

并且，官家因为晋王的擅权而意兴阑珊，不想把青门这个能量巨大的秘密组织留给日后最有可能继位的赵光义，所以特地命曹彬找到符彦卿和各位方领，收缴所有的玲珑符，正式结束青门。

符彦卿颤颤巍巍地从腰间的紫金鱼袋中掏出了自己那枚玲珑阳符。曹彬接过老人手中的玉佩，用黄绫与其他那些断玉裹在一起，就着船梆用力磕得粉碎，然后展开黄绫，将玲珑符的碎屑撒向湖中。这些见证国家兴亡的关键信物，随着扑腾扑腾数声轻响，只溅起几处微微的水花。

二人瞧着碎玉消失的水面，默然无语。曹彬仔细地把黄绫折好，缓缓收入怀中。符彦卿明白他必须凭此向官家复命。

“岁月蹉跎，白首功名，一切凭借金戈铁马挣得的丰功伟业，就像前朝辉煌的凤阁龙楼，终将会化为缥缈的烟尘。”曹彬看着老人一脸落寞，几乎已经懂了对方的心境。

远处响起一声闷雷，惊起几只白鹭，匆匆掠过水面。乌云很快遮住了天边的夕阳，看样子会有一场大雷雨。

“在下这就回去复旨。”曹彬握起老人的双手，依依惜别。

符彦卿那双曾经坚强有力、执掌斧钺的大手，现在只剩下拉着曹彬不放的一丝气力，似乎是难以割舍与过往的最后一线联系。

又是一阵催人的雷声，曹彬才从小船跨到岸上，走向久候的随从们。

他叮嘱符府的伴当们照顾好老主人，尽早送他回府休息，然后上马在随从们的护卫中徐徐回程。他几度回首，船上的身影仿佛是张抽干了能量的纸片，随着小船飘零，越来越远，越来越浅，直到消失在暮霭之中。

他知道，在今天的打击之下，这位风烛残年的老人可能很难再撑下去了。

作为曾经叱咤风云的职业军人，历经六个朝代，由后梁、后唐、后晋、后汉、后周而入宋，符彦卿老人可谓见证了整个由乱而治的历史进程。

不过，符彦卿为什么会支持赵匡胤改朝换代？固然符琬琰和柴宗训母子难以承担统御天下的职责，但是当时他为什么不凭借自己的威望和实力称帝？所有那些秘密，都已随着沉入水底的玲珑符残屑同时湮灭。

年仅四十四岁就已经成为枢相的曹彬更清楚，以“青门”三位初代名首为核心的政治巨人们的舞台已经彻底落幕，而自己这一代人正接掌重整河山的重任。

霍去病、赵子龙、李卫公、符彦卿，一代代名将激励着后继者勇往直前、建功立业。“也许无论怎样，每一个智勇者都会成为命运注定的那一个人！”曹彬按捺不住心中的豪迈之情。

猛然一道霹雳裂空而下，天地耸动，轰隆隆的雷声不绝，豆大的雨点冷不丁迎头打来。在刺目的闪电映照下，曹彬的坐骑受惊后奋起前蹄，仰天长啸。这一行人扬鞭策马，迅速消失在飘摇的风雨中。

本书这套故事正如下面《解佩令》一词所赞：

弱冠侠气，芳颜孤苦。更何堪、铭心刻骨。

千里麟游，义社结、一班龙虎。

赴青门，迳投睿主。

朝来相处，夕来相处。到头来、人间殊路。
百战功名，斩于越、紫金节度。
共无眠，晓钟暮鼓。

# 后记

笔者年少时读明末冯梦龙《警世通言》中“赵太祖千里送京娘”一回，最终赵匡胤未能保全京娘，前功尽弃，读后久久心意难平。

该故事设定不合情理，比如父兄弃京娘而逃，对其生死不闻不问；又比如兵荒马乱之际，两个匪首抢得民女，不是马上满足淫欲，而是力求公平，要另外再抢个美女一起成婚，俨然坚守一夫一妻制的模范；而且两个匪首不是把京娘带回山寨，而是交由外人赵景清看管，不怕监守自盗或有人横刀夺爱吗？再者说，不啻故事中的赵景清本该老于世故，赵匡胤也不应该是不计后果的愣头青，而京娘自然深知父母兄嫂的脾气秉性；况且两个青年人有走一千里路的大把时间，能把回家怎么和父母家人交接这件事考虑周详。特别是故事发生的五代时期，战乱频扰，礼教松弛，与宋、明以后严苛于男女之防的情形大为不同。

赵匡胤庙号是“太祖”，然而后世多有人以“艺祖”称之，当然在赞美其是文武全才的多面手，这里面既有宋朝的神宗皇帝赵顼、重臣富弼，也有清朝的明君康熙皇帝。明清以降，讲述宋太祖成功史的小说、平话颇多，另有一本《飞龙全传》，是清代吴璿[①]根据旧本《飞龙传》增补改编的长篇传奇小说，叙事更加荒诞不经。日籍华裔作家陈舜臣（1924—2015）主张历史小说是广义的推理小说，虽然不必人人奉此为圭臬，但是现实主义的历史小说不能纯是架空和穿越的游戏，还是要符合基本的逻辑、人性和历史背景的。

本书讲述了十二年间男主人公从游侠而猛将，再到禁军统帅的经历；同

---

① 璿（xuán）

时虚构了女主人公由孤女变身为名门千金，然后入宫为女官，最终由妃嫔进封皇后的传奇。

赵匡胤的青年时代正是五代十国的末期，这位“天选之子”亦步亦趋，踩着后周郭威、郭荣父子皇帝的脚印，直到他三十三岁靠陈桥兵变结束了这个中国历史上短暂而纷杂的阶段。我们提到近一千四百年的中国史时，习惯说“唐、宋、元、明、清”，五代十国的历史与南北朝的历史一样被刻意弱化，几乎成为民族记忆的空白。

本书是笔者研习五代十国历史的副产品之一，因而真实历史名人们的时间线大体可靠，尽管为了故事情节的开展，有虚构，也有附会。首先要明确的是，京娘/符琬琰这个人物完全是虚构的，小符后产子一事更无史据。其他比如高怀德娶赵匡胤之妹，就提前到956年，实际是发生在宋朝建立后，而且二人都不是初婚。符家六小姐也不是赵光义元妻，其原配实为尹氏；同时本书也把符、赵的婚期凑到显德三年。按史料，符彦能的夫人不姓张而姓王，符彦卿倒有位元配张氏封魏国夫人。特别要申明的是，真实的李重进、韩通二人一直是后周政权的忠臣良将，南唐皇甫晖之死也不是那么屈辱，本小说为了突出主角光环才把他们置于对立面。王朴之死、清风驿刺杀事件也根据小说需要做了变更。又比如汴梁城中宫殿、城门、街道、府宅的名称、位置是为了展开故事而根据史料重新设计的。本小说中其他虚构的内容，此处就不一一列举了。

本小说中通篇使用“元朗”作为男主人公的字，其实互联网上所谓赵匡胤表字“元朗”并无史据。另外符彦卿几个女儿的名字当然也是杜撰的。终后周一朝，“柴荣”“柴宗训”等宗室都是随郭威姓“郭”。宋朝君臣故意在史籍中把郭荣等后周宗室改回本姓“柴”，是为了切断柴宗训等后周宗室与后周的血脉联系，稳固宋朝的统治。故本书中仍是把“柴荣”称作“郭荣”。此外，历史人物“李业”也按他几个兄长的名字改称“李洪业”，这应该更贴合当时的命名习惯。切记本书是小说而不是正史，读者或历史学家不必纠结于具体人物和故事情节是否遵从史料。

为了尊重中国历史记述习惯，本小说人物都按虚岁计龄；时间采用年号纪年法，并紧跟公元纪年，以方便读者识别；古地名均标注今地名。另外，为了提升阅读体验，多数生僻字标注了拼音。

小说中人物的身高沿用了中国传统“尺”这个计量单位，其实也没有更生动、直观的描述方式了。东汉、唐、宋“一尺”分别对应24厘米、30.7厘米和31.68厘米。如果非得严格计算不可，《三国演义》中身高一丈的吕布、身长丈二的乌戈国国主兀突骨，就分别高达2.40米和2.88米，《水浒传》中身高八尺的武松则有2.53米，而这都没有考古依据。据孙蕾《郑州汉唐宋墓葬出土人骨研究》的数据，中国成年男性的平均身高，在唐代是167.03厘米，宋代降低到164.49厘米，这可能跟宋代重文轻武以及饮食结构的改变有关，但是都与现代中国人身高相距不大①。武大郎身高不足五尺，对应1.50米左右，对于当时的成年男性确实明显偏矮，但是也没有到侏儒的程度，完全可以胜任正常的体力劳动来养家糊口，这与小说中的人物设定基本相符；而如果他的亲兄弟武松比他高出1米有余，这肯定是太匪夷所思了！甚至有“研究者”根据这些文学作品推定中国古代存在“巨人族”——笔者只能“无语凝噎”了。

中国古代文学作品中的身高都是虚数，不是精确的数学。我们可以这样推导，从武大郎的“五尺身高”开始，每增加一尺，都是增高了10厘米，这样身高六尺，就对应1.60米左右，相当于普通人里中等偏下身材；身高七尺，就对应1.70米左右，相当于普通人里中等偏上身材。如此一来，八尺的诸葛亮、武松，身高就有1.80米左右，在当时确实都是身材伟岸；身高一丈的吕布，就对应2米，远超常人；而“丈二”的巨人兀突骨，其身高就变成2.20米左右，与今日之篮球运动员姚明相当，这已经是当时成年男性身高的极限了。这样的理解就符合考古事实和生物学常识。

本书中有作者臆造的晋、汉时期的“四大令公”称谓，都是指五代中后期的藩镇名将，即符彦卿（898—975）、高行周（885—952）、李守贞（？—949）、杜重威（？—948）四人，其中李守贞、杜重威二人未得善终，只有符彦卿活到了宋朝。“令公”是有唐以来对除授中书令的名臣的尊称，这里面就有唐代的裴度、郭子仪等，但是后来“令公”就泛滥了。特别

① 据《中国居民营养与慢性病状况报告(2020年)》的数据显示，18—44岁男性的平均身高为169.7厘米。

是唐末五代藩镇权重，很多中央政权分封的节度使（包括五代十国中“十国”这些割据政权的君主及其重臣）都有中书令的加衔，更有不少是地方割据政权自行授予的中书令，死后被追赠中书令的更是比比皆是。五代文臣中也有被除授中书令的，比如冯道，在广顺初也被周太祖任命为太师兼中书令。不过在中国传统小说、评书的语境中，“令公”特指功高勋重的名将。入宋以后，中书令一职罕在生前除授，只有极少数特例，一位是名相赵普，一位是作为储君的赵廷美，另有在湖南割据的武平节度使周行逢。我们熟知的演义中的“杨老令公”杨业，生前并不能被尊称为“令公”，虽然他在北汉积功升至建雄军节度使，但并没有中书令的加衔，他的中书令资格是战死后被宋太宗追赠的。

小说主要人物中，符彦卿生前几次被封异姓王，冯道死后被追封瀛王，在当时都属位极人臣①。郭威在铲灭朝中权佞后，权倾朝野，却要当众参拜冯道；称帝以后对符彦卿“上朝不名”②，都说明符、冯二人地位超然，笔者并没有夸大他们的政治能量。到了北宋一朝，异姓王更是凤毛麟角，除去归土外藩（钱俶）、死后追封功臣（赵普）、外戚（曹彬）、禅位献国之君（后周柴宗训等）三种情况，真正依靠武功生前获得异姓王封爵的文臣武将并不多，总共只有三位，分别是魏王符彦卿（后周所封，宋朝承认，当然他同时也是外戚）、太原郡王王景（死后追赠岐王）、冒功的广阳郡王大太监童贯（被钦宗处斩）。

本小说中两个重要串场人物符彦卿和曹彬，都是当时杰出的军事家，也是周末宋初罕有的地位尊隆的勋戚。读者都知道，在中国古代的封爵体系中，双字的郡王低于一字的亲王和嗣王。不过，名将高怀德的父亲高行周，由临清王进封邺王，再改封齐王，死后追赠秦王；符彦卿由淮阳王进封卫王，然后改魏王，都说明同样是一字王，封号也是有高下的。一般来说，在宋代（含）以前，以周、秦、楚、魏、韩、赵、燕、齐、宋、郑、晋、吴、越、鲁这些春秋五霸和战国七雄（周是诸侯之上的中央王朝）命名的亲王，

① 后周一朝，除了割据政权的君主，另外只有安审琦封南阳王，进封陈王，死后追赠齐王；冯晖封陈留郡王，死后赠卫王。

② 宋代则有赐剑履上殿、诏书不名、赞拜不名、入朝不趋、紫金鱼袋、绯鱼袋这六种对勋戚的特殊恩典。

地位要比以其他古国名受封的王为高；国公的封号也大致如此。这里面郑国有争议，因为只有个别史家认为郑庄公是春秋五霸之一。而鲁国又是个特例，因为是周公旦的封国，孔子的故乡，“存周礼”，所以也忝列大国之末。曹彬去世后，追赠中书令、济阳郡王，后因其孙女为宋仁宗皇后（慈圣光献皇后），故累赠为太师、尚书令、冀王，后又因曾外孙女成为宋英宗皇后而进封鲁王，也印证了上述“潜规则”。

作为军人子弟，笔者对中外战争史和古今军事家的成长史有着天然的兴趣。

据《五代会要》，世宗朝有“大将”六人：赵匡胤（先后任殿前都指挥使、殿前都点检）、李重进（先后任殿前都指挥使、侍卫亲军马步军都虞候、侍卫亲军马步军都指挥使）、张永德（先后任殿前都指挥使、殿前都点检）、韩通（先后任侍卫马步军都虞候、侍卫亲军马步军副都指挥使）、韩令坤（侍卫马军都指挥使）、袁彦（侍卫步军都指挥使）；恭帝朝“大将”七人：赵匡胤（殿前都点检）、张令铎（侍卫步军都指挥使）、李重进（侍卫亲军马步军都指挥使）、韩通（侍卫亲军马步军副都指挥使）、韩令坤（侍卫亲军马步军都虞候）、石守信（殿前都指挥使）、高怀德（侍卫马军都指挥使）。“大将”这个称号仅见于后周，排在“宰相”和“使相”之后，笔者推测这两批“大将”应该都是世宗军改后禁军的最高“统帅部”成员。例外的是，先后担任过殿前副都指挥使、殿前副都点检的宿将慕容延钊，和担任过侍卫步军都指挥使的李继勋，没有在“大将”之列。

综合多重史料判断，在世宗最终搭建的后周禁军最高统帅这个层面的权力架构中，殿前都点检>侍卫亲军马步军都指挥使>殿前都指挥使>侍卫亲军马步军副都指挥使>侍卫亲军马步军都虞候>侍卫马军都指挥使=侍卫步军都指挥使，不过这七位统帅并没有明显的高下之分，都是由皇帝直接任命、枢密院直接指挥的，皇帝通过这几个重要职位的相互制约，实现皇权对禁军的绝对控制。只不过在陈桥兵变的关键时刻，出现了赵匡胤+张令铎+韩令坤+石守信+高怀德对阵韩通这种实力悬殊的局面（此时李重进已出镇节度使），确实是郭荣在世时始料未及。

另外，五代时期还曾设立大内都点检一职（有殿前都点检后，则改称大内都部署），但都是由皇子或亲信文官充任，如后汉皇储刘承祐、后周的客省使郑仁诲、三司使张美，其职责是在皇帝离京期间负责监督朝政，弹压都城的治安，甚至包括监督留守京师的禁军。大内都部署一职后来沿用到北宋。大内都点检（都部署）是临时的差遣，不是固定的官职，也没有设相应的行政衙门，这与殿前都点检、殿前副都点检相同。

本小说在叙述故事时，人物经常带着特定时期的官（本官）、职（差遣、职事）、散阶、爵、勋、品级，当代读者有可能会感到困扰。但这种标签是必要的，在历史小说中也很常见。只有正确、完整地了解历史人物的身份，我们才能够准确掌握中国古代历朝政府机构的运作以及历史人物的升迁轨迹，从而全面地认识历史人物的政治地位及其在历史事件中的作用。

五代十国时期还有个值得一提的现象，就是很多名人的名字都集中采用了以下这几个字。

彦：谢彦章、寇彦卿、王彦章和王彦童兄弟，符彦卿、符彦超、符彦能兄弟，还有霍彦威、姚彦温、马彦超、药彦稠、安彦威、李彦威、杨彦询、李彦琦、史彦超、王彦超、张彦超、张彦泽、慕容彦超、赵彦徽、王彦升、罗彦环、宋彦筠、张彦威、李彦崇、扈彦珂、崔彦进、李彦从、袁彦、辽将高彦晖、杨吴的彭彦章、南唐的张彦卿和刘彦贞、后蜀的高彦俦等不下数十位，真是“起名不就，‘彦’字来凑”；

重：安重诲、安重荣（安重诲的同族）、安重霸、白重赞、杜重威、刘重进、李重进和杨重贵（杨业的原名）、杨重训（杨业的弟弟）、不成器的后晋出帝石重贵等；

崇：刘崇、郭崇威、王景崇、李建崇、郭崇韬、李彦崇、南楚的末代国君马希崇等；

行：高行珪、元行钦、高行周、武行德、周行逢和杨吴的开国君主杨行密等；

威：霍彦威、罗绍威、周德威、郭威、杜重威、郭崇威和吴国的刘威等；

徽：赵彦徽、张元徽、何徽和吴越国的杜建徽等；

超：符彦超、史彦超、王彦超、司超等。

此外还有“建”“德”“延”“继”“从”等字，凡此种种，上面很多名字都在本书中出现。使用频次最高的“彦”字，本义指有才学、德行的人，清代学者赵翼在《廿二史劄记》中有“五代人多以彦为名条”，今天也常用于人名，如香港艺人吴彦祖；徽，用在名字里应该是美好、善良的含义，或者引申为盛、大；其他字都比较好理解。其中，尤以“彦”“超”这两个字的组合最有人气，仿佛今日之“沐宸”“浩宇”“子涵”，颇有时代的印记；史料有记载的就有上面的马彦超、慕容彦超、史彦超、符彦超、王彦超、张彦超等；可能因为其最具男儿气概，能激发自信和潜力，故时人皆认为以此为名最终成为名将的概率最大。

笔者在书中妄拟的三首《青门引》《朝中措》和《解佩令》，作为独立的词作不甚工整，但用于某一章的开场诗或定场诗则差强人意。

青门是汉代长安城东南门，本名“灞城门”，因门色青，被俗称为“青门”，后来也泛指所有京城的东门。《青门引》调名借秦灭后，东陵侯召平①在长安城东门外种瓜的遭遇，咏叹人生贵极而衰的命运。“青门”这个秘密组织完全是虚构的，但是历史上政治军事势力的纵横捭阖肯定是常态，甚至比小说家的描写更加诡谲。巧合的是，五代至宋开封城内城对应“青门”的东南门就叫“宋门”。而宋门、曹门、梁门、郑门就指向春秋时期宋、曹、梁、郑四个诸侯国相对于汴梁的方位，后来扩建的罗城的卫州门和陈州门也对应卫州（古卫国）和陈州（古陈国）的方向。

《解佩令》调名取义于汉刘向《列仙传》郑交甫遇汉皋神女解佩相赠的故事。后世常以“解佩”为男女定情之词。《解佩令》词中的“于越”是契丹政权的最高官职，相当于中原王朝的“三公”，这里指代敌军的高级将领。

从字面上看，这三首词的词牌似乎都与本书的故事情节有关，算是笔者自娱的一点小趣味。小说里出现的其他诗词，都是为了营造“伪古典”的气

① 召平（生卒年不详），秦末汉初历史人物，秦朝时期被封为东陵侯，负责看护管理始皇帝生母赵姬之陵寝。秦为汉灭，沦为布衣，于长安城东南霸城门外种瓜，瓜味鲜美，皮有五色，世人称之“东陵瓜”。

氛。引用他人的诗词，笔者不敢掠美，均已注明出处。另有少数为笔者即兴之作，并不是严格意义上的绝句或律诗。

除了诗词，本小说中还适当摘选了少量文学价值颇高的古文，这也是历史小说作者的传承责任。其中王朴的《平边策》立论严谨，语言平实，是堪与《隆中对》媲美的策对类名篇；而周世宗颁布的伐北汉、征淮南的两篇檄诏，掷地有声，都是骈体文的杰作。三篇佳作文字之优美，不容埋没珠玉。

人生如梦。

小说中呈现了主要人物的八个梦，有赵匡胤的冲天梦、痴情梦和思亲梦，符琬琰的春梦和短梦，符彦卿的长梦，还有郭荣的噩梦和刘承祐的惊梦。有人在梦中执着于自己的过去，有人则在梦里觉悟于自己的宿命。

本小说不是历史人物的评传，其中的描写和叙述，只是为了丰满人物形象，保证故事的完整性，并不必然代表作者的历史观点。

本书仍然只是五代末期胜利者们的传奇。那些无数被践踏、被遗忘的底层民众的记忆肯定截然不同。他们看不到历史场景的全貌，只能时刻筹措着下一顿饭的着落，或忧虑能不能在乱兵的劫掠中苟活到明天。

沉舟侧畔千帆过，不废江河万古流。①

时代大潮，浩浩汤汤，我们每一个人何以自处？是争做创造历史的弄潮儿，还是浑浑噩噩、随波逐流，任由命运的裹挟，又或是置身事外，做冷眼的旁观者、记录者，都是人生要面对的选择。

① 这两句诗分别出自唐代刘禹锡的《酬乐天扬州初逢席上见赠》和杜甫的《戏为六绝句·其二》。

# 附一　五代十国朝代政权更替图

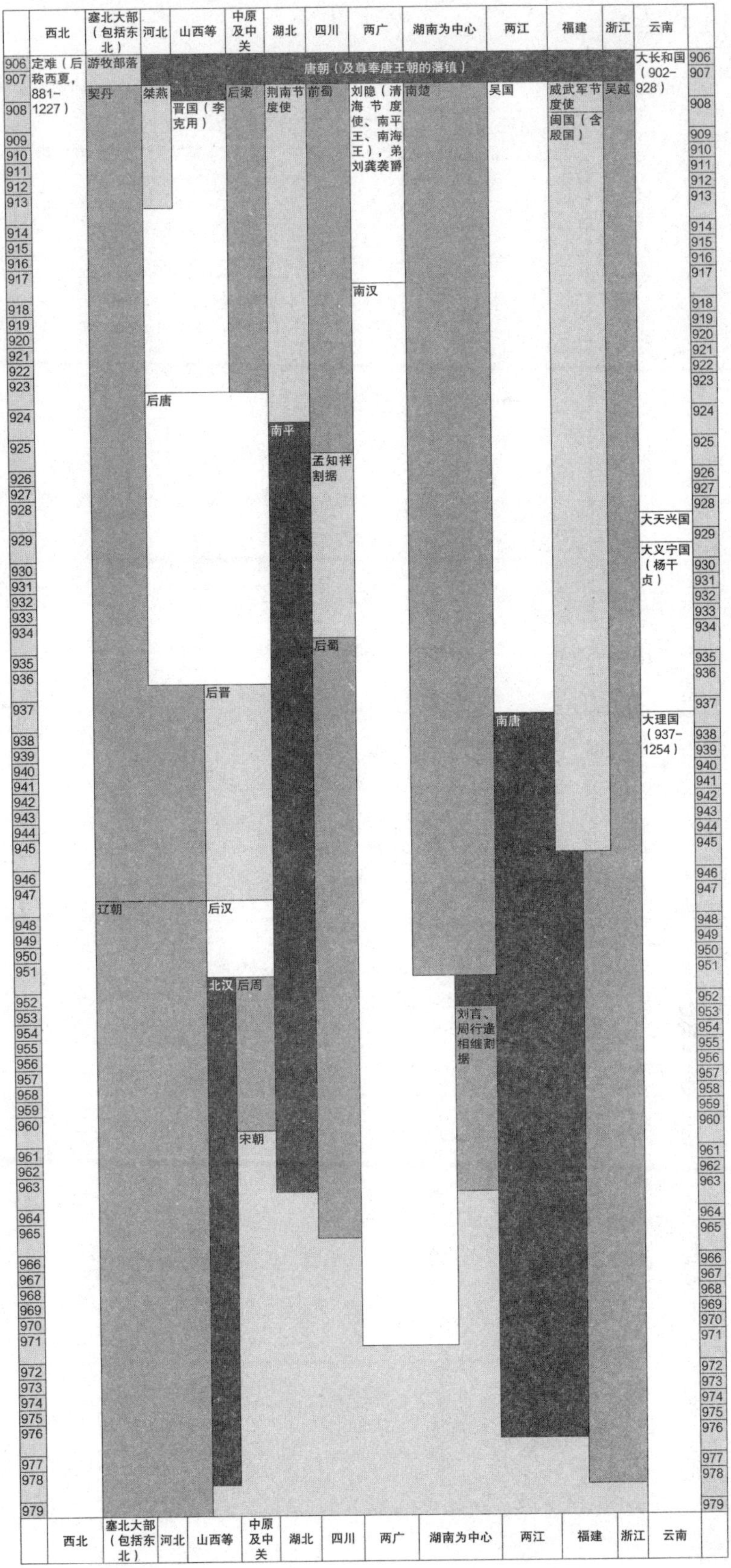


注：其中特别的是，后周最窄，并不表示其疆域最小，事实上，后周攻占了各临近割据政权的大量疆土，如南唐的淮南十四州、后蜀的陇西四州、辽国的河北三州等。

# 附二　小说主要人物关系图

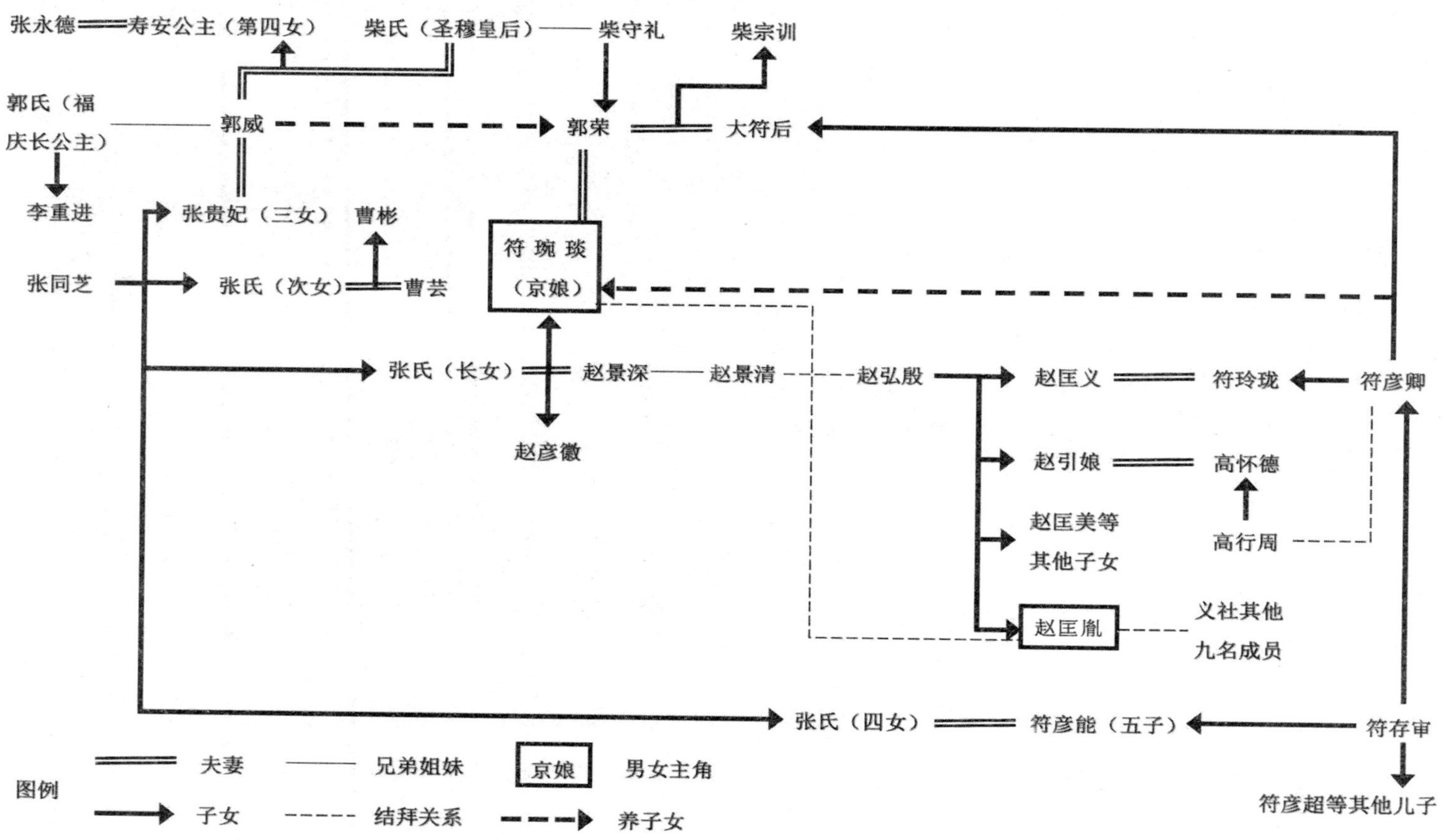

# 附三 唐、五代时期（含）及以后的中国古代 不同等级体系对照表

| 不同体系 | 官（本官） | 职（差遣、职事） | 散阶 | 爵 | 勋 | 品级 |
|---|---|---|---|---|---|---|
| 授予对象 | 官员名义上的职位。本官也称“正官”“阶官” | 官员实际担任的职务、职责、差事 | 授予所有官员；散阶分文武两个系列；宗室和外戚一般没有散阶，而只有爵；可以追赠去世的人 | 授予宗室和外戚，以及建立军功的外姓功臣；爵一般是世袭递降的，也有世袭罔替或不世袭的情况；也可以追封去世的人 | 只授予有武功的中高级文武官员，共12转，也对应一定品级 | 所有官员和亲贵都有对应品级，从正一品到从九品，再以下是未入流；自正四品以下又分上、下两阶，一共30级 |
| 作用 | 标明在政权体系中承担的职务，也显示其职权和政治地位 | | 与品级严格一一对应，相当于今日的“享受某某级待遇” | 表明其贵族等级，对应封地、食邑或俸禄等经济待遇 | 表彰功勋（主要是战功）的称号 | 品级对应待遇，也是衡量比较不同等级体系的唯一标尺 |
| 在何朝代出现，何时结束 | 始于有历史记载的殷商，直至清代 | | 始于隋代，终于清代 | 始于周代（也有说从夏商开始），终于清代 | 始于北周，终于明代 | 始于秦代，秦汉称“秩”，曹魏开始称“品”，终于清代 |
| 备注 | 1.宗室和外戚可以没有官职，而只有爵；人死后可以追赠官职。2.只有在宋朝，官、职是分离的，甚至可以毫不相关。3.某人可以同时有名义上的和实际担任的官职，后者是其权限，前者享受相应待遇；甚至还可以拥有名誉性的加衔，在服饰和礼仪上享受更高待遇（但不享受相应品级的薪俸），如清末邓世昌曾任提督衔记名总兵实授副将，分别对应从一、正二、从二品。“记名”表示排队等有了实缺才实授。4.宋代也叫“寄禄官”。严格地说，官和本官有微妙区别。5.还有一种兼任的“加官” | | 1.相当于当代我们常说的（行政系列）正部、副部、正局、副局等，（军队系列）正军、副军、正师、副师等；2.当代的军衔、警衔也起相同作用。由于官职与散阶的品级不一致，有所谓“行”“守”“判”等任职区别 | 唐、五代时期功臣的爵位一般不世袭；文臣无军功而能封爵的情况非常罕见 | 相当于当代的特、一、二、三等功臣，各级劳动模范等；后来的明朝文官也有文勋位；某些唐宋时期的勋位的名称如轻车都尉、骑都尉、云骑尉，在清代成为中低档次爵位的名称；另外中国古代还有功臣号，也起表彰作用，本表从略 | 清代的品级不值钱，因为有所谓“超品”（宗室的不入八分辅国公以上，功臣、外戚伯爵以上），不能和以往的朝代直接对应；每个人的品级有可能不是唯一的，有些人可以同时具有对应不同品级的官、职、爵、勋和散阶；从宋代开始，相同品级时，武官比文官明显地位低 |